Angela Mackert

Antonia Hain deckt auf …
Ein tödliches Geheimnis

Bibliografische Information der Deutschen Nationalbibliothek
Die Deutsche Nationalbibliothek verzeichnet diese Publikation in der Deutschen Nationalbibliografie; detaillierte bibliografische Daten sind im Internet über http://dnb.d-nb.de abrufbar.

Impressum
Titel: Antonia Hain deckt auf: Ein tödliches Geheimnis
Copyright © der Erstausgabe 2014 by Angela Mackert
Copyright © dieser Ausgabe 2016 by Angela Mackert
Alle Rechte vorbehalten. Nachdruck oder andere Verwertungen – auch auszugsweise – nur mit Genehmigung der Autorin.
Lektorat: KaGr
Coverfoto: shutterstock.com/Manfred Ruckszio
Coverlayout und Innengrafik: Angela Mackert
Herstellung und Verlag: BoD - Books on Demand, Norderstedt
Printed in Germany
ISBN 978-3-7412-1044-0

Herausgegeben von
Angela Mackert

Sie finden mich im Internet unter: www.angela-mackert.de

Beachten Sie auch:
https://www.facebook.com/autorin.angela.mackert

Angela Mackert

Antonia Hain deckt auf …
Ein tödliches Geheimnis

Antonia Hain deckt auf ... EIN TÖDLICHES GEHEIMNIS

1. Kapitel

Die Nachmittagssonne blendete. Antonia ging ans Fenster und zog den Vorhang halb zu. Ihre letzte Klientin für heute, eine junge Frau namens Lisa Weber, saß noch mit hängenden Schultern auf dem Besucherstuhl vor dem Tisch. Sie kam oft. Zu oft in letzter Zeit und jedes Mal ging es um dasselbe. Antonia seufzte leise. Vielleicht schaffte sie es ja heute, die Wende zum Besseren einzuleiten. Sie ging an ihren Platz zurück und konzentrierte sich auf das Kartenbild. So übel sah es gar nicht aus! Antonia deutete auf eine Reihe innerhalb der *großen Tafel*, die sie mit Lenormandkarten zuvor schon ausgelegt hatte: das *Buch*, das *Herz* und die *Sonne*.

»Hier steht, dass eine schöne neue Liebe für Sie kommen wird. Sie müssen nur bereit sein, es zuzulassen.«

»Tobias ist meine große Liebe.« Die Frau sprach leise.

»Ich weiß. Aber es ist vorbei. Sie werden das akzeptieren müssen. Je eher sie das schaffen, desto schneller kann der Richtige in ihr Leben treten.«

Antonia horchte auf, als die Haustürklingel schellte. Sie hörte die Schritte ihrer Schwester, die öffnete.

Lisa Weber wurde lebhaft. »Tobias ist der Richtige! Dann kommt er also doch wieder zu mir zurück!«

Ihre Worte lenkten Antonias Aufmerksamkeit umgehend auf das Kartenbild. Sie schüttelte den Kopf. »Tut mir leid, Lisa. Es sieht nicht danach aus.«

»Aber ich liebe ihn doch! Er braucht vielleicht nur eine Auszeit. Ist es nicht so?« Die Stimme der Klientin klang drängend.

Vom Hausflur klang eine aufgeregte, weibliche Stimme ins Zimmer. Antonia bekam mit, wie sich ihre Schwester draußen alle Mühe gab, die Unbekannte zu beruhigen. Es klappte nicht. Die Hektik auf dem Gang störte. Antonia konnte sich kaum noch auf ihre Klientin und deren Kartenbild konzentrieren. Sie zwang sich, ihre Gedanken zu sammeln, konnte aber nicht verhindern, dass ihre Antwort härter ausfiel, als üblich.

»Auszeit! Mehr als zwei Jahre lang und ohne nach Ihnen zu fragen? Nein, Lisa! In den Karten ist nicht einmal ersichtlich, dass er noch an Sie denkt.« Sie biss sich auf die Lippen und griff nach Lisas Hand. »Geben Sie sich selbst eine Chance. Das Glück wird zu Ihnen kommen, wenn Sie nicht zurück sondern vorwärts schauen.«

Die Klientin sank noch mehr in sich zusammen. »Wir waren glücklich miteinander, dachte ich … ich bin nicht so hübsch wie seine jetzige Freundin. Das wird es sein. Er hält mich für langweilig. Ich bin langweilig …«

Antonia spürte, wie sich in ihrem Bauch die Hitze zusammenzog. Wie oft hatte sie Lisa schon gesagt, dass sie etwas für ihr Selbstbewusstsein tun sollte. Draußen auf dem Flur kratzte etwas über den Boden. Konnten die keine Rücksicht nehmen? Der hohe Ton, den das verursachte, schrillte in ihren Ohren. Gleich darauf plumpste etwas gegen die Wand. Der Stuhl, dachte sie. Die da draußen hat sich hingesetzt. Wenigstens das! Sie schnaufte kurz aus. Herr, gib mir jetzt Engelszungen, flehte sie im Geist und beugte sich zu ihrer Klientin vor.

»Nicht hübsch? Soll ich einen Spiegel holen, Lisa? Sie haben wunderschöne Augen, zumindest dann, wenn Sie den Blick vom Boden lösen. Jetzt schauen Sie mich an und machen Sie nach, was ich Ihnen zeige!« Sie richtete sich kerzengerade auf und kommandierte. »Rücken aufrichten! Einatmen! Ausatmen! Schultern zurück und Brust raus. Einatmen! Ausatmen! Und die Nase nach oben! So ist es gut! … Wie fühlen Sie sich jetzt?«

»Viel besser!« Lisa Weber brachte ein Lächeln zustande.

Antonia berührte Lisas Arm. »Gut! Wissen Sie was? Das ist ihre Hausaufgabe! Einverstanden? Sobald sie spüren, dass die Traurigkeit kommt, machen Sie diese Übung.«

Die Kundin nickte und mühte sich, ihre aufrechte Haltung zu bewahren. Antonia registrierte es. Sie lächelte ihr herzlich zu. »So, wenn Sie das nächste Mal kommen, sehen wir weiter.«

Sie stand auf, um sich von der jungen Frau zu verabschieden.

Lisa hielt ihre Hand fest. »Wenn ich Sie nicht hätte, Antonia. Sie schaffen es immer wieder, mich aufzubauen.«

Ein wenig aufrechter als sie gekommen war, ging die Kundin zur Tür hinaus. Antonia setzte sich wieder an ihren Platz. Sie legte die Hände vors Gesicht und massierte ihre Augen bis sie farbige Sterne sah. Kaffee! Ein Königreich für einen Kaffee und bitte lieber Gott, respektiere meinen Feierabend. Ich kann nicht mehr.

Draußen fiel die Eingangstür ins Schloss. Ein Stuhl ächzte. Die Stimmen auf dem Flur wurden lauter. Es dauerte nicht lange, da kam Marlene zu ihr herein. Sie hob die Hände. »Es tut mir leid!«

Zu weiteren Erklärungen kam Antonias Schwester nicht. Hinter ihr drängte eine ältere Frau durch die Tür. Sie trug ein Kostüm, das eindeutig von einem Nobelschneider stammte, dessen Schnitt jedoch nicht mehr der aktuellen Mode entsprach.

»Sie müssen mir helfen! Meine Shari ist verschwunden.« Die Stimme der Frau klang laut und hoch.

»Das ist ihr Hund«, sagte Marlene matt.

Die Frau trat mit raschen Schritten an den Tisch und sah Antonia durchdringend an. »Ich habe ihrer Schwester das Geld schon gegeben. Für eine halbe Stunde. Das ist nur die

Hälfte Ihrer Zeit. Sie können mich also nicht abweisen!« Mit zitternden Händen presste sie ihre Tasche an den Bauch. »Meine Shari ... bestimmt wurde sie entführt!«

Antonia seufzte und deutete auf den Stuhl. »Setzen Sie sich erst einmal und beruhigen Sie sich.« Sie schaute auf ihre Armbanduhr und notierte sich die Zeit für den Fall, dass sie für die Beantwortung der Frage noch ein Stundenhoroskop brauchte.

Die Frau zerrte am ihr zugewiesenen Sitzplatz, dass der Parkettboden stöhnte. »Ich wollte zum Metzger in der Gartenstraße. Dort kaufe ich immer Reste und Knochen für meine Shari. Die Leine wickelte ich um den Laternenpfahl, wie sonst auch. Shari hat gewartet, brav wie immer, weil sie ja ein Stückchen Wurst dort kriegt. Zur Belohnung. Aber wie ich aus der Metzgerei rauskomme, ist sie weg. Verschwunden! Nirgends zu sehen. Jemand hat sie mitgenommen, bestimmt. Mein Hund liebt die Wurst. Shari würde nicht weglaufen, ohne. Sie wurde entführt. Sie ist ein West Highland Terrier, mit Stammbaum, weiß. Bestimmt wollen die Entführer sie verkaufen. Meine arme Shari.« Sie redete, fast ohne Luft zu holen.

Marlene, die während ihres Wortschwalles hinausgegangen war, kam mit einer Tasse Kaffee zurück, die sie an den Platz ihrer Schwester stellte.

Antonia sah zu ihr hoch. »Du bist ein Schatz.« Sie nahm einen Schluck und als Marlene wieder draußen war, wandte sie sich an die alte Dame. »Wie heißen Sie denn?«

»Brunella Kamp. Wir sind vor einem halben Jahr hierher ins Dorf gezogen. Mein Mann meinte, die Schwarzwaldluft täte uns gut und hier würde alles besser werden. Aber an unseren Fersen klebt das Pech. Meine Shari ...«

Antonia bewegte die Hände auf und ab, um die neuerliche Aufregung von Frau Kamp zu dämpfen. Sie nahm ihre Lenormandkarten, schichtete sie umeinander und pustete dreimal darüber. Dann reichte sie den Packen an die Frau.

»Mischen Sie!«

Die Klientin tat es und Antonia legte die Karten aus. Sie war kaum damit fertig, da ergriff die Frau mit beiden Händen die Tischkante und lehnte sich vor. »Was sehen Sie? Wo ist mein Hund?«

»Drängen Sie mich nicht, Frau Kamp. Ich muss die Karten erst betrachten.«

Mit Geduld schien die Kundin nicht gesegnet. Sie ließ den Tisch los und rutschte dafür unruhig auf ihrem Stuhl herum.

»Sehen Sie meinen Hund?«

Antonias Zeigefinger machte sich selbstständig und klopfte leise Morsezeichen auf den Tisch. »Im Kartenbild schon. Er liegt über ihrer Personenkarte und dazwischen die Wolken, die aussagen, dass er verschwunden ist.«

»Das weiß ich schon!« Frau Kamps Fuß begann auf ihre Morsezeichen zu antworten.

Antonia zwang ihren Zeigefinger zur Ruhe und nahm sich vor, sich zu beherrschen. Aber in ihrem Bauch bildete sich bereits ein Knoten. Was dache sich diese Frau? Sie las in den Karten! Nicht im Adressbuch! Mit einiger Mühe schluckte sie die unfreundliche Antwort hinunter. Sie brachte sogar ein Lächeln zustande. Ihre Arme breiteten sich rechts und links neben dem Kartenbild aus. Sie beugte sich darüber und wie von selbst zuckte ihre Hand. Sie stieß an eine kleine, hölzerne Engelsfigur und fegte sie vom Tisch. Frau Kamp klappte den Mund auf und wieder zu.

»Hoppla«, sagte Antonia. Ihre Stimme klang zufrieden. Sie hob den Engel auf, streichelte über sein Haupt und stellte ihn wieder an seinen Platz. Dann konzentrierte sie sich auf die Bilder rund um die Karte *Hund*. Sie fand nichts, was auf den

Diebstahl des Tieres hindeutete. Sie sah ihre Klientin an. »Ich habe schon mal eine gute Nachricht für Sie. Entführt wurde ihr Hund nicht.«

Frau Kamps Finger schnellten vor und stießen an den Tisch. »Shari ist doch keine Streunerin! Sie hätte auf die Wurst gewartet. Sie MUSS entführt worden sein!«

Antonia schüttelte den Kopf. »Mit Sicherheit nicht. Das Kartenbild sagt aus, dass ihr Hund noch da ist, wo sie mit ihm waren. Also in der Gartenstraße. Er wird in ein Haus gelaufen sein. Ich sehe ihn eingesperrt. Es ist dunkel. Könnte ein Keller sein.«

Das Gesicht von Brunella Kamp verfärbte sich rot. Ihre Augen funkelten Antonia an. »Nie im Leben ist sie noch irgendwo in der Straße.«

»Die Karten lügen nicht!« Antonias Geduld ging zu Ende. Sie stand auf. »Ihre Shari ist dort. Klingeln Sie bei den Leuten und lassen Sie im Keller nachsehen.«

Frau Kamp sprang so hektisch auf, dass fast der Stuhl umfiel. »Und da behaupten die Leute, Sie können was! Das Geld für Sie ist rausgeschmissen und dazu musste ich auch noch ewig warten. Das einzige, was stimmt, ist, dass meine Shari eingesperrt ist, aber von Hundefängern! Wie hätte sie denn in ein Haus oder einen Keller laufen sollen? Nirgends stand eine Tür offen und für so eine Aussage bezahle ich auch noch Geld!«

Brunella Kamp ging ohne Gruß aus dem Zimmer.

Kurz darauf hörte Antonia, wie die Haustüre ins Schloss fiel. Sie ließ sich nach vorne auf den Tisch fallen und vergrub den Kopf in den Armen. Als Marlene zu ihr ins Zimmer trat, sah sie auf. »Ist sie weg?«

»Ja.« Marlene fummelte an ihren Locken, deren rehbraune Farbe allmählich in Naturgrau wechselte und die ihren Kopf wie eine aufgebauschte Mütze umrahmten. Eine Strähne zog sie glatt vor das Gesicht. Sie rümpfte die Nase. »Wieder ein paar mehr.« Sie ließ los und ihr Haar kringelte sich in den ursprünglichen Zustand zurück. »Wie geht's dir?«

»Wieso ist die gekommen, wenn sie die Wahrheit nicht hören will? Steht auf meiner Stirn *Fußabtreter* geschrieben?«

»Reg dich nicht auf, das ist es nicht wert.«

»Nicht aufregen?« Antonias Augen blitzten wie zwei Smaragde in der Sonne. Sie griff mit den Händen in ihren Nacken und schubste die kastanienbraune Haarpracht hoch. Die dichten Krausen fielen breit auf ihre Schultern zurück. Dann schlug sie mit der Faust auf den Tisch und ihre Stimme überschlug sich fast. »Die Frau hat mir gar nicht zugehört!«

»Ich würde dich ja gerne mit Schokolade besänftigen, aber die ist bereits meinem eigenen Frust zum Opfer gefallen.«

»Auch das noch … du Egoist!« Antonia griff nach dem hölzernen Engel und ihre Schwester trat rasch einen Schritt beiseite. Antonia drehte die Figur in der Hand und starrte sie an. »Du hast mich auch im Stich gelassen!« Dann sah sie zu Marlene. »Ein Krümelchen? Bitte!« Als ihre Schwester bedauernd den Kopf schüttelte, setzte sie den Engel hart auf den Tisch.

Marlene nutzte die Gelegenheit und gab noch eines obendrauf. »Eine Mahnung von der Kohlehandlung ist heute Mittag auch gekommen.«

Zwei Tage später befand sich Antonia wieder im Gleichgewicht. Sie hatte das Kartenbild von Frau Kamp noch einmal in Ruhe analysiert und konnte deren Verhaltensweise jetzt nachvollziehen. Auf jeden Fall passte ihre Deutung über den Aufenthaltsort des Hundes. Das bestätigte das im Nachhinein erstellte Suchhoroskop. Die Reaktion der Frau nagte zwar an ihr, aber sie mühte sich, den Gedanken daran zu verbannen. Es war ein Ausrutscher, nicht von Bedeutung. Mehr Sorgen machte sie sich um die Kohlerechnung, die sie vergessen hatte zu bezahlen. So etwas durfte nicht noch einmal passieren. Es setzte eine ungute Spirale in Gang, die am Ende nur auf sie selbst zurückfiel. Sie hatte Räucherwerk angezündet und versprochen, in Zukunft alle Rechnungen umgehend nach Erhalt zu begleichen, damit im Gegenzug weiterhin zahlungswillige Kunden den Weg zu ihr fanden.

Als Antonia nachmittags zur Bank ging, war sie guter Dinge. Sie plauderte ein wenig mit der Frau am Schalter und bummelte dann die Hauptstraße entlang. Seit ihrer Kindheit hatte sich hier kaum etwas verändert. In kleinen, von den Inhabern geführten Läden konnte man noch immer die typischen Holzschnitzereien kaufen, Kuckucksuhren oder den berühmten Schwarzwälder Schinken und im Holzofen gebackenes Brot.

Drüben auf der anderen Straßenseite dominierte das alte Rathaus und trotzte seit Urzeiten jeder Moderne. Geranien blühten vor den Fenstern. Die Pflanzen wurden vom Bürgermeister höchstpersönlich gegossen, weil ihre Farben für den Gemeindeverbund Rabenhofen mit seinen Ortschaften Blumbrücken, Ochsenrath, Kreuztann und Weintal standen. Weiter vorne, in dem Gebäude mit der großen Hofeinfahrt befand sich das Polizeirevier. Antonia grinste, als ihr Blick das offene Tor dort erfasste. Kommissar Schmidt würde demonstrativ seine alte Schiebermütze verkehrt herum aufsetzen, falls er ihrer ansichtig wurde. Sie schaute zum Dach des Gebäudes hoch. Dahinter ragte die Turmspitze der katholischen Kirche auf, in der sie sich bei jedem Gottesdienst kalte Füße holte. Die Turmglocke schlug gerade die fünfzehnte Stunde.

Antonia gefiel es hier im Ort, obwohl die meisten Wohnhäuser so alt waren, dass sie noch mit Holz und Kohle beheizt wurden, auch ihr eigenes. Sie fand das gemütlich und hatte bis jetzt noch keine Sekunde bereut, dass sie vor vier Jahren mit ihrer Schwester zurück in ihr Elternhaus gezogen war. Marlene ließ sich damals gerade scheiden, während sie selbst lange alleine gelebt hatte.

Nur noch wenige Meter, dann befand sie sich auf der Höhe des Geschäftes von Susanne Ritter. Antonia beschleunigte ihren Schritt und schaute stur geradeaus. Es half nicht. Je näher sie dem Laden kam, desto weniger wollten ihre Beine weiter. Als die Ladentür sichtbar wurde, führte ihr Körper eine Wendung nach rechts aus, ihr Fuß hob sich, um die kleine Stufe zu erklimmen, und dann befand sie sich mitten im Paradies.

Die Inhaberin lächelte sie an. »Hallo Frau Hain. Sie haben mal wieder den richtigen Riecher. Die extra Dunkle ist heute frisch gekommen.«

»Her damit! Ich nehme fünf Tafeln.« Antonia lief bereits das Wasser im Mund zusammen. Während Frau Ritter die Schokolade aus dem Regal holte, betrachtete sie die Trüffeln, die hinter einer Glasscheibe offen auslagen. Sie seufzte. »Da nehme ich auch was von mit.«

»Gern.« Frau Ritter füllte nach Antonias Angaben von den runden Kugeln in ein Tütchen. Sie kam ins Plaudern, über Schokoladetrüffel und das Geschehen im Ort. »Haben Sie schon gehört? Der Hund von der Zugereisten ist verschwunden. Seit zwei Tagen schon. Die arme Frau ist fix und fertig. Hat alle in der Gartenstraße verrückt gemacht, geklingelt und gefragt, aber das Tier ist nicht aufgetaucht. Sie schwätzt von Hundefängern, aber ich kann mir das bei uns gar nicht vorstellen.«

Antonia horchte auf. Sollte Frau Kamp ihrem Rat gefolgt sein? Aber warum hatte sie den Hund dann nicht gefunden? Es stand eindeutig in den Karten.

»Hm«, sagte sie und dachte, dass sie das nicht auf sich sitzen lassen konnte. Ihr Blick fiel auf ein Regal in der hinteren Ecke des Verkaufsraums. Besser, sie wappnete sich für einen langen Marsch. »Ich nehme noch eine Flasche stilles Wasser und eine von den Dosen mit Schokotalern.«

Antonia verstaute ihren Einkauf im Korb, deckte ihn mit ihrem Stoffbeutel ab und verließ ziemlich rasch den Laden. Auf direktem Weg ging sie in die Gartenstraße. Langsam lief sie dort an den Häusern entlang. Was könnte einen neugierigen kleinen Hund wohl anlocken? Vor einem leer stehenden Anwesen, nur zwei Hausnummern von der Metzgerei entfernt, blieb sie stehen. Die außen liegende Kellertür war mit einem Vorhängeschloss gesichert. Der Riegel schien frisch geölt. Antonia ließ den Blick weiter zum Kellerfenster wandern. Jemand hatte es ausgehebelt und nachlässig wieder eingesetzt. Am Rahmen klebten Erdkrümel. Es irritierte sie. Drüben, auf der anderen Straßenseite, kläffte plötzlich ein Hund. Ihr Kopf flog herum. Hinter einem Fenster erkannte sie den Zwergspitz von Frau Anderer, der sich wohl für den Bewacher des Kellers hielt, vor dem sie stand. Schade! Das triumphierende Gefühl, das sie eben verspürt hatte, verflog. Aber hier in der Straße musste der Terrier sein. Es gab keinen Zweifel daran. Sie schaute wieder auf das Kellerfenster. Wieso hingen Erdkrümel am Rahmen? Maria Wolf fiel ihr ein. Sie kannten sich seit der Schulzeit und sie wohnte nebenan in dem Haus mit dem alten, baufälligen Tor. Ohne lange zu überlegen ging sie dorthin. Als sie ihre Hand ausstreckte, um zu klingeln, trat Maria mit einem Beutel voller Küchenabfälle heraus.

»Hallo Antonia ... wolltest du zu mir?« Neugierig schaute sie in ihren Korb und lüpfte den Stoffbeutel. »Ah, bei der Ritter gewesen ...«

»Klar«, erwiderte sie, »hast du eine Minute Zeit?«

»Was gibt's denn?« Die Neugier stand in Marias Gesicht.

»Es geht um den Hund von Frau Kamp.«

Maria ging zum Mülleimer hinüber. »Ah, die war schon bei mir, aber bei uns ist er nicht.«

Antonia lief ihr hinterher. »Habt ihr auch im Keller der Glasers nachgesehen? Das Haus verwaltest du doch, oder?«

»Ja, ich meine, ich habe die Verwaltung, aber nachgesehen haben wir dort nicht. Ist ja immer alles verschlossen.«

In Antonias Bauch fing es an zu kribbeln. »Maria, könntest du trotzdem den Schlüssel holen. Ich habe so ein Gefühl.«

»Klar!« Maria schloss den Deckel des Mülleimers. Während sie zum Nachbarhaus gingen, zog sie aus ihrer Schürzentasche einen Schlüsselbund heraus, hielt ihn hoch und suchte kurz. Nur wenige Minuten später schob sie den Riegel der Kellertür zurück. Kurz darauf stieg sie schon die Treppe hinunter.

Antonia folgte ihr dicht auf den Fersen. Ihr Blick flog zu dem klobigen Schalter neben dem Eingang und den auf Putz verlegten Leitungen. »Der Strom ist wohl abgeschaltet?«

»Ja, schon lange. Pass bloß auf die Stufen auf, die sind tückisch!«

Das hatte Antonia schon bemerkt! Das Holz ächzte bei jedem Schritt. Sie atmete auf, als sie den gestampften Erdboden des Kellers unter den Füßen spürte.

Das Tageslicht von draußen reichte nicht weit in den Raum hinein. Als Antonia sich umsah, erkannte sie zuerst nur dunkle Umrisse. Maria schien sich schneller zu orientieren.

»Hier ist die Shari nicht.« Ihre Stimme klang enttäuscht.

Maria wollte schon umkehren, aber Antonia hielt sie am Ärmel zurück. »Hörst du das nicht?« Ihr Blick flog über das Gerümpel, das sich überall stapelte. Sie ging ein paar Schritte tiefer in den Raum hinein. Fast wäre sie über einen Holzpflock gestolpert, in dem noch eine verrostete Axt steckte. Ihre Aufmerksamkeit wurde auf den Verschlag vor dem Kellerfenster gelenkt, der das Licht von dort fast vollständig schluckte. Sie ging hinüber, lehnte sich seitlich an der Bretterwand vor und schaute hinein. Das bisschen Tageslicht, was durch das kaputte, schmutzige Fenster von draußen hereindrang, ließ einen Berg Kohlen erkennen, der hier wohl seit Jahren lagerte. Am unteren Ende, zwischen Bretterabsperrung und der Wand dahinter, schien er lebendig zu sein. Ein Augenpaar blinkte und leise, winselnde Töne erklangen.

Maria reckte über Antonias Schulter hinweg neugierig den Hals. Antonia drehte sich um und reichte ihr den Korb hin. »Halt mal!«

Vorsichtig stieg Antonia an der Bretterwand entlang in den Verschlag hinein. Ein paar Kohlestücke purzelten umeinander. Das Winseln aus der hinteren Ecke steigerte sich zu einem verängstigten Jaulen und ein Müllsack, der auf den Kohlen lag, glitt ein Stückchen tiefer. Der Sack hing eingewickelt an einer Schnur, die bis zum Stiel einer Schaufel führte, welche neben dem Fenster in das Heizmaterial gerammt war. Antonia beobachtete, wie sich das Seil spannte. Der Müllsack ruckte und wurde am weiteren Abrutschen gehindert, aber das offene Ende der Hülle schlängelte sich aus dem nachlässig gebundenen Knoten, faltete sich auf und gab den Inhalt frei. Entsetzt keuchte Antonia auf. Ein vermoderter Schädel glotzte mit leeren Augenhöhlen in ihre Richtung, ein paar Haarbüschel gaben ihm ein groteskes Aussehen. Hinter ihr schrie Maria gellend auf. Der Korb, den sie gehalten hatte, fiel zu Boden. Antonia drehte sich um, drängte Maria zurück und schnappte sich ihren Korb. Dann atmete sie tief durch, kramte ihr Handy heraus und wählte die Nummer der Polizeistation. »Hallo, hier ist Antonia Hain. Im Keller vom Glaser-Haus liegt eine Leiche. Mord, wie es aussieht ...«

2. Kapitel

Während Maria draußen auf der Straße auf das Eintreffen der Polizei wartete, versuchte Antonia den Hund zu befreien. Seine Pfote klemmte unter den Brettern des Verschlags. Sie hatte es gerade geschafft, da hörte sie hinter sich eine aufgebrachte Stimme.

»Raus hier! Sie vernichten mir ja alle Spuren.«

Antonia hob das geschwächte Tier hoch und drehte sich um. »Spuren? Hier hinten? Nehmen Sie lieber das Kellerfenster unter die Lupe, Herr Kriminalkommissar Schmidt. Oder glauben sie etwa, der Täter hat sich mitsamt seiner Leiche am Seil runtergehangelt, um für Sie Tapsen zu hinterlassen?«

Der Kommissar schaute sie aus zusammengekniffenen Augen an. Er griff an seine Schiebermütze, hob sie Antonia entgegen und setzte sie demonstrativ verkehrt herum auf. »Sagen Sie mir nicht, was ich tun soll, Antonia Hain. Schnappen Sie ihren Besen und reiten sie nach Hause.«

»Fliegen, Herr Kriminalkommissar, fliegen ... wenn schon.« Antonia ging mit dem Hund auf dem Arm zu ihm und stellte sich dicht vor ihn hin. »Ein bisschen gereizt heute, wie mir scheint. Wird wohl Zeit, dass die Frau nach Hause kommt?«

Kriminalkommissar Hannes Schmidt schnaubte und trat einen Schritt rückwärts. »Halten Sie mir dieses zappelnde, schwarze Ungeheuer vom Leib! Ich will nicht so dreckig aussehen wie Sie.« Er machte eine herrische Handbewegung zu dem Polizisten, der ein paar Schritte abseits auf Befehle wartete. »Maier! Nehmen Sie die Aussage auf und schaffen Sie mir dieses Hexenweib aus den Augen.«

Antonia lächelte den Kommissar an. »Rufen Sie ihre Frau doch an. Telefonsex hat auch seine Reize.«

Noch ehe er den Mund aufmachen konnte, schlängelte sie sich mit einer geschmeidigen Bewegung an ihm vorbei. Sie hob ihren Korb auf und ging mit dem Polizisten namens Maier in die gegenüberliegende Ecke.

»Erst der Hund!« Antonia griff in den Korb, nahm den Stoffbeutel heraus und hielt ihn dem Polizisten hin. »Na los, packen Sie meine Schokolade da rein. Halt, die Dose aufmachen und den Inhalt in den Beutel leeren.« Die Flasche mit Wasser stellte sie auf den Boden. Der Terrier fing jämmerlich an zu fiepen. »Ist ja gut, kriegst gleich was zu schlabbern ...«

Antonia setzte den zitternden Hund in den Einkaufskorb. Sie öffnete die Wasserflasche und goss etwas davon in die Unterschale der Dose. Es dauerte eine Weile, bis das Tier genug hatte und sich erschöpft im Korb zusammenrollte. Präzise schilderte Antonia nun, wie sie mit Maria in den Keller gekommen war und die Leiche gefunden hatte.

»Maier, ein bisschen Beeilung. Ich brauche Sie hier!« Der Kommissar hantierte mit einem kleinen Scheinwerfer, um den Kohleverschlag besser auszuleuchten. Missmutig schaute er auf Antonia. »Sie sind ja immer noch hier.«

Sie drehte sich zu ihm um und verzog den Mund zu einem breiten Lächeln. »Ich würde erst einmal den Gehweg vor dem Kellerfenster sichern lassen. Falls Sie an Spuren interessiert sind.«

»Stand das in ihren Karten?«

»Für den Tipp reichte ein Blick auf das Objekt.«

»Machen Sie, dass sie raus kommen!«

»Das Loch im Kopf des Opfers haben Sie aber gesehen?«

»Wollen Sie mir drohen?« Kommissar Schmidt machte einen Schritt auf sie zu.

Antonia seufzte. »Eines Tages werden Sie es auch kapieren und übrigens, wenn Sie Hexen abwehren wollen, sollten sie ihre Socken verkehrt herum anziehen. Ihre Mütze ... ach, was soll's.« Sie winkte ab, nahm den Beutel mit ihrer Schokolade und den Korb mit dem Hund. Auf dem Weg zum Kellerausgang blieb sie noch einmal stehen und drehte sich um. »Nur für den Fall, Herr Kriminalkommissar ... Wenn Sie nicht herausfinden, wer der Tote ist, dann wissen Sie ja, wo Sie mich finden. Meine Karten ...«

Hannes Schmidt holte tief Luft. »RAUS!«

Auf dem Gehweg vor dem Haus der Glasers versammelten sich bereits die Schaulustigen. Ein junger Polizeibeamter, den Antonia nicht kannte, hatte alle Hände voll damit zu tun, sie von der Absperrung zurückzudrängen. Eine weitere Person in Zivil fotografierte bereits das Kellerfenster und eben fuhr ein Auto vor, dessen Insassen zielstrebig zum Kellereingang liefen. Verstärkung aus der Stadt. Antonia grinste. Kriminalkommissar Schmidt musste sich jetzt wohl anstrengen, wenn er den Fall behalten wollte. Besser konnten die Voraussetzungen für sie gar nicht sein.

Antonia blieb einen Moment stehen und beobachtete, wie der Kriminaltechniker vor dem Kellerfenster Erdklumpen einpackte. Das war keine Gartenerde aus der Umgebung. Sie schien viel zu dunkel. Von der Seite her sprach jemand auf sie ein. Antonia schaute auf, es war der junge Polizist. Er hob das Absperrungsband, damit sie darunter durchschlüpfen konnte. Antonia presste den Korb mit dem Hund vor den Bauch und zwängte sich durch die gaffende Menge. Auf der anderen Straßenseite entdeckte sie Maria, die dort wie ein Häufchen Elend auf der Treppe eines Hauseingangs saß. Ein paar Nachbarinnen umringten sie. Antonia winkte mit dem Beutel in der Hand hinüber. Als sie loslief, prallte sie mit der Schulter gegen einen Mann. Beinahe stürzte sie. Er fing sie auf, und sie erkannte den Jäger Leo Heckert.

Leo hielt sie am Arm, bis sie sicher stand. »Sieh an! Die Kartenlegerin. Mal wieder für eine Sensation gesorgt?«

Während des Redens blies er ihr der Rauch seiner Zigarette ins Gesicht. Der Terrier in Antonias Korb streckte den Kopf hoch und fing an zu knurren.

Antonia hustete. »Was soll das, Herr Heckert? So kann ich den Code nicht lesen! Geben Sie beim nächsten Mal ihr Rauchzeichen nach oben ab.«

Der Mann grinste, warf seine Zigarette auf den Boden und trat sie aus. »Verzeihung.« Er beugte sich zu dem Hund. »Gilt auch für dich.«

Eine aufgeregte weibliche Stimme wehte zu ihnen herüber. Antonias Name fiel. Sie schaute über Leos Schulter und entdeckte auf der Treppe zur Metzgerei ihre Klientin Lisa Weber, die ihr zuwinkte. Antonia hob den Arm und winkte zurück. Der Beutel mit ihrer Schokolade schlenkerte dabei gegen Leo Heckerts Brust. Er trat einen Schritt zur Seite, schaute ebenfalls zu der jungen Frau und wandte sich dann an Antonia.

Er deutete auf den Beutel in ihrer Hand. »Muss ich für den Schock büßen, den Sie da drinnen erlitten haben?«

»Nur wenn Sie der Mörder sind. Sind Sie es?« Antonia grinste ihn an. »Entschuldigung!«

Leo Heckert hob den Zeigefinger. »Passen Sie auf ihr Mundwerk auf! Wenn ich Sie nicht kennen würde …« Sein Blick aus blauen Augen fixierte sie. »Der Tote da drinnen wurde also ermordet. Weiß man schon, wer es ist?«

»Sein Gesicht war zu knöchern, als dass ich ihn auf Anhieb hätte erkennen können.«

Von weiter vorne rief jemand. »Leo! Wie lange willst du da noch herumstehen? Wir sind spät dran.«

Antonia sah auf den Geländewagen, der am Straßenrand parkte. Lutz Iffland, der Schwiegersohn von Leos Arbeitgeber streckte den Kopf zum Seitenfenster heraus. Er schien nervös. Seine halb gerauchte Zigarette flog auf den Gehweg. Mit dem Arm vollführte er hektische Bewegungen, um den Jäger anzutreiben.

Leo zuckte die Schultern. »Ich muss los. Sonst gibt es Ärger.« Er rührte sich jedoch nicht von der Stelle, sondern beugte sich zu Antonias Korb und streichelte über den Kopf des Hundes. »Arme Kleine! Das ist die Shari, nicht wahr? Der Metzger hat mir vorhin erzählt, dass sie verschwunden war.« Leo tastete vorsichtig über ihre Pfote. »Die muss bandagiert werden. Aber es scheint nichts gebrochen zu sein.« Shari fiepte und leckte seine Hand. Aus dem Auto erklang noch einmal die ungeduldige Stimme von Lutz Iffland. Leo Heckert blies genervt die Backen auf. »Also dann, bis zu unserem nächsten Zusammenstoß.«

Antonia lachte. Sie sah ihm nach, wie er zum Wagen ging und auf der Fahrerseite einstieg. Es stimmte schon, sie lief oft blindlings in ihn hinein. Sie wusste auch nicht, warum. Antonia grinste. Vielleicht lag es ja an seinem knackigen Körper, dass sie nicht an ihm vorbeikam. Er sah gut aus! Sportlich durchtrainiert, feste Muskeln, wie sie bei ihren Zusammenstößen spüren konnte. Männlich-markantes Gesicht. Wenn sie jünger wäre und nicht in festen Händen, müsste sie wohl auf sich aufpassen …

Antonia wartete noch, bis der Jäger mit Lutz Iffland an der Menschenansammlung vorbeigefahren war und ging dann über die Straße.

»Was wollte der Heckert? Du hast so lange mit ihm geredet«, fragte Maria. Sie sah ziemlich blass aus und knabberte nervös an den Fingernägeln.

»Nichts, der stand mir nur im Weg — wie so oft. Ist Donnerstag heut, hat wohl dem Metzger wieder so ein armes Reh abgeliefert.« Antonia machte eine wegwerfende Handbewegung und sah an sich herunter. »Du meine Güte!« Ihre Kleidung war voller Flecken und der Hund in ihrem Korb wirkte im vollen Sonnenlicht noch erbärmlicher als vorhin. Sein Fell sah nicht mehr weiß, sondern grau verschmiert aus. Sie grinste. »Dein Frauchen wird dich nicht wiedererkennen.«

»Ich glaube, dort kommt sie. Ist wohl auch aufgeschreckt worden durch das Tamtam hier.«

Die Frau neben Maria deutete die Straße entlang und Antonia schaute in die angegebene Richtung. Als Frau Kamp näher kam und sie unter den Frauen erkannte, kniff sie die Lippen zusammen und steuerte auf die andere Straßenseite. Antonia schnitt ihr den Weg ab.

»Frau Kamp, warten Sie! Sie haben bei ihrer Suche ein Haus ausgelassen!« Sie konnte den leisen Triumph in ihrer Stimme nicht unterdrücken.

Die alte Dame blieb stehen und schaute sie misstrauisch an. Als sie merkte, dass in Antonias Korb etwas Lebendiges fiepte und jaulte, riskierte sie einen Blick. »Das ist nicht … oh mein Gott! Shari! Um Himmels Willen! Was ist mit dir passiert?« Das schmutzige Wollknäuel leckte die Hand seines Frauchens und versuchte aus dem Korb zu springen. Frau Kamp konnte die Tränen nicht mehr zurückhalten. »Ach du je, meine Shari!« Kleinlaut sah sie Antonia an. »Wo?«

»Im leerstehenden Glaser Haus. Neben einer Leiche.«

»Jesus und Maria, meine arme Shari.«

Antonia beruhigte sie. »Es geht ihr gut. Sie hat höchstens ein bisschen abgenommen, aber nicht so viel wie der arme Kerl dort drinnen.« Sie drückte der alten Dame den Korb in die Hände. »Bringen Sie den bei Gelegenheit vorbei.«

Frau Kamp wischte sich die feuchten Wangen. »Ich schäme mich wegen meines Auftritts vorgestern.«

Sie zuckte die Schultern. »Jetzt können Sie ja guten Gewissens Werbung für mich machen.«

Die Frau nickte und ging mit ihrem Hund nach Hause. Antonia begab sich wieder zu Maria.

Birgit Anderer, die Besitzerin des Hauses, auf deren Stufen sie saß, brachte Kaffee und schenkte jedem ein. Nach einer Weile wies sie auf die andere Straßenseite, wo sich noch immer die Neugierigen drängten. »Das Glaserhaus ist verflucht.« Ihre Stimme klang düster. »Erst vor fünf Jahren wurde der Alte da drinnen ermordet, der Edwin, und ich sage euch, garantiert von Holger — seinem eigenen Sohn! Und jetzt findet ihr dort drüben wieder eine Leiche. Oh ja, das Haus ist verflucht!«

»Sie hat so grausig ausgesehen! Vor einer Woche war die noch nicht im Keller. Das weiß ich genau!« Marias Finger zitterten, als sie ihre Tasse zum Mund hob.

Frau Anderer sah sie an und blickte dann zum Glaserhaus hinüber. »Vor vier Tagen hat unser Hund in der Nacht mal Alarm geschlagen. Aber bis mein Mann endlich aus dem Bett stieg, konnte er nichts Verdächtiges entdecken. Er hat nur noch ein Auto fahren hören.«

»Es ist nicht sicher, dass es der Sohn vom Edwin war, damals vor fünf Jahren«, meldete sich eine Nachbarin zu Wort.

Birgit Anderer winkte ab. »Wer soll's denn sonst gewesen sein. Holger hatte doch die Wochen davor dauernd mit seinem Vater gestritten und dann schleppte er diese Pflanze an. Der Kerl ist ein eiskalter Mörder, wenn ihr mich fragt.«

»Vielleicht, vielleicht nicht. Er ist seither verschwunden.« Die kleine Frau neben Maria wiegte den Kopf.

»Na klar! Was würdest du tun, Emma? Etwa freiwillig ins Gefängnis gehen?«

»Vielleicht hat ihn die gerechte Strafe längst ereilt.« Eine der Frauen deutete mit dem Finger auf die andere Straßenseite. »Am Ende ist der Holger auch tot.«

Die schlanke Schwarzhaarige neben ihr schüttelte den Kopf. »Nein, der ist in Brasilien. Er wurde erkannt. Ist noch gar nicht lange her. Ich weiß das aus sicherer Quelle.«

»Ich möchte wissen, wie die Leiche in den Keller gekommen ist. Ich habe sie nicht da rein, falls das einer denkt ... und mein Sohn Georg auch nicht!«

Die Frauen rückten enger um Maria herum und versicherten ihr, dass keine auf so eine absurde Idee käme. Die Anteilnahme schien Maria gut zu tun und doch nahm es nicht ihre Unruhe. Sie senkte den Blick, stützte den zitternden Ellbogen auf die Knie und knabberte weiter an ihren Fingernägeln. Unter den Lidern hervor schielte sie zu Antonia, als wenn sie abschätzen wollte, was sie dachte.

Konnte es sein, dass Maria etwas wusste oder ahnte? Hatte sie etwa ein Geheimnis, das durch den Leichenfund aufgedeckt zu werden drohte? Antonia grübelte.

Emma stieß sie mit dem Ellbogen an. »Ob sie herausfinden, wer der arme Mensch ist?«

»Wenn nicht, dann finde ich es heraus!« Antonia klopfte Maria tröstend auf die Schulter, gab die ausgetrunkene Tasse zurück, verabschiedete sich und ging nach Hause.

Kaum dass Antonia die Haustüre hinter sich geschlossen hatte, rief sie bereits nach ihrer Schwester. Als sie keine Antwort erhielt, ging sie durch den Küchenausgang in den Garten.

Sie entdeckte Marlene am hinteren Ende vor dem Beerengestrüpp am Lattenzaun. Das Grundstück grenzte hier an einen schmalen Weg und gab den Blick auf die dahinter liegenden Felder und den Waldrand frei. Normalerweise genoss sie diesen Ausblick, doch jetzt schlängelte sie sich eilig zwischen Bohnen, Zucchini und Kürbissen durch, um zu Marlene zu gelangen.

»Leni, ich habe den Hund gefunden, und stell dir das vor — dazu eine Leiche mit einem mörderischen Loch im Kopf!«

Marlene fiel beinahe die Schüssel mit den Himbeeren aus der Hand. Sie presste das Gefäß an ihren Bauch und trat einen Schritt zurück. Aus zusammengekniffenen Augen starrte sie Antonia an. »Ich lass dich einsperren!«

»Wieso? Weil ich den Hund gefunden und mit seinem Frauchen vereint habe?« Antonia rückte ihr ungerührt wieder nach und stibitzte ein paar Beeren aus der Schüssel.

Marlene schubste sie weg und bedeckte die Schale mit ihrer Hand. »Pflücke dir gefälligst selbst welche, und du weißt ganz genau, dass es nicht um den Hund geht. Deine Augen glitzern. Ich hasse dieses Glitzern!«

Antonia grinste und versuchte erneut an die Schüssel heranzukommen. »Mord ist gut fürs Geschäft.«

»Hast du umgesattelt auf Leichenbestatter?«

»Ich will den Mörder finden, nicht unter die Erde bringen.«

»Ich sage dem Kommissar, dass er dich in Sicherheitsverwahrung nehmen soll.« Marlene drehte sich zu den Sträuchern um, zupfte und warf die Himbeeren in ihre Schale.

»Nicht so heftig, die zermatschen ja.«

»Und? Werden eh gekocht.«

»Was ist los mit dir? Freu dich doch! Das ist ein Glücksfall. Ich kann dem Kommissar endlich zeigen, was ich als Kartenlegerin drauf habe. Oh, Leni, ich höre ihn schon Abbitte leisten! Und denk an den neuen Kühlschrank, den können wir uns bestimmt viel schneller leisten. Die Klienten werden uns die Tür einrennen.«

Marlene drehte sich zu ihr um und schrie sie an. »Ich ertrage es nicht!«

Antonia schwieg und fing an Beeren zu zupfen, die sie in Marlenes Schüssel tat. Nach einer Weile legte sie den Arm um ihre Schwester. »Ich habe dich auch lieb und du musst keine Angst um mich haben. Ich lese nur die Karten. Alles andere überlasse ich der Polizei.«

Marlene befreite sich aus ihrer Umarmung und zischte sie an. »Lüg nicht! Ich kenne dich viel zu gut und weiß es besser!«

Am Abend saß Antonia am Küchentisch und kramte ein Päckchen Lenormandkarten aus der Schublade. So wie hier hatte sie überall im Haus ihre Depots, sogar im Badezimmer. Forschend schaute sie zu ihrer Schwester. Sie stand mit dem Rücken zu ihr am Herd und rührte Marmelade. Ihre Aufregung vom Nachmittag schien verraucht. Zumindest blieb sie äußerlich gelassen, obwohl sie das Geräusch der sich öffnenden Schublade gehört haben musste.

Antonias Hand blieb trotzdem noch eine Weile auf der Schachtel liegen, ehe sie die Karten herausnahm. Dann begann sie zu mischen. Die Karten schlugen in schneller Folge aufeinander.

Für einen Moment rührte Marlene die Marmelade nicht mehr weiter. Sie blies heftig den Atem aus. »Es lässt dir keine Ruhe, nicht wahr?«

Antonia schichtete weiter die Karten umeinander. »Ich will wissen, wer der Tote ist, den ich gefunden habe.«

»Das wird bald in der Zeitung stehen.«

»Mag sein, aber ich freu mich, wenn ich sagen kann, dass ich das schon eher wusste.« Antonia legte den Stapel Karten verdeckt auf den Tisch, dann nahm sie nacheinander drei Karten von oben weg und deckte sie auf. »Die *Wolken*, der *Hund* und das *Haus*«, murmelte sie. »Himmel, ist das eindeutig!«

»Was, ist die Leiche ein Hund? Ich dachte …«

Marlene hörte auf zu sprechen. Sie nahm den Topf vom Herd und schüttete die brodelnde Masse in die parat stehenden Gläser.

»Nein, der Hund ist in diesem Fall ein junger Mann. Die Wolken sagen, dass er …«

»Still, ich will es nicht wissen.« Marlene schraubte die Deckel auf die Gläser und stülpte sie um. »Au, verdammt, ist das heiß.«

»Nimm ein Geschirrtuch oder Topflappen … ich kann es nicht für mich behalten. Jemand muss doch meinen Triumph nach außen tragen. Also hör zu …«

»Dein Rat kommt zu spät.« Marlene drehte mit schmerzverzerrtem Gesicht den Wasserhahn auf und hielt ihre Finger unter das kalte Wasser. »Und deinen Ruhm kannst du allein vermehren. Ich hör dir gar nicht zu.«

»Jetzt sei nicht kindisch, Marlene.«

Marlene schüttelte das Wasser von den Händen. Sie drehte sich um. Langsam trat sie an den Tisch und setzte sich. »Leni … du kannst mich weiterhin Leni nennen. Warum willst du mich nicht verstehen? Ist Verständnis etwas, das du nur deinen Klienten entgegenbringen kannst?« Sie zog eine Haarsträhne vor das Gesicht. »Hier, ich habe sie gezählt. Seit heute Mittag haben sich die grauen Fäden darin verdoppelt.«

Antonia wehrte sich. »Aber nicht wegen mir, sondern wegen der Natur. Ich habe auch graue Fäden in den Haaren. Na und? Du kannst sie dir färben lassen, wenn's dir nicht gefällt.«

Marlenes Lippen fingen an zu zittern. Das sanfte Braun ihrer Augen schien mit einem Mal dunkler zu werden. Ihr Blick schweifte ab.

Antonia seufzte und berührte ihre Hand. »Erinnerst du dich noch an Minnie?«

Ein Lächeln zuckte über Marlenes Gesicht. »Unsere Katze.«

Antonia nickte und wurde dann heftig. »Dieser alte trottelige Polizist glaubte mir nicht, dass sie von dem Alten vergiftet wurde. Weißt du noch? Er sagte mir ins Gesicht, ich hätte zu viel Fantasie und ich sollte unbescholtene Leute nicht verleumden. Du warst dabei. Und dann aß dieser kleine Junge von den vergifteten Plätzchen. Er hätte damals nicht sterben müssen, wenn man auf mich gehört hätte.«

Marlene vergrub ihr Gesicht in den Händen. »Du warst erst neun und ich zwölf Jahre alt. Was hätten wir tun sollen?«

Antonia beugte sich zu ihr vor. »Es geht nicht um damals, sondern um heute. Man muss hartnäckig sein, genau hinschauen. Wenn man die Wahrheit erkennt, muss man sie herausschreien und die Leute dazu bringen, zuzuhören. Nur so kann man Unheil verhindern. Meine Karten sagen die Wahrheit. Sie helfen mir, sie auszusprechen. Ich habe eine Fähigkeit und die muss ich nutzen.«

»Ja, für deine Klienten. Aber nicht, um einen Mörder zu fangen. Das ist Sache der Polizei. Es übersteigt deine Kompetenzen.« Marlene ballte die Fäuste, dass die Knöchel weiß hervor traten.

Antonia schüttelte den Kopf. »Du verstehst nicht.«

Marlenes Augen funkelten. »*Du* verstehst nicht. Erst starb Vater, zwei Wochen später die Katze und dann läufst du mir davon und gehst zu diesem Typ und sagst ihm *deine* Wahrheit auf den Kopf zu. Über eine Woche hast du im Bett bleiben müssen, weil er dir eine so heftige Ohrfeige verpasst hat, dass dein Kopf gegen die Hauswand knallte. Du lagst da wie tot und Mutter gab mir die Schuld, weil ich nicht genug auf dich aufgepasst hab.«

»Er war schuld, nicht du.«

»Wen interessiert das?«

»Dich sollte es interessieren. Außerdem bin ich zäh und schon lange erwachsen. Du musst nicht mehr auf mich aufpassen, Leni. Mit meinen 49 Jahren kann ich das wohl selbst.«

Marlene biss sich auf die Fingerknöchel. Sie sah Antonia an und stand auf. »Es ist zwecklos. Ich gehe ins Bett.«

Ein paar Minuten später erklang im oberen Stockwerk Beethovens No 5 in bühnenreifer Lautstärke. Antonia presste die Lippen aufeinander. Sie schob die Karten zusammen und verstaute sie in der Schublade. Ihre Arme sanken in den Schoß und ihre Haltung fiel in sich zusammen. So blieb sie sitzen, umweht von den machtvollen Tönen, welche die Zimmerdecke zum Zittern brachten. Sie schüttelte den Kopf. Ihre Hände hoben sich und ihr Gesicht sank hinein. Minutenlang verharrte sie auf diese Weise. Dann richtete sie sich mit einem Ruck auf. Sie ließ sich doch nicht manipulieren! Auch nicht mit Beethoven No 5, das ließ sie nicht zu. Sie wurde gebraucht. Es galt immerhin einen Mord aufzuklären!

Antonia ging in den Flur, holte das Telefon und marschierte damit in den Garten. Sie wählte die Nummer von Oliver Thiel. »Hallo, mein Lieber. Du hast es sicher schon gehört. Du kriegst Arbeit … ja, ich habe ihn gefunden und ich weiß auch schon, wer der Tote ist.

3. Kapitel

Als Antonia den vermutlichen Namen des Toten nannte, hielt Oliver für einen Moment die Luft an. Er sah an sich herunter auf seine Füße. Konnte es wahr sein, was er fühlte? Zum Test bewegte er die Zehen. Seine blauen Augen strahlten auf und er hauchte einen Kuss auf den Telefonhörer. Das galt nur zum Teil Antonia. Seine Fußzehen fingen an zu schwitzen! Wie sehr hatte er diese kribbelnden Schweißattacken vermisst. Er hatte sie nicht mehr verspürt, seit seine Laufbahn als Kripobeamter in Hamburg aufgrund von üblen Schussverletzungen vorzeitig endete. Das war vor sechs Jahren. Damals, nach der Reha, zog er zurück nach Rabenhofen, dem Ort seiner Kindheit.

Während Antonia erzählte, blitze in Oliver der Gedanke an seinen Freund, Kriminalkommissar Hannes Schmidt, auf. Er würde taktisch vorgehen. Ihn ein bisschen zappeln lassen, ehe er seine Hilfe anbot. Noch einmal vergewisserte er sich des Kribbelns in seinen Zehen. Ja, der alte Glaser-Fall! Er wusste es immer! Das letzte Wort war darüber noch nicht gesprochen. Oliver lief mit dem Telefon in der Hand zum Spiegel. Er drückte sein Rückgrat durch, hob die freie Hand und streckte Zeige- und Mittelfinger zum Victoryzeichen. Jetzt würde Hannes nicht umhin kommen, die alten Akten herauszurücken. Er brauchte seine Hilfe genauso wie Antonia sie brauchte. Während Oliver den Hörer ans Ohr presste und sich von ihr die Einzelheiten schildern ließ, drehte er sich vor dem Spiegel. Er hob sein T-Shirt, betrachtete die Muskeln seiner Brust und spannte den Waschbrettbauch an. Die Ärzte, die seine Hüfte damals operierten, hatten gesagt, er würde nie mehr seine volle Beweglichkeit erhalten. Aber die wussten nicht, was ein eiserner Wille und ein täglicher Teelöffel voll Braunhirse alles bewirken konnte. Schade, dass seine ehemaligen Kollegen aus Hamburg ihn nicht sehen konnten. Seine Lippen pressten sich für einen Moment zusammen. Aufs Abstellgleis hatten sie ihn geschoben! Er war besser in Form als Hannes. Da ging er jede Wette ein, obwohl er dazu noch zehn Jahre älter war als er. Oliver strich sich mit den Fingern durch sein ergrautes Haar. 56 Jahre, keine Geheimratsecken und auch sonst ganz passabel. Da konnten auch ärztliche Unkenrufe nichts daran ändern. Antonia jedenfalls fand ihn sexy. Er lächelte. Eine Frau zum Anfassen, heiß, sinnlich, ohne Zweifel. Schon ihre Stimme verriet das.

Seine Männlichkeit regte sich. »Ich will dich!«, raunte er in den Telefonhörer.

Eine Sekunde lang blieb es still in der Leitung.

»Vergiss es! Ich brauche den großen Oliver, nicht den kleinen!« Antonias Stimme klang resolut.

»Du kriegst beide!«

»Zwei sind einer zuviel! Erst wird der Mordfall gelöst.«

Oliver zog seinem Spiegelbild eine Grimasse. »Willst du, dass ich platze?«

Antonia lachte hell auf. »Nimm dir ein Beispiel am Kommissar Schmidt. Der ist Meister in Enthaltsamkeit.«

Er nahm den Hörer vom Ohr, hielt ihn von sich weg und starrte ihn an. Seit wann interessierte Antonia sich für das Sexleben von Hannes? Er hob das Telefon wieder in Position. »Woher willst du das wissen?«

Ihre Antwort ließ nicht auf sich warten. »Ich habe meine Quellen und du weißt selbst, dass seine Frau schon über drei Wochen im Internat festgehalten wird, um die Gören dort zu bewachen. Ich riet ihm übrigens zum Telefonsex gegen den Frust. Soll ich dir auch eine Nummer raussuchen?«

Oliver grinste. »Ich krieg dich noch rum.«

»Vielleicht, aber nicht, bevor du mir bewiesen hast, was du drauf hast.«

Das war Antonias letztes Wort, und Oliver ging an diesem Abend trotz kalter Dusche nicht so entspannt zu Bett wie sonst. Der Gedanke an die gefundene Leiche lenkte ihn jedoch bald ab. Er hatte Aussicht, zusammen mit Hannes gleich zwei Mordfälle zu lösen. Endlich wurde sein kriminalistischer Spürsinn wieder einmal gefordert. Im Geist plante er akribisch seine nächsten Schritte.

Oliver hielt sich noch übers Wochenende zurück, dann stattete er Hannes einen Besuch auf der örtlichen Polizeiwache ab. Sein Freund befand sich allein im Büro. Polizeimeister Siegfried Maier schob Außendienst. Der Kommissar saß an seinem Schreibtisch und blätterte in einem Ordner. Als Oliver eintrat, sah er missmutig hoch.

»Habe mich schon gewundert, wo du bleibst. Hast also doch Blut gerochen.« Hannes klappte die Akte zu.

Oliver grinste. »Eher Knochenstaub eingeatmet. Soweit ich weiß, hat sich das Blut des Toten längst verflüchtigt.«

Sein Freund lachte gequält auf. »Ob mit oder ohne Blut. Der ist mir lästig.«

»Tja, mit deiner Ruhe ist es erst mal vorbei. Gibt's denn schon Erkenntnisse?«

»Mein Mund ist versiegelt.«

Oliver lächelte den Kommissar gewinnend an und versuchte, die Akte auf dem Schreibtisch so zu drehen, dass er die Aufschrift lesen konnte. »Nun komm schon. Meine Füße schwitzen!«

»Schon mal mit Essigbädern probiert?« Hannes schlug ihm auf die Finger und zog die Akte zu sich. »Lass das!«

»Meine Füße, das ist ein Zeichen.«

»Auch das noch! Die Hexe hat dich am Wickel.«

»Du meinst Antonia?« Oliver grinste. »Eine kluge Frau.«

»Klug? Ha! Was ist klug daran, zur falschen Zeit am falschen Ort zu sein? Herrje, ich hab keine Zeit, um auch noch auf die Hexe aufzupassen! Ein Mundwerk hat die! Mann, die ist mein fleischgewordener Albtraum! Eines Tages hab ich sie durch ihren Vorwitz als Leiche am Hals. Dann kommen mindestens 99 Prozent der Dorfbewohner als Täter in Frage. Da kommt Freude auf!« Hannes stemmte seine Füße in den Boden und schubste seinen Drehstuhl wütend nach hinten. Die Regalwand hinter ihm ächzte unter dem Aufprall. Ein Ordner kippte heraus und fiel knapp neben ihm zu Boden. Fluchend griff er danach. »So ein Schlamassel hat mir gerade noch gefehlt«, nuschelte er, während er angestrengt über seinen Bauch hinweg nach den Papieren angelte, die neben dem Ordner verstreut lagen. Als er sich wieder aufrichtete, war sein Gesicht puterrot. Er rollte mit seinem Stuhl nach vorne und klatschte den Ordner auf den Schreibtisch.

»Sport! Wer Verbrecher fangen will, muss sportlich sein!« Olivers Hände ballten sich zu Fäusten. Deshalb hatten sie ihn nach seiner Verletzung als dienstunfähig erklärt und zwangsweise pensioniert. Aber mit Hannes nahm er es allemal auf.

Der Kommissar wischte sich mit einem Tuch über die Stirn. »Für unser Dorf bin ich sportlich genug. Sag jetzt, was du willst und halte mich nicht länger von der Arbeit ab.«

»Was wohl? Du hast zu viel Arbeit und ich zu wenig. Also helfe ich dir, den Mörder zu fassen. Ich habe mehr Erfahrung als du. Außerdem gute Beziehungen, die uns nützen.« Als Hannes nicht antwortete, fuhr er fort. »Die Belobigung deiner Behörde bekommst du allein. Na, was ist? Einverstanden?«

»Mit Beziehungen meinst du wohl die Hexe?«

Oliver grinste. »Informanten gibt man nicht preis. Aber ich könnte dir sagen, wer der Tote ist. Vorausgesetzt, du bist mit meinem Vorschlag einverstanden.«

Im Gesicht des Kriminalkommissars arbeitete es. »Ich verzichte auf die Belobigung meiner Behörde. Das bringt nur noch mehr Stress. Aber wenn du Informationen zurückhältst, ist das Behinderung der Polizeiarbeit.«

Oliver grinste noch breiter. »Weißt du, was der Unterschied ist zwischen uns?«

»Was? Deine Stinkfüße vielleicht? Oder dass *ich* die Verkehrsregeln beachte, während *du* ständig ein imaginäres Martinshorn auf deinem Auto hast? Ah, ich weiß, du meinst meinen übersichtlichen Schreibtisch, denn der bei dir zuhause lässt dir nicht mal Platz für eine Randnotiz. Oh, Mann!« Hannes lachte hart auf und rückte die wenigen Schreibutensilien auf seinem Schreibtisch gerade.

Oliver ließ sich nicht beirren. »Ich *will* den Fall aufklären und du *must* den Fall aufklären. Wenn du es nicht schaffst — was ehrlich gesagt ohne meine Hilfe ziemlich wahrscheinlich ist — dann sitzen dir bald ein paar unangenehme Besserwisser im Nacken. Das kann heftig werden. Ich sehe schon dein belämmertes Gesicht vor mir, wenn sie dich schassen.« Er streckte Hannes die Hand hin. »Jetzt schlag halt ein, wenn dir die Ruhe deiner kleinen Polizeistation lieb ist.«

Hannes ignorierte seine Hand und gab einen Laut von sich, der an das Knurren eines Hundes erinnerte. »Ich bin nicht auf deine Hilfe angewiesen. Merk dir das! Ich habe mein Handwerk genauso gelernt wie du. Überheblicher Pinsel, du! Himmel, warum bin ich bloß so gutmütig? Meinetwegen, ich akzeptiere deine Mitarbeit. Wehe, du bewahrst kein Stillschweigen darüber und damit das von vorneherein klar ist ... *Ich* bin der Boss hier! Also keine Sperenzchen, und jetzt spuck's aus!«

Die Fältchen um Olivers Augen vertieften sich. »Also *Boss*, wenn du deine Energie auf die Identifizierung von Holger Glaser setzt, sparst du dem Steuerzahler vermutlich einen Haufen Kosten, und sobald das geklärt ist, will ich eine Kopie der alten Glaser-Akten aus dem Keller. Soweit alles klar, *Boss*?«

Kriminalkommissar Hannes Schmidt lachte schallend. »Sag deiner Hexe, sie soll nächstes Mal das Licht anknipsen, wenn sie die Karten liest. Holger Glaser wurde vor zwei Wochen in Brasilien geschnappt.«

Oliver schüttelte den Kopf. »Hast du ein Foto gesehen, Fingerabdrücke, DNA Profil verglichen?«

Hannes grinste ihn an. »Die haben ein Foto geschickt. Menschen verändern sich, aber es sah ihm ähnlich. Die Personalien wurden außerdem durch den Ausweis bestätigt. Wir haben Auslieferungsantrag gestellt.«

Oliver ließ sich nicht beirren. »Auf meine Fußzehen ist Verlass. Holger Glaser ist nicht in Brasilien. Der liegt in der Gerichtsmedizin. Glaub das oder nicht.

Hannes beobachtete sein Gesicht, seufzte und hob dann die Hände. »Na gut, aber wenn ich mich blamiere, seid ihr alle zwei dran!«

Er entließ ihn mit einem ungeduldigen Winken seiner Hand. Noch im Hinausgehen hörte Oliver, wie der Kommissar eine Telefonnummer wählte. Er schloss die Tür hinter sich und blieb lauschend stehen.

»Geben sie mir die Gerichtsmedizin … Kriminalkommissar Schmidt am Apparat. Wir haben den dringenden Verdacht, dass es sich bei dem Toten um Hannes Glaser handelt. Ja, ja, ich weiß. Trotzdem … Ich schicke ihnen Vergleichsproben aus einem alten Fall …«

Na also, geht doch, dachte Oliver und machte sich bester Laune auf den Heimweg.

4. Kapitel

Antonias letzter Kunde hatte vor einer halben Stunde das Haus verlassen. Sie ging in den Garten und machte es sich im Liegestuhl bequem. Aber sie fand keine Ruhe. Wie lange wollte ihre Schwester das durchhalten? Seit ihrem Streit gestern Abend schmollte sie. Schon das Frühstück war durch Marlenes Schweigsamkeit zur Qual geworden. Mittags hatte sie nicht einmal richtig gekocht, sondern Antonia nur ein paar aufgewärmte Reste auf den Teller geworfen. Danach war sie mit ausdruckslosem Gesicht auf ihr Zimmer gegangen und seither hatten sie sich nicht mehr gesehen.

Antonias Bauch grummelte. Kein Wunder bei der kargen Fütterung heute. Ihr rechter Zeigefinger trommelte einen gleichmäßigen Takt auf der Armlehne ihres Liegestuhls. Immer schneller, bis zum Stakkato. Ein grollender Ton rollte ihre Kehle hoch. Sollte sie jetzt nicht mit Leni beim gemeinsamen Nachmittagskaffee sitzen, wie immer, wenn sie früh Feierabend machte? Es sah so aus, als ob sie heute auch noch auf ihr heißgeliebtes Getränk verzichten musste. Außer, sie kochte den Kaffee selbst. Antonia presste die Lippen zusammen. Das kam nicht in Frage! Sie hatten immerhin eine klare Abmachung. Antonia schaffte das Haushaltsgeld heran und Marlene übernahm dafür die Küchenpflichten.

Im oberen Stockwerk fiel eine Zimmertür ins Schloss. Antonia lauschte. Kurz darauf hörte sie ihre Schwester in der Küche werkeln. Die Kaffeemaschine fing an zu blubbern, ein verlockender Duft stieg in ihre Nase. Sollte sie aufstehen und zu Leni in die Küche gehen? Nein, auf keinen Fall! Antonia zog sich den Sonnenhut tiefer ins Gesicht und und entschloss sich, erst einmal abzuwarten.

Wenig später trat Marlene in den Garten heraus und setzte sich neben sie in den zweiten Liegestuhl. »Hast du verlernt, wie man die Kaffeemaschine bedient?«

Antonia zog die Krempe des Huts so tief über die Augen, dass ihr die Kopfbedeckung fast über das Gesicht herabrutschte. »Bist du gekommen, um zu streiten?«

Marlene zog ihr mit einem Ruck den Hut weg. »Nein, nur um zu reden.«

»Für die Küche bist du zuständig.«

»Seit wann nimmst du das so genau?«

Antonia richtete sich auf, um den Sonnenhut zurückzuerobern. Ihre Schwester hob ihn beiseite und Antonias Hand griff ins Leere. Ihre Blicke trafen sich.

Antonia fauchte. »Jetzt brauch ich keinen mehr.«

»Was brauchst du nicht mehr? Den Hut?«

»Kaffee!«

Marlene verzog keine Mine. »Dann trinke ich ihn eben allein — zu meinem Stachelbeerkuchen.«

Antonia reckte das Kinn vor. »Du hast Stachelbeerkuchen? Seit wann?«

»Heute Nacht gebacken. Konnte nicht schlafen.«

Antonia brauste auf. »Ich erst recht nicht! Wegen deinem Beethoven! Das ganze Haus hat gewackelt!«

Marlene grinste. »Dann haben wir beide nicht geschlafen. Ausgleichende Gerechtigkeit. Ich hab gebacken. Du hast Oliver angerufen.«

Antonia blieb fast die Luft weg. »Eine Spionin bist du also auch noch! Aber damit du es weißt: Oliver unterstützt mich und Beethoven muss ich mir bei ihm auch nicht anhören.«

»Ich dich auch.«

Antonias Mund klappte auf und zu. »Was?«

»Ich unterstütze dich auch.«

»Wie meinst du das?

»Wie ich es sage. Wenn ich nicht verhindern kann, dass du den Mörder aufschreckst, dann muss ich dich eben unterstützen.« Marlene beugte sich nah zu Antonia hinüber. Sie hob den Finger. »Wenn ich es kann, helfe ich dir. Aber! ... Ich will über jeden deiner Schritte Bescheid wissen. Oh ja! Du brauchst es gar nicht auszusprechen. Ich werde den Wecker stellen, wenn du weggehst. Ich werde dich im Auge behalten, Tag und Nacht. Das ist meine Pflicht als ältere Schwester.«

Antonia streckte die Hand aus. »Muss ich das Überwachungsgerät mit ins Bett nehmen?«

Marlene gab ihr einen Klaps auf die Finger. »Ja!« Als es um Antonias Mundwinkel zu zucken begann, winkte sie schnell ab. »Meinetwegen, in gewissen, intimen Situationen darfst du es ausschalten. Übrigens, ich hab nur vermutete, dass du Oliver gleich angerufen hast.«

Antonia stand auf und zog Marlene aus dem Liegestuhl hoch. »Oliver wird aufatmen, wenn ich ihm sage, dass das Bett tabu bleibt. Und jetzt füttere mich endlich mit Kaffee und Kuchen, du Kontrollfreak.«

Am Dienstag der folgenden Woche hatte Antonia einen beratungsfreien Nachmittag. Nach einem Blick in den Mondkalender, der den Tag als günstig für Gartenarbeiten darstellte, entschloss sie sich, zusammen mit Marlene in den Beeten Unkraut zu jäten. Allerdings hoffte sie, damit vor allem ihre Unruhe zu dämpfen. Bis jetzt hatte sie nämlich noch nichts Neues von Oliver gehört. Das Telefon aus dem Flur nahm sie mit und steckte es in ihre Kleidertasche. Immer wieder nahm sie es in die Hand und starrte auf das Display. Aber er meldete sich nicht.

Das Jäten wurde ihr auch bald zu anstrengend. Sie schaute zum Himmel und sah eine graue Wolke. Ächzend stand sie auf, ging zu ihrer Schwester hinüber und stupste sie an. »Es bricht ein Gewitter los. Machen wir, dass wir ins Haus kommen.«

Marlene schaute zum Himmel und arbeitete dann ungerührt weiter. »Bis das kommt, haben wir den ganzen Garten vom Unkraut befreit. Und das Feld da drüben auch noch.«

Antonia stemmte die Arme in die Seiten. »Willst du vom Blitz erschlagen werden?«

Ihre Schwester schaute noch einmal zum Himmel und dann zweifelnd auf Antonia. »Du hast keine Lust mehr!«

»Denk was du willst. Ich bringe mich in Sicherheit.« Antonia ging auf das Haus zu.

»Tonia!«

Antonia drehte sich um. »Was?«

»Komm sofort zurück und hilf mir jäten!«

Antonia verschränkte die Arme und ging ein paar Schritte auf Marlene zu. »Wenn *ich* vom Blitz getroffen werde, bist *du* schuld. Von meinem Grab aus werde ich dich heimsuchen!«

Marlene griff eine Handvoll Erde und warf sie in Antonias Richtung. Antonia duckte sich schnell seitlich weg, drehte sich dann um und rannte ins Haus. Leni hieb schimpfend die Hacke in den Boden. Eine Weile später warf jedoch auch sie ihr Werkzeug in den Eimer, zog die Handschuhe aus und ging Antonia nach.

Antonia brühte in der Küche bereits den Kaffee auf. Sie schaute Marlene an und zog die Nase kraus. »Wasch dir den Dreck von den Armen.«

»Sagte das Küken zur Henne.« Marlene verschwand und kam nach kurzer Zeit frisch und sauber wieder. »Die Gemüseernte ist übrigens ab heute dein Job. Kannst ja die Karten zu

Hilfe nehmen, wenn du es unter all dem Unkraut nicht findest.« Sie öffnete die Kühlschranktür, streckte die Hand aus und zog sie wieder zurück. Ihr Blick flog zu Antonia. »Ich schätze, heute gibt's Kaffee Solo.«

Antonia sah sie an. »Willst du damit sagen, dass von dem Kuchen nichts mehr da ist?«

»Kein Krümelchen.«

»Wir müssen wohl Mausefallen aufstellen.«

Marlene verzog das Gesicht. »Das täte deinen Fingern gar nicht gut!«

»Wieso meinen? Deine wären ja wohl erst recht gefährdet.« Bevor Antonia sich weiter entrüsten konnte, klingelte es an der Haustür. Sie stutzte. »Erwartest du wen?«

Marlene schüttelte den Kopf und ging öffnen. Antonia hörte, wie sie mit jemandem sprach. Dann wurde die Tür geschlossen und sie kam mit einem Korb in der Hand zurück. Hinter ihr lief Frau Kamp, die ihren Hund Shari an der Leine führte. Sein Fell glänzte wieder blütenweiß. Nur seine bandagierte rechte Vorderpfote erinnerte an sein Abenteuer.

Frau Kamp schien verlegen. »Ich wollte nicht stören. Nur den Korb zurückbringen und einen Kuchen, als Wiedergutmachung.«

»Kuchen? Das trifft sich gut. Wir wollten gerade Kaffee trinken.« Antonia streichelte den Hund, der freudig an ihr hochsprang. »Hallo Shari ... Setzen sie sich doch, Frau Kamp.«

Die Frau zögerte. »Ich wollte nicht stören.«

»Leute, die Kuchen bringen sind immer willkommen.« Marlene stellte noch ein Kaffeegedeck auf den Tisch, schnitt den Kuchen an und platzierte ihn in der Mitte des Tisches.

Frau Kamp setzte sich und seufzte. »Ich bin so froh, dass sie mir nichts nachtragen.«

Antonia schenkte den Kaffee ein und betrachtete die Frau. Etwas Würdevolles lag in ihrer Haltung. Das war ihr bisher nicht aufgefallen. Das Gesicht von Frau Kamp wirkte zwar blass, aber entspannt. Sie lächelte sogar.

»Nein«, sagte Antonia. »Wir sind nicht nachtragend, schon gar nicht, wenn wir Kuchen kriegen. Der ist ja köstlich.« Sie ließ sich den ersten Bissen auf der Zunge zergehen.

»Johannisbeeren aus meinem Garten. Ich habe schon immer gerne gebacken. Auch früher …« Frau Kamp ließ die Tasse sinken, die sie eben zum Mund geführt hatte und schaute die Schwestern an. »Ich glaube, ich sollte erklären. Diese Hysterie, als ich wegen meiner Shari zu ihnen gekommen bin … das passt eigentlich nicht zu mir. Ich habe mich hinterher sehr geschämt deswegen. Es kam aber auch alles zusammen, Steuernachforderung, der Rückzieher eines Immobilienkunden, und dann Shari … sie ist wie mein Kind.«

»Vergessen Sie es. Jetzt kennen wir ja auch die nette Frau Kamp, die so herrlichen Kuchen backt.« Marlene lächelte ihr beruhigend zu.

Antonia wagte einen Vorstoß. »Ich habe schon gehört, dass ihr Mann hier ein Immobiliengeschäft aufgemacht hat.«

Brunella Kamp hob die Hände in einer hilflosen Geste. »Eine Notlösung. Mein Mann war Bauunternehmer, sollte eigentlich längst seinen Lebensabend genießen.« Ihre Augen glänzten verdächtig. Schnell schob sie einen Bissen Kuchen in den Mund. Dann lächelte sie, als wenn sie sich wieder entschuldigen wollte.

Antonias detektivischer Instinkt erwachte und sie wollte unbedingt mehr erfahren. »Möchten Sie uns erzählen, wieso es Sie hierher verschlagen hat? Was passiert ist?«

Frau Kamp schien überrascht. »Es ist eine lange Geschichte.«

»Wir haben Zeit!« Marlene nahm sich noch ein Stück Kuchen.

Frau Kamp begann zu erzählen. »Wir stammen aus dem Ruhrpott. Das Geschäft meines Mannes lief immer gut, über dreißig Mitarbeiter. Manche Leute haben uns als reich bezeichnet.« Frau Kamp grinste ein bisschen, was sie gleich viel jünger aussehen ließ. Doch sie wurde schnell wieder ernst. »Es stimmt schon, wir konnten uns einiges leisten, aber wir haben auch hart dafür gearbeitet. Vor zwei Jahren, als mein Mann 65 wurde, wollte er das Geschäft verkaufen, damit wir uns noch ein schönes Leben machen können. Aber dann kam unerwartet ein ganz großer Auftrag herein. Er sagte, das sei die Krönung und wenn er das noch macht, dann kann uns im Alter finanziell nichts mehr passieren.«

»Lassen Sie mich raten. Es ging schief!« Antonia vergaß die Gabel mit dem Kuchen zum Mund zu führen.

Frau Kamp lachte bitter auf. »Und wie! Der Kunde wurde zahlungsunfähig und riss unser Geschäft mit in seinen Konkurs. Wir konnten die Löhne nicht mehr bezahlen und saßen auf Rechnungen in Schwindel erregender Höhe. Mein Mann hat sein ganzes privates Vermögen in den Betrieb gepumpt, doch das war nur ein Tropfen auf den heißen Stein … und wer wollte schon einen maroden Betrieb kaufen! Wir konnten froh sein, dass sich überhaupt einer fand, der das Geschäft und unsere Handwerker übernahm. Das war ihm nämlich das Wichtigste, die Mitarbeiter. Danach hätten wir es uns leicht machen können. Ein Großteil unseres Vermögens lief auf meinen Namen. Der Konkursverwalter hätte keinen Zugriff gehabt. Aber für meinen Mann kam das nicht infrage. Er meinte, das sei wie die Kette bei den Dominosteinen. Wenn einer umfällt, fallen die nächsten auch. Jahrzehntelang haben wir mit unseren Zulieferern zu aller Zufriedenheit zusammengearbeitet und nun gerieten auch sie in Schwierigkeiten. Er wollte nicht, dass sie am Ende auch dicht machen müssen.«

»Diese Einstellung findet man aber selten.« In Marlenes Stimme schwang Anerkennung.

»Ja ... unser Kunde hat nur daran gedacht, wie er möglichst billig aus der Sache rauskommt, zu unserem Schaden.« Brunella Kamp seufzte und schwieg. Shari stupste ihr Frauchen mit der Nase an und winselte fordernd. Brunella nahm einen Brocken Kuchen vom Teller und reichte es ihr.

»Wie ging es dann weiter?«, fragte Antonia und schenkte Frau Kamp Kaffee nach.

»Die Pechsträhne ging nicht zu Ende. Mein Mann hatte über die Jahre hinweg von überall her Gemälde gekauft, als Wertanlage und natürlich fürs Auge. Er schenkte sie mir zum Geburtstag oder zu Weihnachten. Ein Picasso war darunter, ein wunderbares Werk von van Gogh ... Wir beschlossen, diese Sammlung zu verkaufen. Der Erlös hätte locker reichen müssen, alle Schulden zu bezahlen. Aber es wurde ein Verlustgeschäft. Ich glaube sogar, ein großes. Otto — so heißt mein Mann — hat mir nicht viel erzählt, wollte mich schonen. Aber er wurde fast nicht damit fertig. Tagelang saß er danach in seinem Arbeitszimmer und hat telefoniert. Ich weiß nicht mit wem und was er erreichen wollte.«

»Und dann haben Sie ihr Haus verkauft.« Antonias Stimme hörte sich an, als ob sie zu sich selbst sprechen würde.

»Das stand auch in meinem Kartenbild, nicht wahr? Ja, so war es. Mein Mann überredete mich, hierher in den Schwarzwald zu ziehen. Er bezahlte durch den Erlös für unsere Villa die Schulden und kaufte vom Rest das Häuschen in der Gartenstraße. Drei Zimmer, ungewöhnlich altmodisch im Vergleich zu dem was wir hatten. Den Warmwasserboiler im Bad muss man mit Holz und Kohle beheizen. Aber hinter der

Scheune ist ein schöner Garten, das macht alles wett und mein Mann wird mit der Zeit modernisieren. Ja, und jetzt will er hier Immobilien verkaufen. Noch mal von vorne anfangen. Er spielt mir gegenüber den Zuversichtlichen. Aber es ist wohl doch nicht so einfach für ihn. Heute ist er auch schon wieder seit dem Morgen unterwegs, trifft sich mit Interessenten.« Frau Kamp seufzte auf.

Marlene wunderte sich. »Er könnte doch Rente bekommen in dem Alter.«

»Nur wenn er eingezahlt hätte. Sein Geschäft war seine Altersvorsorge. Für mich hat er in einen privaten Fonds investiert. Aber der ist durch die Wirtschaftskrise auf die Hälfte geschrumpft. Reicht nicht zum Leben. Ich suche deshalb auch einen Job, der leider in meinem Alter schwer zu finden ist.«

Antonia griff nach der Hand von Frau Kamp. »Die Mühlen der Gerechtigkeit mahlen langsam, aber sie bleiben nicht stehen. Es wird sich sicher alles wieder zum Besseren wenden ... und gehen Sie mal zu Frau Ritter. Sie sucht eine Aushilfe für den Laden. Sagen Sie ihr, ich hab sie geschickt.«

»Frau Kamp nickte. »Danke, Frau Hain.« Sie sah auf ihre Armbanduhr und trank den Rest ihres Kaffees leer. »Ich muss los. Mein Mann wartet sicher schon auf mich.« Sie stand auf. »Auf gehts, Shari, nach Hause.« Sie blieb noch einen Moment stehen. »Wissen Sie eigentlich was die Leute über Sie sagen?«

»Was sagen sie denn?«

Auf Brunella Kamps Gesicht erschien unerwartet ein jungendliches Grinsen. »Wenn der Himmel nicht weiter weiß, geh zu Antonia ...«

Am Abend ging Marlene wie jeden Dienstag zur Singstunde ihres Gesangvereins. Antonia führte im Wohnzimmer ein Reinigungsritual durch. Sie wollte die Energie des Raums für die nächsten Kartenlegesitzungen von psychischen Belastungen befreien. Das tat sie etwa alle drei Monate. Antonia entzündete Kohle in einem Räuchergefäß, legte eine Prise weißen Salbei darauf und ging mit der qualmenden Schale im Zimmer umher. Sie ließ den Rauch in alle Ecken dringen. Dabei murmelte sie Worte, die Negatives verjagen sollten. Bald roch es im Zimmer intensiv nach dem strengen Salbeiduft. Der Rauch reizte Antonias Atemwege. Sie hustete, stellte die Schale auf dem Tisch ab und holte aus einem Regal ein Glöckchen. Dreimal lief sie damit klingelnd an den Wänden entlang durch das Zimmer, ungeachtet ihrer immer wieder auftretenden Hustenanfälle. In den Ecken des Raums klingelte sie besonders heftig. Es sollte eingeschlafene Energien in Schwung bringen. Als das getan war, eilte sie zu den Fenstern, riss sie weit auf und ließ die Nachtluft in ihre Lungen strömen. Nach einer Weile drehte sie sich um und betrachtete ihren Tisch. Die Karten lagen wie immer an ihrem Platz. Sie nahm die Räucherschale mit der noch glimmenden Holzkohle in die eine Hand und streichelte mit der anderen über den hölzernen Engel, der links auf dem Tisch stand. »Nicht dass du mir erstickst.«

Antonia trug das Räucherwerk zum Regal, legte den Deckel auf die Schale und stellte sie mit dem Glöckchen dort ab.

Draußen an der Haustüre schellte es. Hatte Leni etwa schon wieder ihre Schlüssel vergessen? Als sie öffnete, stand jedoch Oliver Thiel vor ihr.

Er trat ein, schnupperte und rümpfte die Nase. »Das riecht nicht sehr einladend!«

Antonia fing wieder an zu husten. »Der Ansicht sind die Dämonen auch.« Sie hielt sich an Oliver fest, hob die Hand und winkte durch die offene Tür hinaus. »Das war der Letzte.« Sie sah ihn an. »Du bist jetzt sicher bei mir.«

Oliver winkte ab. »Das waren doch nur arme Teufelchen.«

»Sag das nicht, sonst nisten die sich bei dir zuhause ein ... Und? Hast du Neuigkeiten zu dem Mordfall? Du kommst doch sicher nicht einfach so ...«

Er zog sie an sich. »Ja, Hannes hat angebissen. Gibt's noch irgendwo einen Platz zum Reden, der von deinem Exorzismus verschont wurde?«

Antonia nahm ihn an der Hand und ging mit ihm in die Küche. »Weiß er, dass der Tipp von mir kam?«

Oliver stellte sich in die offene Gartentür und winkte erst einmal die frische Luft herein. Dann setzte er sich an den Küchentisch. »Natürlich, Hannes ist ja nicht dumm. Aber er hat schnell reagiert, betrachte das ruhig als Kompliment. In ein paar Tagen werden wir die Bestätigung haben, dann kriege ich endlich die alten Glaser-Akten von ihm.«

Antonia holte zwei Flaschen alkoholfreies Bier aus dem Kühlschrank und stellte sie auf den Tisch. »Ja, ich glaube auch, dass da ein Zusammenhang besteht. Schade, dass ich damals noch nicht hier war. Übrigens ... wie kommt es, dass Holger Glaser in Brasilien gesehen wurde? Hat mir jemand erzählt. Nach dem Zustand der Leiche zu urteilen, kann das kaum möglich sein. Weißt du was darüber?«

Oliver zog seinen Schlüsselbund aus der Hosentasche, an dem ein Flaschenöffner hing. Gleich darauf hüpften zwei Kronkorken über den Tisch. »Wenn unsere Leiche tatsächlich Holger ist, dann hat jemand seinen Pass benutzt.«

»Zweifelst du etwa daran?«

»Nein!«

Antonia setzte die Flasche an den Mund. Als sie absetzte, quoll das Gebräu über und tropfte auf ihre Bluse und den Tisch. Sie verzog das Gesicht.

Oliver grinste. »Für manche Leute sind Gläser besser ...«

»Dein Rat kommt zu spät, würde Marlene jetzt sagen.« Antonia stand auf und griff sich ein Küchentuch, um ihre Bluse abzuwischen. »Wird der Kommissar dich benachrichtigen, wenn er das Ergebnis hat?«

»Wir werden sehen.«

»Ich dachte, ihr seid befreundet ...«

Oliver beobachtete, wie sie an dem Fleck rieb. »Sind wir ... zieh deine Bluse aus und komm her!«

»Das könnte dir so passen!« Antonia warf das Papiertuch in den Müll und setzte sich ihm wieder gegenüber. Sie reckte das Kinn. »Wir haben einen Mordfall zu lösen. Gefeiert wird erst danach.«

Oliver prostete ihr zu. »Und heute ist Generalprobe.« Seine Augen funkelten vergnügt. Er klopfte sich auf den Schenkel. »Komm schon her, den Mörder fassen wir heute Abend sowieso nicht mehr.«

Von der Haustüre her klang ein schabendes Geräusch. Es klackte und dann ging die Tür auf.

Oliver verzog frustriert das Gesicht. »Tonia, das nächste Mal kommst du zu mir, wenn du Informationen willst.«

Antonia lachte. »Du meinst, Heimvorteil nützt dir was?«

Vom Flur her näherten sich Schritte.

Marlene kam in die Küche und stöhnte. »Antonia! Wie kannst du bei dem schwülen Wetter räuchern? Da bleibt einem ja die Luft weg.« Sie blieb neben ihrer Schwester stehen, stemmte plötzlich die Arme in die Hüften. »Was ist das für eine Sauerei auf dem Tisch?« Marlene ging zur Spüle, nahm einen Lappen und wischte die klebrige Brühe neben Antonias Bierflasche weg. Sie zischte: »Wag es nicht, mir was zu verheimlichen. Wir haben eine Abmachung!«

Oliver, der gerade einen großen Schluck aus der Flasche genommen hatte, gluckste. »Du brauchst Baldrian.«

Marlene ging zu ihm, nahm ihm die Flasche aus der Hand und stellte sie auf den Tisch. Sie beugte sich nah vor Olivers Gesicht. »Was habt ihr vor?«

Um Olivers Augen bildeten sich feine Fältchen. »Ein Dreier kommt nicht infrage …«

Antonia stupste ihre Schwester mit einer Flasche Bier an, die sie aus dem Kühlschrank genommen hatte. »Hier, trink, ist gut für die Nerven. Der Kriminalkommissar hat meinen Tipp geschluckt und jetzt warten wir erst einmal ab, bis sie Holger Glaser zweifelsfrei identifiziert haben.«

5. Kapitel

Zwei Tage später wurden Antonias Angaben von Kommissar Hannes Schmidt bestätigt. Der Tote war tatsächlich Holger Glaser. Am darauffolgenden Freitag klatschte Marlene beim Mittagessen dann die Tageszeitung auf den Tisch. Sie deutete auf die Schlagzeile von *Nachrichten aus der Region*. »Zufrieden?«

Antonia legte die Gabel beiseite und griff sich das Blatt. »Mutmaßlicher Vatermörder erschossen aufgefunden«, las sie laut vor. »Wissen wir doch!«

Im Text wurde ausführlich berichtet, wie eine Kartenlegerin das Skelett eines zunächst unbekannten Toten gefunden hatte. Seine Identität stand nun zweifelsfrei fest und der Schreiber wusste aus gut unterrichteten Kreisen, dass der Fundort der Leiche nicht der Tatort war.

Antonia zuckte die Schultern und nahm die Gabel wieder in die Hand. »Die hätten wenigstens meinen Namen nennen können. Ist außerdem nichts, das neue Anhaltspunkte bringt. Am Kellerfenster klebte Erde und an dem Plastiksack auch, das habe ich gesehen. Also war Holger Glaser zuvor wohl irgendwo vergraben, aber bestimmt nicht auf dem Friedhof oder in einem Garten. Warum wurde er ausgegraben und in den Keller seines eigenen Hauses gelegt? Das ist, als wenn er hätte gefunden werden sollen.«

Sie schwieg und grübelte.

Es juckte sie in den Fingern, die Karten um Rat zu fragen. Aber als sie die Gabel erneut auf dem Teller ablegte und die Tischschublade aufzog, zischte Marlene wie eine angriffswütige Katze. Wenigstens während des Essens sollte sie das sein lassen.

Antonia fügte sich.

Sie kam allerdings auch in der folgenden Zeit nicht dazu, ihre Fragen zu klären. Es schien, als ob der Mord das ganze Dorf aufgeschreckt hätte. Jeder wollte sich von ihr die Karten legen lassen. Einige kamen einfach aus Neugier, um nebenbei zu erfahren, ob sie schon etwas herausgefunden hatte. Antonia erklärte, sie sei auf der Spur. Manche ihrer Kunden hatten Angst, dass der Mörder vielleicht in ihrer Nähe wohnte und es nun auf sie abgesehen hatte. Antonia konnte sie beruhigen. Für ihre eigenen Fragen blieb ihr bei soviel Arbeit einfach keine Energie mehr übrig. Augen und Ohren mussten ihr im Augenblick reichen. Doch es gab keine neuen, brauchbaren Hinweise, auch nicht von Oliver. Allerdings grübelte Antonia über das Verhalten von Maria. Seit sie zusammen die Leiche gefunden hatten, machte sich die Freundin aus Kindertagen rar. Antonia wurde das Gefühl nicht los, dass sie etwas verschwieg.

In der Woche nach dem Erscheinen des Zeitungsartikels wurden die sterblichen Überreste von Holger Glaser zur Beerdigung freigegeben. Das halbe Dorf versammelte sich am Tag der Beisetzung nachmittags auf dem Friedhof und folgte dem Sarg von der Aussegnungshalle bis hin zum offenen Grab. Auch Antonia ging in diesem Leichenzug mit, zusammen mit ihrer Schwester und Oliver.

Die Anteilnahme täuschte über das schlichte Begräbnis hinweg. Holger hatte keine Angehörigen mehr und so übernahm die Gemeinde die Kosten. Die Sparversion natürlich. Dafür erhielt sie die Erbmasse. Antonia dachte nach. Vermutlich würden sie das Haus verkaufen. Vielleicht eine Chance für den Mann von Frau Kamp. Sie reckte den Hals, entdeckte aber weder Frau Kamp noch ihren Hund Shari in dem Trauerzug. Ihr Blick streifte Birgit Anderer. Die Frau ging in vorderster Reihe, zusammen mit ein paar ihrer Nachbarinnen aus der Gartenstraße und sie tuschelten miteinander. Maria war nicht unter ihnen. Seltsam. Sie kam doch sonst zu jeder Beerdigung und ausgerechnet jetzt ...

Als sich die Leute um das offene Grab gruppierten, entdeckte Antonia den Jäger Leo Heckert. Er neigte grüßend den Kopf. Leo stand zusammen mit drei weiteren Personen ein wenig abseits von den anderen Bürgern.

Antonia stupste Oliver mit dem Ellbogen an. »Seit wann nimmt der Leo am gesellschaftlichen Sterben teil?«

Weiter vorne räusperte sich der Pfarrer und begann mit monotoner Stimme den Grabsegen zu sprechen.

Oliver beugte sich an Antonias Ohr. »Der alte Fechtner wird es angeordnet haben. Der ist ziemlich rigoros und wenn er aus dem Haus geht, muss der Leo an seiner Seite sein.«

»Komisches Gespann, die zwei. Gesellschaftslöwe und Naturbursche.«

Oliver betrachte die beiden. «Ja, eitel und selbstgefällig ist der Alte immer noch. Dürfte jetzt so um die 60 Jahre alt sein. Bildet sich was ein, weil ihm hier fast der halbe Wald gehört und noch einiges andere dazu. Die neben ihm kennst du sicher auch. Seine Tochter Rosalie und ihr Mann, Lutz Iffland.«

»Familienidylle sieht anders aus.«

Oliver lachte leise. »Ja, es heißt, der Alte habe alle fest im Griff.«

Eine alte Frau wandte den Kopf und schaute ihn missbilligend an. »Scht!«

Vorne am Grab entstand Bewegung. Der Pfarrer trat zurück und der Sarg wurde in die Grube gelassen.

Marlene tastete nach Antonias Arm. »Hast du gesehen? Frau Iffland hat eine rote Rose in der Hand. Seit wann bringt man zu Beerdigungen rote Rosen mit?«

Antonia warf einen Blick hinüber und zuckte die Schultern. Marlene und sie selbst hatten aus weißen Margeriten und Vergissmeinnicht kleine Sträußchen gebunden. Keiner sonst hatte Blumen mitgebracht. Die Trauergäste, welche nun nacheinander an das offene Grab traten, warfen lediglich pflichtschuldig eine Schaufel Erde hinunter. Antonia wurde das Herz schwer. So ein ärmliches Begräbnis! Nur ein einziger Kranz von der Gemeinde. Hatte der Ermordete keine Freunde gehabt? Ach ja! Er wurde ja als Vatermörder verdächtigt. Wohl immer noch.

Marlene riss Antonia aus ihren Gedanken. Sie wies nach vorne. »Was ist denn mit der Iffland los ... «

Rosalie Iffland trat an das Grab und warf ihre Rose hinein. Die Frau schwankte einen Moment lang, setzte dann hastig einen Schritt zurück und ging sofort von den Trauergästen weg und auf den Weg, der zum Ausgang des Friedhofs führte. Ihren Mann und ihren Vater würdigte sie keines Blickes.

Plötzlich gab Oliver einen verhaltenen Laut von sich. Es klang überrascht. Er deutete mit dem Kopf nach vorne. Antonia sah, wie Georg Wolf, der Sohn von der Hausverwalterin Maria, hastig seine Erde ins Grab schüttete und sich auch davon machte. Es sah ganz danach aus, als ob er Frau Iffland folgte.

Als Antonia von dem Mann vor ihr die kleine Schaufel in die Hand gedrückt bekam, erhaschte sie einen Blick auf Lutz, den Ehemann von Rosalie Iffland. Er presste seine Lippen zusammen und stand wie zur Salzsäule erstarrt neben seinem Schwiegervater. Antonia warf ihre Blumen und die Erde auf den Sarg, bekreuzigte sich. Dann beeilte sie sich, um nach hinten zu kommen. Sie wollte den Weg im Auge behalten, auf dem Rosalie und Georg dem Ausgang zustrebten. Ihre Schwester und Oliver kamen ungewöhnlich schnell nach.

Marlene hob die Hand vor den Mund. »Was hat das denn zu bedeuten?«

»Das möchte ich jetzt aber auch wissen!« Oliver sog tief den Atem ein und marschierte los.

Antonia blieb mit Marlene zurück und beobachtete, was geschah: Rosalie Iffland erreichte den Ausgang und entschwand ihren Blicken. Kurz darauf trat Kriminalkommissar Hannes Schmidt mit seinem Polizeimeister Siegfried Maier und einem weiteren Beamten aus dem Schatten einer Baumgruppe und hielt Georg auf. Es gab einen kurzen Wortwechsel. Dann eskortierten die beiden Beamten Georg zum Ausgang. Hannes blieb auf dem Weg stehen und sah Oliver entgegen, der mit weit ausholenden Schritten auf ihn zulief.

Antonia blies den Atem aus. »Das ist ernst. Jetzt verstehe ich, warum sich Maria nirgends blicken lässt.« Sie zog Marlene zu einer Bank am Rande des Wegs, setzte sich und dachte laut nach. »Maria wusste nichts von der Leiche, sonst hätte sie mich nicht so bereitwillig in den Keller gelassen. Aber sie muss dort etwas entdeckt haben, das ihren Sohn mit dem Mord in Verbindung bringt. Maria hat sich gleich danach schon komisch verhalten. Nicht mal heute ist sie aufgetaucht. Georg muss auch erst später gekommen sein. In der Aussegnungshalle war er noch nicht unter den Trauergästen, ich hätte ihn gesehen.«

»Maria wird keine ruhige Minute mehr haben.« Marlene zeigte auf ein paar Frauen, welche die Festnahme von verschiedenen Standorten aus beobachtet hatten und nun eilig ihre Handys zückten. Sie seufzte. »Soweit ich weiß, hatte Maria schon früher viel Kummer mit Georg. Wenn ich mir überlege, was sie jetzt durchmachen muss. Da bin ich froh, keine Kinder zu haben.« Marlene erhob sich von der Bank, um weiterzugehen.

Antonia hielt sie zurück. »Es ist wohl besser, wenn wir hier warten. Vielleicht erfährt Oliver etwas.«

Oliver stand gestikulierend vor dem Kommissar. Auf dessen Gesicht zeigte sich ein zufriedenes Grinsen. Als Hannes den Blick in die Umgebung schweifen ließ und Antonia sah, verflog es. Er hob die Hände an seine Schiebermütze, lüpfte sie und setzte sie verkehrt herum auf. Dann klopfte er Oliver auf die Schulter. Mit schnellen Schritten ging er dann seinen Beamten hinterher.

»Hab ich dir durch meine Anwesenheit etwas verpatzt?«, fragte Antonia, als Oliver zu ihnen kam.

Er schüttelte den Kopf, aber die steile Falte auf seiner Stirn zeugte von seinem Ärger. »Dieser raffinierte Hund. Der will mich herausfordern! Georg soll verhört werden. Irgendetwas haben die gegen ihn in der Hand. Aber Hannes sagt mir nicht, was. Ich soll mich gedulden! Eine Frechheit ist das.« Er schwieg und schaute hinüber auf die Grabstelle. Die Trauerfeier war vorüber. Immer mehr Leute kamen nun den Weg entlang, um den Friedhof zu verlassen. Er betrachtete ihre Gesichter und wandte sich dann wieder an die beiden Frauen »Gehen wir!«

Marlene erhob sich von der Bank. »Maria tut mir leid.« Als Antonia sich nicht regte, schaute sie zu ihr hin. »Was ist?«

Antonia runzelte die Stirn. »Und warum ist der Kommissar so überstürzt verschwunden? Etwas wegen mir?«

Oliver grinste. »Er meinte, er wolle nicht sehen, wie du deinen Besen besteigst und nach Hause reitest.«

»Kapiert der das nie? Fliegen, verdammt noch mal! Wenn schon!« Antonia sprang auf, warf die Arme in die Luft und marschierte los.

Oliver duckte sich zur Seite, um nicht aus Versehen von ihren Händen getroffen zu werden und beeilte sich dann, an ihre Seite zu kommen. Er nahm sie in den Arm. »Lass gut sein! Hannes ärgert immer nur Leute, die er gut leiden kann. So wie dich und mich.« Er lachte. »Er sagte, du kannst ja die Karten befragen, wenn wir weitere Informationen wollen.«

»Das werde ich mit Sicherheit tun, da kann er einen drauf lassen.« Antonias Schritte zeugten davon, wie aufgebracht sie war. »Was ist?« blaffte sie, als Marlene stehenblieb und sie entgeistert anschaute.

»So hast du noch nie geredet.«

»Und? Es gibt immer ein erstes Mal. Bedanke dich beim Kommissar. Der ist das mit den schlechten Manieren.« Plötzlich fiel der Zorn einfach von ihr ab. Sie kniff die Augen zusammen und grinste. »Der wird sich noch wundern! Maria meldet sich garantiert zum Kartenlegen an. Jetzt, wo die Katze aus dem Sack ist, wird sie nicht mehr ohne meine Hilfe auskommen wollen …«

6. Kapitel

Maria rief sogar noch am Abend des gleichen Tages an und bat um einen Termin zum Kartenlegen. Sie weinte und schimpfte sofort los — über ihren Sohn, der sie noch frühzeitig ins Grab bringe, genauso wie über die Polizei, die nichts Besseres zu tun habe, als einen Unschuldigen einzusperren, nur weil er früher einmal mit den falschen Leuten zusammen war. Antonia hielt den Hörer vom Ohr ab und zählte lautlos. Irgendwann musste Maria ja einmal Luft holen. Als es soweit war, zögerte sie keine Sekunde und beruhigte die aufgelöste Frau mit routinierter Sachlichkeit. Sie bestellte Maria als letzte Klientin für den späten Nachmittag des nächsten Tages ein. So konnte sie wenigstens nicht unter Druck geraten, falls der Zeitrahmen für die Sitzung nicht ausreiche.

Maria kam zur vereinbarten Zeit. Ihre Augen wirkten verquollen und rot umrändert. Die Hausmeisterin schien um Jahre gealtert. Es versetzte Antonia einen schmerzhaften Stich in der Herzgegend. Sie ging der Frau entgegen und nahm sie erst einmal in den Arm. Diese Geste trieb Maria erneut die Tränen in die Augen.

»Antonia, ich fühle mich wie an den Pranger gestellt.«

»Lass den Kopf nicht hängen, Maria. Die Karten werden uns einen Rat geben.«

Maria setzte sich. »Wenn du wüsstest! Die Nachbarn zerreißen sich das Maul. Es geht um wie ein Lauffeuer.« Ihre Stimme klang bitter. »Sie haben auf dem Friedhof gesehen, wie Georg von der Polizei mitgenommen wurde und für die ist die Sache schon klar. Sogar die Birgit Anderer von Gegenüber schaut mich komisch an und dabei dachte ich, sie ist meine Freundin. Jetzt wird alles von früher wieder aufgewärmt, jeder

Mist, den der Georg mal gebaut hat. Aber er ist kein Mörder, Antonia. Das weiß ich bestimmt. Ich bin doch seine Mutter … er hat sich geändert in den letzten Jahren.«

»Was war denn früher? Du hast nie viel erzählt.«

»Ich habe mich geschämt und außerdem ist es fast zehn Jahre her.« Marias Stimme wurde plötzlich heftig. »Aber jetzt holt ihn die Vergangenheit wieder ein. Ich hab's ihm damals immer gesagt, dass es so kommen wird.« Sie nahm ihr Taschentuch und schnäuzte sich kräftig die Nase. »Mit Siebzehn hat es angefangen. Georg schloss sich einer Motorradgang an. Üble Typen. Die verwickelten ihn in Schlägereien und Diebstähle. Drogen haben auch eine Rolle gespielt.« Maria wischte sich die Tränen von den Wangen und zuckte mit den Schultern. »Georg veränderte sich total. Er schmiss seine Elektrikerlehre. Als er dann Neunzehn war, passierte dieser Überfall auf die Tankstelle, drüben in Blumbrücken. Der Pächter, der übel zusammengeschlagen wurde, erkannte die Motorräder. Alle wurden verhört und mussten ihre Fingerabdrücke geben. Georg auch. Er war Gott sei Dank nicht beteiligt. Aber ein paar seiner Kumpels wurden überführt. Das hat ihm dann endlich die Augen geöffnet. Er löste sich von denen. Es fiel ihm nicht leicht, aber er hat es geschafft. Machte eine Therapie und dann sind die zum Glück auch verschwunden aus unserer Gegend.«

Antonia nickte. »Die Polizei hat also Georgs Fingerabdrücke. Bringt ihn das mit dem Mord an Holger Glaser in Verbindung?«

Maria fing wieder an zu weinen. »Vielleicht habe ich gestern meine Migräne bekommen, um seine Verhaftung nicht miterleben zu müssen. Als ich es erfuhr, rief ich gleich beim Kommissar an. Mein Georg steht unter Mordverdacht. Angeblich waren seine Fingerabdrücke auf dem Sack, in dem der

Tote eingepackt war.« Maria sah auf ihre Hände, die ein Taschentuch knüllten. »Die können weiß Gott wie dahingekommen sein. Das muss doch nichts heißen. Vielleicht hat der Kommissar das auch eingesehen. Er hat Georg heute Mittag laufen lassen. Allerdings muss er sich regelmäßig melden. Ich wollte mit Georg reden. Aber er lässt nichts raus, sagt nur, dass er unschuldig ist.«

Antonia nahm die Karten in die Hand und schichtete sie automatisch umeinander. Sie spürte eine seltsame Kälte in sich aufsteigen. Georg saß wohl tiefer im Schlamassel, als sie angenommen hatte. Sie sah Maria forschend an. »Wie stand dein Sohn denn zu Holger? Er war euer Nachbar … aber darüber hinaus?«

Maria seufzte. »Holger hat auswärts studiert, Landschaftsarchitektur. Seine Mutter starb zu der Zeit an Krebs, und als er den Studienabschluss hatte, zog er wegen seinem Vater ins Elternhaus zurück. Georg freundete sich dann mit ihm an. Sie arbeiteten beide im Gartenbaubetrieb drüben in Blumbrücken. Georg hatte dort gerade seine Lehre als Gärtner beendet und Holger fing bei denen in der Planungsabteilung an.« Maria hörte auf zu sprechen und wischte sich mit dem Taschentuch über die Augen. »Was, wenn Georg jetzt seinen Job verliert?«

Antonia fuhr streichelnd über Marias Hand. »Wir schauen gleich, was die Karten dazu sagen …« Sie ließ ihr ein wenig Zeit, sich zu fassen, ehe sie weiter nachfragte. »Weißt du noch wie Georg reagierte, als Holger vor fünf Jahren verschwand?«

Maria seufzte. »Das war ein harter Schlag für ihn. Es ging ihm miserabel.« Sie richtete sich auf und ihre Augen funkelten. »Und jetzt sag mir nicht, das wäre schlechtes Gewissen gewesen. Er war besorgt. Hat Holger überall gesucht, zusammen mit Lutz Iffland.«

Antonia horchte auf. »Was hat Lutz Iffland damit zu tun?«

»Er war mit beiden befreundet. Nach Holgers Verschwinden zog sich Lutz zurück und heiratete kurz danach die Fechtner-Tochter.« Marias Stimme klang ein wenig lahm.

Antonia sah sie forschend an, aber Maria wich ihrem Blick aus. »Na gut.« Sie hob die Hände mit den Karten. »Dann wollen wir mal.« Sie schichtete noch ein paar Mal umeinander, pustete dreimal über das Kartendeck und reichte Maria den Packen. »Du weißt ja, wie es geht.«

Maria stopfte ihr Taschentuch unter den dreiviertellangen Ärmel ihres T-Shirts und begann zu mischen. Dann seufzte sie schwer auf und gab das Päckchen zurück.

Antonia legte die Karten in vier Reihen zu je acht Stück und platzierte die restlichen vier Karten mittig darunter.

»Also gut!« Sie mühte sich, ihre Stimme möglichst gelassen klingen zu lassen. »Es war klar, dass die Karten keine Freudenzeit anzeigen würden. Sie spiegeln die Situation ziemlich gut. Die Eckkarten zeigen, dass du unter einem ziemlichen Druck stehst.« Antonia deutete auf die Karte *Bär* und danach auf die Karte *Fische*. »Da spielt eine ältere männliche Person hinein und eine finanzielle Sache.«

Die Hausmeisterin nahm ihr Taschentuch wieder in die Hand und knüllte es. Ihre Augenlider flatterten. Sie sah nicht auf. »Mein Geschiedener hat sich vor ein paar Wochen gemeldet. Er wollte Geld von mir leihen. Da lasse ich mich aber nicht mehr darauf ein. Von der Verhaftung Georgs weiß er nichts, und ich sag ihm auch nichts. Sonst behauptet er wieder, es seien die Gene. Das war schon immer sein Spruch mir gegenüber gewesen, wenn Georg etwas angestellt hatte. Du weißt ja, dass Georg nicht mein leiblicher Sohn ist, sondern adoptiert, und wir haben nie erfahren, wer seine wirklichen Eltern waren.« Maria lachte bitter auf. »Als ob das eine Rolle spielen würde. Georg ist mein Sohn, auch wenn ich ihn nicht geboren habe! Mein Ex hätte lieber ein besserer Vater für ihn sein sollen.«

In Antonia arbeitete es. Ihre Augen konnten sich kaum von der Karte mit der Abbildung eines Bären lösen, dem Symbol für eine männliche Person. Sie verfolgte die Reihen, die von ihm ausgingen. »Also dieser Mann, der liegt auch auf der Linie deines Sohnes und zeigt für die Vergangenheit ein schwieriges Verhältnis an. Klar, das kann der Vater sein, also dein Ex. Aber die Personenkarten haben mehrfache Bedeutung. Fällt dir sonst noch jemand ein, mit dem Georg Schwierigkeiten hatte und der älter ist als er? Vielleicht Edwin, der Vater von Holger?

Maria hob abwehrend die Hände. »Nein, nein! Mit dem hatte er nichts zu tun!« Sie biss sich auf die Lippen. »Lutz Iffland vielleicht. Der ist zwei Jahre älter als Georg.« Sie druckste herum. »In der Woche, bevor wir die Leiche fanden, kam er zu uns. Seit Holgers Verschwinden das erste Mal wieder. Er wollte zu Georg und die hatten dann wegen irgendwas einen Streit. Georg hat es heruntergespielt. Alles bloß Müll, hat er danach gesagt und gegrinst. So als ob der Lutz dummes Zeug von sich gegeben hätte.

»Aha«, sagte Antonia. Es klang nicht sehr zufrieden.

Maria verschränkte die Arme vor der Brust. »Antonia, ich kann dir nicht mehr dazu sagen. Meinst du, Lutz könnte was mit der ganzen Sache zu tun haben?«

»Glaubst du es?«

Maria zuckte mit den Schultern. »Ich weiß es nicht.«

Antonia vertiefte sich wieder in das Kartenbild. »Du und dein Sohn, ihr liegt hier am Ende der vierten Reihe. Von der Zukunft kann ich deshalb heute so gut wie nichts sehen. Das bedeutet im Klartext, dass im Augenblick wenig Spielraum zum Handeln ist, aber auch, dass die Vergangenheit noch einiges bereithält, was für dich und Georg wichtig ist. Sieh es als positives Zeichen. Es ist noch längst nicht alles geklärt.«

»Siehst du, dass Georg unschuldig ist?« Georgs Mutter beugte sich vor, als ob sie selbst die Karten lesen wollte.

Antonia ließ sich mit der Antwort Zeit. Ihr Zeigefinger blieb ab und zu auf einer Karte haften und manchmal wanderte ihre andere Hand in die Nähe zu weiteren Karten und berührte diese. Innerlich seufzte sie. Im Augenblick hatte sie das Gefühl, als ob es genauso schwierig sei, die Wahrheit zu sagen, wie sie zu verkraften.

Nach einem kurzen Blick in Marias Gesicht begann sie zu reden. »Das Problem ist, dass über der Karte von deinem Sohn das *Buch* liegt. Er hat ein Geheimnis, verschweigt etwas, und ich glaube aus Angst, denn die *Eulen* liegen gleich daneben. Er muss reden, wenn wir ihm helfen sollen, aber so wie die Kartenreihe weiter aussieht, wird er sich hinter Ausflüchten verstecken wollen. Links von ihm liegt die *Sense* und rechts von ihm die *Ruten*. Kann sein, dass dies nur ein Ausdruck seiner augenblicklichen Hilflosigkeit ist und er halt tobt, weil er verdächtigt wird. In der schlimmsten Ausprägung, die möglich ist, sind das jedoch Zeichen von Gewalt und Zerstörungswut. Aber ich sehe keine Personenkarte in der Nähe, auf die sich das gerichtet haben könnte. Normalerweise würde ich sagen, er ist das Opfer und muss lernen sich auf die Hinterfüße zu stellen, sich wehren … wenn da nicht das *Buch* über ihm liegen würde. Maria, du musst ihn zum Reden bringen! Er weiß mehr über die Sache, als er zugibt, und ich sehe ihn deshalb in großer Gefahr.« Antonia hielt den Finger auf die Karte *Sarg* gerichtet, die sich in der Reihe an die *Ruten* anschloss und der nur noch die Personenkarte von Maria folgte. »Ich glaube, dass er sich bedroht fühlt. Aber die Karten zeigen auch, dass er eine Chance hat, wenn er auspackt.« Antonia deutete auf die Karten *Sonne* in einer eigenständigen Zukunftsreihe und unter der Karte *Hund,* dem Symbol für Georg, auf den *Park.*

Maria wurde auf einmal ganz ruhig. Ihre Schultern strafften sich. »Ich bin froh, dass du mir sagst, wie es ist, Antonia. Es bestätigt mein Gefühl, und es hilft ja nicht, den Kopf in den Sand zu stecken. Es wäre schön gewesen, wenn du mir Georgs Unschuld zweifelsfrei hättest bestätigen können, aber immerhin hast du auch keinen Beweis für seine Schuld gefunden.« Sie seufzte tief auf und sah Antonia an. »Was kannst du mir vorschlagen? Was soll ich tun?«

Antonia war froh, dass Maria das so gefasst aufnahm. Sie beugte sich ein wenig zu ihr vor und berührte ihre Hand, die auf dem Tisch ruhte. »Georg muss sagen, was er weiß, da führt kein Weg daran vorbei. Wenn es dir recht ist, informiere ich Oliver Thiel. Du kennst ihn. Vielleicht kann er deinen Sohn zum Reden bringen. Ich würde ihm auch gerne die Informationen aus deinem Kartenbild geben. Er weiß sicher was damit anzufangen, könnte auch forschen wegen dem Mann, von dem du glaubst, dass es der Iffland ist.«

Maria verschränkte die Arme vor der Brust und starrte die Engelsfigur an, die auf dem Tisch seitlich neben den ausgelegten Karten stand. »Der war gut in seinem Job als Kriminaler, nicht wahr?«

Antonia nickte. »Oh ja und er hat nichts verlernt.«

Maria sah auf. Ihre Augen glänzten wieder verdächtig. »Ich will nicht, dass mein Sohn unschuldig ins Gefängnis kommt.« Sie zögerte. Dann gab sie sich einen Ruck. »Sag ihm, er soll die Wahrheit herausfinden.«

»Das werden wir.« Antonia ging um den Tisch herum und nahm Maria in den Arm. »Auch schlimme Zeiten gehen vorüber.« Sie ging mit ihr in den Flur. »Da fällt mir ein … wir sollten das Haus der Glasers unter die Lupe nehmen. Vielleicht finden wir dort noch einen Hinweis, der uns weiterhilft.«

Maria schüttelte den Kopf. »Das Gebäude ist noch versiegelt.«

»Na gut, dann müssen wir warten, bis es wieder zugänglich ist. Immerhin sind wir ja nicht untätig.«

Antonia begleitete Maria noch bis zur Haustüre. Danach ging sie grübelnd ins Wohnzimmer zurück. Irgendetwas stimmte nicht. Maria war nicht offen zu ihr gewesen. Als sie nach der älteren männlichen Person gefragt hatte, hatte die Freundin vollkommen blockiert. Die verschränkten Arme, und immer wieder hatte sie beim Reden den Blick abgewandt. Was verschwieg sie und warum? Sie setzte sich an den Tisch und betrachtete noch einmal das Kartenbild. Über der Personenkarte von Maria lagen der *Fuchs* und der *Reiter*. Wollte Maria sie auf eine falsche Spur locken? Wegen dem *Bären*? Die Karte lag nicht nur in der Linie ihres Sohnes, sondern auch in der senkrechten Reihe über Maria. Sie hatte mit ihm Kontakt. Regelmäßig. Es war also nicht Lutz Iffland und auch nicht ihr geschiedener Mann. Dieser *Bär* symbolisierte noch eine dritte Person. Wer war sie? Antonia seufzte. Diese Sitzung hatte sie sich anders vorgestellt. Aber immerhin hatte Maria zugestimmt, dass Oliver tätig werden konnte. Vielleicht war es ihr gar nicht bewusst, dass sie falsche Fährten legte. Antonia holte ein Blatt Papier aus der Schublade, um das Kartenbild zu notieren. Als das getan war, ging sie zum Telefon und wählte Olivers Nummer.

7. Kapitel

Oliver ging noch am Tag der Beerdigung abends zu Kommissar Schmidt in dessen Wohnung, um von Freund zu Freund ein paar Takte mit ihm zu reden. Sie stritten nicht. Sie hatten nur eine heiße Diskussion. Als ihnen die Worte ausgingen, weil alles gesagt war, stießen sie mit einer Flasche Bier an, und Hannes ließ sich sogar dazu herab, für beide eine gute Portion Rührei mit Schinken zu braten. Während sie diese verspeisten, lockte Oliver noch einige Informationen aus ihm heraus. So erfuhr er, dass nicht nur die Fingerabdrücke Georg belasteten, sondern auch die Aussage von Lutz Iffland. Er hatte ihn in der Woche vor dem Auffinden des Toten im Wald gesehen, in einem Abschnitt, wo die Leiche gelegen haben musste, wie die Erdprobenanalyse ergeben hatte. Georg trug dabei laut Ifflands Aussage etwas auf seinen Schultern, das wie ein Sack aussah. Als Oliver fragte, wieso Georg das Kellerfenster aufgehebelt und die Leiche dort durchgeschoben hatte, anstatt den einfachen Weg durch die Tür zu nehmen, wusste Hannes keine Antwort.

»Herrje! Die Fingerabdrücke auf dem Leichensack sind ein Beweis, dass er etwas mit dem Mord zu tun hat und eine Nacht in Polizeigewahrsam wird seine Zunge schon lösen.«

»Wenn er nicht gesteht, müsst ihr ihn laufen lassen. Ein Fingerabdruck reicht nicht, um ihn des Mordes zu überführen. Außer ihr habt auch etwas von ihm auf der Leiche.«

Hannes schüttelte den Kopf. »Bis jetzt noch nicht.«

»Was sagt denn die Ballistik?« Oliver wischte seinen Rest Rührei im Teller mit einem Stück Brot aus.

»Die haben es schwer. Kein Projektil, keine Hülsen. Schrotflinte war es jedenfalls nicht.« Hannes schob missmutig seinen leergegessenen Teller beiseite und seufzte. »Ich will den Fall endlich abschließen.«

Oliver grinste. »Dann leg dich ins Zeug.«

Am nächsten Nachmittag besuchte Oliver den Kommissar erneut, diesmal jedoch in seinem Büro. Hannes gab seinem Polizeimeister Siegfried Maier mit dem Kopf ein Zeichen, und der führte Oliver in den Keller zu den alten Akten. Auf einem uralten Schreibtisch lag ein mit Schnüren gebundenes Päckchen mit einem Aufkleber: Mordfall Edwin Glaser.

Der junge Mann legte den Kopf schief und grinste. »Die Kopie liegt seit Tagen bereit. Er wollte Sie schmoren lassen.«

»Das sieht ihm ähnlich.« Oliver nahm den Packen. »Sagen Sie mal, Maier ... die Unterlagen von dem Tankstellen-Überfall in Blumbrücken, bei dem Georg damals verdächtigt wurde, sind die auch hier unten?«

»Ich glaube, ich darf nicht ...«

Oliver ließ seine Hand auf die Schulter des Polizeimeisters fallen und sah ihm in die Augen. »Doch, Sie dürfen. Da würde ich meinen Bart darauf wetten, wenn ich einen hätte. Also, wo sind sie?«

Polizeimeister Maier drehte sich auf dem Absatz um, ging an den Regalen entlang und zog einen Ordner heraus. Als Oliver danach greifen wollte, schob er ihn unvermittelt wieder zurück und hielt die Hand darauf. »Ich glaube, ich darf das nicht ...«

»Doch, Sie dürfen. Sie dürfen sogar woanders hinsehen.«

Oliver schob seine Hand weg und griff sich den Ordner. Er blätterte. Das Bild, das in den Berichten von Georg Wolf gezeichnet wurde, war alles andere als schmeichelhaft. Immer wieder Schlägereien, Ladendiebstähle, Drogenbesitz, mehrfach

Jugendarrest. Für den Zeitpunkt des Überfalls hatte ihm seine Mutter ein Alibi gegeben. Es konnte nicht widerlegt werden, und so kam er damals ungeschoren davon. Der Tankstellenbesitzer hatte nicht soviel Glück. Nach einem Schädel-Hirn-Trauma blieben lebenslange Schäden zurück. Oliver schüttelte den Kopf. Er rief sich den Georg ins Gedächtnis, den er kannte: passionierter Gärtner, Vogelkundler. Ein Eigenbrötler, aber nicht auffällig. Konnte sich ein Mensch wirklich so grundlegend ändern?

Er schob den Ordner an seinen Platz zurück und grinste den sichtlich unruhigen Beamten an. »Das dürfen Sie jetzt getrost wieder vergessen.«

Gemeinsam gingen sie nach oben ins Büro. Kommissar Schmidt las in Schriftstücken. Oliver trat vor seinen Schreibtisch. Ein kurzer Blick genügte ihm, um zu sehen, dass es sich um die Vernehmungsprotokolle von Georg Wolf handelte.

»Neue Erkenntnisse?«

Hannes schüttelte den Kopf. »Ich behalte den Kerl im Auge.«

Oliver schwenkte die Akte. »Danke für den Lesestoff! Heute Abend wieder im *Löwen*?«

»Sicher. Nimm den großen Geldbeutel mit. Diesmal gewinne ich das Doppel-Aus!«

»Abwarten ...« Oliver hob die Hand zum Gruß und nahm sich vor, Hannes das Spiel am Dartautomaten des Lokals gewinnen zu lassen. Das würde seine Laune heben. Bestimmt konnte er dann wenigstens eine Woche lang davon profitieren.

8. Kapitel

Am Tag nach ihrem Gespräch mit Maria stand für Antonia Grabpflege auf dem Programm. Als ihr letzter Kunde gegangen war, schüttete sie im Stehen einen Kaffee in sich hinein und packte nebenbei ein paar frühe Herbstpflanzen in ihren Korb. Zusammen mit ihrer Schwester Marlene fuhr sie dann mit dem Fahrrad zum Friedhof.

Vor dem Eingang stellten sie die Räder ab und gingen zu Fuß in die Anlage.

Der Weg zum Familiengrab der Hains führte an der letzten Ruhestätte von Holger Glaser vorbei. Auf dem frischen Erdhügel lag neben dem Kranz ein Strauß Lilien. Die Blütenköpfe fielen bereits zusammen. Antonia stutzte, ging aber weiter. Nach wenigen Schritten bogen sie rechts ab und vier Grabreihen weiter ging es noch einmal nach rechts. Kurz darauf erreichten sie das Familiengrab der Eltern. Marlene machte sich sofort daran, die verblühten Pflanzen aus der Erde zu reißen. Antonia blieb ein paar Schritte abseits stehen und starrte auf die Lilien, die ein paar Meter voraus zwischen den Grabsteinen weiß in der Sonne leuchteten.

»He, was ist? Willst du mich alleine arbeiten lassen?« Marlene schüttelte Erde von einem Wurzelballen.

Antonia warf ihr einen kurzen Blick zu und konzentrierte sich wieder auf die Lilien. »Du machst das gut! ... Sag mal, die Lilien auf Holgers Grab. Hast du gesehen, wer die bei der Beerdigung dabei hatte?«

Marlene rutschte mit ihrem Kniekissen ein Stück zurück und reckte den Hals. Eine Baumgruppe versperrte ihr die Sicht. Sie beugte sich seitlich vor, verlor das Gleichgewicht und schrammte sich die Finger an der Grabkante auf. »Autsch!

Verdammt!« Mit schmerzverzerrtem Gesicht presste sie die Finger auf ihre Schenkel. »Nein, habe ich nicht.«

»Jemand muss die aufs Grab gelegt haben.«

Marlene wandte sich wieder den Pflanzen zu. »Stimmt! Von alleine sind die sicher nicht dahin gekommen.«

Antonia schüttelte den Kopf. »Leni, du verstehst nicht ...«

»Ich verstehe sehr wohl!« In Marlenes Stimme lag eine leichte Aggressivität. »Du lässt mich hier alleine in der Erde wühlen, damit deine Hände sauber bleiben, weil du partout die Schlinge um den Hals eines Mörders legen willst.«

»Pst!« Antonia kauerte sich plötzlich neben sie und deutete an den Bäumen vorbei.

Eine Frau kam den Weg herauf und blieb vor dem Grab der Glasers stehen. Ihre Augen versteckte sie hinter einer großen Sonnenbrille und in der Hand hielt sie eine einzelne rote Rose. Sie drückte den Stiel in die aufgehäufte Erde.

»Das ist Rosalie Iffland«, wisperte Marlene, »und wieder eine rote Rose. Vielleicht sind auch die Lilien von ihr?«

»Sieht aus, als ob sie mit dem Toten redet. Die muss ihn gut gekannt haben. Ich versuche mal, etwas näher heranzukommen, vielleicht kann ich verstehen was sie sagt.« Antonia stieg auf die seitliche Grabkante.

Marlene streckte die Hand nach ihr aus. »Nein, lass das!« Als Antonia auswich, schlug sie mit der flachen Hand auf die Erde. »Verdammt, du bringst dich noch in Teufels Küche.«

Antonia turnte ungerührt an der Grabbegrenzung entlang, zwängte sich zwischen Hecken durch bis zur vorhergehenden Reihe und gelangte von da aus auf einen Seitenweg. Von dort strebte sie auf die Baumgruppe zu, die in der Nähe von Frau Iffland stand. Sie bewegte sich vorsichtig, immer darauf bedacht, von ihr nicht gesehen zu werden. Plötzlich ging Antonia in die Knie und verharrte reglos vor einem fremden Grab.

Nach einer Weile hob sie den Kopf und schaute unauffällig zu Frau Iffland. Links von der Frau kam ein Mann den Weg herauf. Seine schleppenden Bewegungen passten nicht so recht zu dem kräftigen, durchtrainierten Körper. Das Gesicht wirkte verschlossen. Er blieb neben Rosalie Iffland stehen. Antonia hörte die beiden reden, verstand aber die Worte nicht. Mit klopfendem Herzen schlich sie weiter vor. Hinter den Bäumen duckte sie sich.

Die beiden stritten, erst leise, dann lauter.

»Das bringt doch nichts!«, hörte Antonia den Mann sagen.

Rosalie Iffland schien total aufgewühlt. »Willst du immer noch leugnen? Er war euch im Weg, euch beiden!«

Der Mann drehte sie an den Schultern herum und sah ihr in die Augen. »Ich weiß nicht, wovon du sprichst. Holger war mein Freund. Vergiss das nicht!«

Rosalie riss sich mit einer heftigen Bewegung von ihm los. »Aus Freundschaft wird Feindschaft, unter gewissen Umständen, und dir kam sein Verschwinden genauso gelegen wie ihm. Ihr wusstet damals schon, dass er tot ist.«

Der Mann wurde blass. »Was willst du damit sagen?«

Frau Iffland schwieg einen Moment. Sie sah ihn nicht an, sondern heftete den Blick auf das Grab. »Wer von euch beiden hat ihn getötet? Warst du es?«

Ihre Worte klangen in Antonias Ohren klar und schneidend. Wie mussten sie erst auf den Mann wirken? Sie versuchte, einen Blick in sein Gesicht zu erhaschen. Seine Mine schien zu versteinern. Er gab keine Antwort, sondern drehte sich um und ging wie ein gebrochener Mann den Weg zurück. Rosalie Iffland sah ihm nicht nach, doch ihre Schultern bebten plötzlich. Dumpfe, verzweifelte Laute entrangen sich ihrem Mund. Ihr Schluchzen ging Antonia durch Mark und Bein. Eine Welle des Mitgefühls wallte in ihr hoch. Am liebsten hätte sie die Frau in den Arm genommen und getröstet. Aber das hätte sie verraten. Ein wenig beschämt schlich sie zurück zu ihrer Schwester, die ihr mit grimmigem Gesichtsausdruck entgegenblickte.

Marlene streckte ihr die kleine Schaufel entgegen. »Wenn du jetzt nicht die verdammte Schippe in die Hand nimmst und dich auf die Chrysanthemen konzentrierst, rede ich nie mehr ein Wort mit dir.«

Antonia gab keine Antwort. Sie nahm die Handschaufel und hob nach den Anweisungen ihrer Schwester ein Loch aus. Während Marlene die Pflanze hineingrub, schaute sie noch einmal zu Holger Glasers Grab. Frau Iffland war gegangen. Antonia seufzte auf, als läge die Last der Frau jetzt auf ihren Schultern.

Marlene stieß ihr unvermittelt mit dem Ellbogen in die Seite. »Chrysanthemen habe ich gesagt, nicht Lilien.« Antonia gab einen Schmerzenslaut von sich und warf ihrer Schwester einen giftigen Blick zu. Marlene wies jedoch nur herrisch auf die nächste Stelle für die Pflanzung. Als Antonia unwillig dort zu graben begann, schnaufte ihre Schwester hart auf. »Also?«

»Was also?«

»Was hast du gehört? Das vorhin war doch ihr Mann?«

»Sag bloß, du hast spioniert?« Marlene hob wieder den Ellbogen und Antonia abwehrend die Hände. »Schonung, bitte … ja, es war Lutz Iffland. Sie hat ihn des Mordes verdächtigt!«

9. Kapitel

Als die beiden Schwestern nach Hause kamen, war es bereits Zeit zum Abendessen. Sie hatten noch nicht einmal den Tisch gedeckt, da klingelte das Telefon. Antonia hob ab und hörte am anderen Ende der Leitung die Stimme von Maria Wolf. Sie klang nicht aufgeregt, eher so, als ob all ihr Fühlen in einer dunklen Nacht gefangen wäre. Mit monotoner Stimme schilderte sie die Durchsuchung ihres Hauses durch die Polizei. Sie hatten ein paar von ihren schwarzen Mülltüten mitgenommen, in denen sie immer die Gartenabfälle sammelten. Ihr Sohn Georg verschanzte sich seither in seinem Zimmer. Er sprach nicht mit ihr. Antonia spürte, dass die Angst Maria mit eisernen Klammern umfangen hielt. Die Frau stand wohl kurz vor einem Zusammenbruch. Antonia versprach, noch am Abend vorbeizukommen, damit sie in Ruhe über alles reden konnten.

Eine Stunde später werkelte sie bereits in der Küche von Maria, die behauptete, beim besten Willen heute nichts herunterzubekommen. Die sonst so tatkräftige Frau sah erbärmlich aus. Sie saß in zusammengesunkener Haltung auf dem Küchenstuhl. Ihre Hände zitterten. Ihr Gesicht hatte alle Farbe verloren und die Augen zeugten vom Schlafmangel. Antonia richtete einen Teller mit kleinen, appetitlichen Happen und brachte sie mit viel Geduld dazu, alles aufzuessen. Dann holte sie die mitgebrachte Flasche Rotwein heraus und schenkte ihr und sich selbst ein. Mit einem Glas in der Hand redete es sich leichter, fand sie. Doch im Grunde hörte sie nur zu.

Georg blieb die ganze Zeit in seinem Zimmer und weigerte sich mit Antonia zu reden. Es ärgerte sie. Warum forderte er sie nicht auf, die Wahrheit herauszufinden? Wenn er so unschuldig war, wie er sagte, dann musste ihm doch an der

Aufklärung des Mordes gelegen sein. Mit ihrer Person hatte das nichts zu tun. Antonia spürte das, und Georg stand dem Kartenlegen auch durchaus offen gegenüber. Er besaß sogar selbst ein Deck. Aber so, wie er sich anstellte, blieb ihr nichts übrig, als ihn außen vor zu lassen.

Als Antonia sich am späten Abend verabschiedete, hatte zumindest seine Mutter ein klein wenig von ihrem gewohnten Kampfgeist zurückgewonnen. Während Antonia die Gartenstraße entlanglief, dachte sie nach. Von dem belauschten Gespräch auf dem Friedhof hatte sie Maria gegenüber nichts erwähnt. Sie fand das besser so. Voreilige Hoffnungen konnten sich wieder zerschlagen. Wenn Lutz Iffland tatsächlich, so wie seine Frau annahm, mit dem Mord an Holger Glaser etwas zu tun hatte, dann wies das nach bisherigen Erkenntnissen lediglich auf seine Mittäterschaft zusammen mit Marias Sohn. Die Fingerabdrücke! Antonia musste herausfinden, wie die auf den Leichensack gekommen waren. Wenn Georg doch nur den Mund aufmachen würde! Die Polizei hatte Müllsäcke aus Marias Haushalt mitgenommen. Gebrauchte. Als heute Abend die Rede darauf gekommen war, hatte sich ihr Gesicht verschlossen. Was wusste Maria, das sie nicht preisgeben wollte?

Antonia versank so in ihren Gedanken, dass sie erst kurz vor der Kreuzung zur Hauptstraße die Schritte hinter sich hörte. Sie blieb stehen und schaute sich neugierig um. Die Straße schien menschenleer. Kein Geräusch war mehr zu hören. Nicht einmal ein Schatten bewegte sich im fahlen Licht der Straßenlaternen. Antonia zuckte mit den Schultern. Sicher ein Anwohner, der nach Hause gekommen war. Aber hätte dann nicht auch irgendwo eine Tür ins Schloss fallen müssen? Auf ihren Armen bildete sich plötzlich eine Gänsehaut. Sie ging mit schnellen Schritten weiter und bog gleich darauf in die Hauptstraße ein.

Antonia schien auch hier die Einzige zu sein, die noch unterwegs war. Nein, nicht die Einzige! Unwillkürlich hielt sie den Atem an und lauschte. Da lief doch jemand hinter ihr her! Wie mit Messerstichen zuckte der Schreck durch ihren Körper. Im Gehen wandte sie den Kopf und schaute über ihre Schulter. Es war niemand zu sehen und die fremden Schritte auf dem Asphalt verstummten. Hatte sie Halluzinationen? Unter der nächsten Straßenlaterne blieb Antonia stehen. Sie drehte sich um, suchte mit zusammengekniffenen Augen den Gehweg ab. Lauschte. Nichts! Sie atmete auf und ging weiter.

Kurz darauf hörte Antonia wieder Schritte. Das Tempo passte sich ihren eigenen an. Verdammt noch mal, was sollte das? Ihr brach der Schweiß aus den Poren. Wurde sie etwa verfolgt? Von hier aus dauerte es noch mindestens zehn Minuten, ehe sie zu Hause war. Antonia ermahnte sich. Ruhig Blut! Nur keine Panik! Sie konzentrierte sich auf das Geräusch der Schritte. Sie wurden nicht schneller, kamen nicht näher. Wollte ihr dieser Mensch Angst einjagen? Das gelang ihm! Oder wartete er auf eine passende Gelegenheit? Eine Frau war es sicher nicht, die Schuhe hatten keine harten Absätze. Verdammt, dachte Antonia, wenn ich morgen noch lebe, kaufe ich Pfefferspray! Sie ging schneller. Die Schritte hinter ihr beschleunigten. Sie ging wieder langsamer. Die Person hinter ihr auch. Antonias Herz klopfte jetzt rasend schnell. Eine Hitzewelle erfasste ihre Schultern, den Hals und den Kopf. Automatisch zog sie das Genick ein. Nein, so nicht! Ruckartig blieb Antonia stehen und warf sich herum. Ein Schatten duckte sich in die Hofeinfahrt eines Hauses. Oh Himmel, es war Wirklichkeit! Die Erkenntnis, dass sie tatsächlich verfolgt wurde, traf Antonia wie ein Schock. Hastig ging sie weiter und bog nach links in eine Seitenstraße. Jetzt begann sie zu rennen. Erst am Ende des Gehwegs hielt Antonia keuchend inne. Sie schaute zurück. Niemand war zu sehen, aber einen einzigen stockenden Schritt konnte sie noch hören. Es jagte ihr einen Schauer über den Rücken. Hastig ging Antonia weiter und bog rechts in die Eulenstraße. Wieder rannte sie. Das ungewohnte Laufen strengte sie furchtbar an. Sie bekam Seitenstechen, rang nach Atem. Antonia trieb sich an. Durchhalten, einfach durchhalten. Nur noch ein kurzes Stück. Nicht schlappmachen!

Als Antonia endlich vor ihrer Haustüre stand, glaubte sie, ihr Herz müsse jeden Moment zerspringen. Mit zitternden Fingern kramte sie nach ihrem Schlüssel. Während sie damit hektisch das Schloss abtastete, flog ihr Blick noch einmal zurück. Da! Vorne an einer Hauswand bewegte sich etwas. Ein Mann. Vermummt. Die Hände in den Hosentaschen vergraben. Er kam näher, ging immer schneller. Antonia fluchte, weil der Schlüssel einfach nicht ins Schloss wollte. Ihre Hand zitterte zu sehr. Endlich schaffte sie es. Antonia schloss auf, huschte hinein und knallte die Tür hinter sich zu. Schwer atmend lehnte sie sich dagegen.

Marlene kam ihr aus der Küche entgegen. »Oliver hat ... wie siehst du denn aus? War der Teufel hinter dir her?«

Antonia schnappte noch immer nach Luft. »Schlimmer!« Sie stieß sich vom Türrahmen ab. Mit wackligen Beinen steuerte sie ins Wohnzimmer und ging ans Fenster. »Lass das Licht aus, Leni!« Vorsichtig hob Antonia die Gardine zur Seite. Ein paar Sekunden blieb sie wie eine Statue stehen und starrte angestrengt auf die Straße. »Da ... drüben bei Breuers! Wieso lassen die auch ihre Hofeinfahrt offen? Verflucht! Dort steht er und beobachtet unser Haus.«

»Wer, um Himmels Willen?« Marlene versuchte einen Blick auf die andere Straßenseite zu erhaschen.

»Das weiß ich doch nicht!« Jetzt wo Antonia in Sicherheit war, brodelte Zorn in ihr hoch. »Dieser Kerl hat mich von Marias Haus aus bis hierher gejagt. Ich bin gerannt!«

»Siehst du! Siehst du!« Marlenes Stimme überschlug sich fast. »Ich habe dir gesagt, du sollst deine Finger von dem Mordfall lassen. Jetzt steckst du mitten drinnen und der hat dich schon im Visier. Du endest noch wie Holger Glaser. Ich rufe die Polizei.«

Antonia ließ die Gardine los und packte ihre Schwester an den Schultern. »Jetzt male den Teufel nicht an die Wand! Der wollte mir Angst machen, aber da ist er an die Falsche geraten … und die Polizei brauchst du gar nicht erst zu rufen. Oder glaubst du, der wartet brav bis die kommt? Ich könnte nicht mal sagen wie er aussieht. Der Kerl da drüben weiß genau, was er tun muss, um nicht erkannt zu werden.«

Marlene schob Antonias Hände von den Schultern. Sie hielt ein paar Sekunden die Luft an und atmete dann laut aus. »Ich brauche Schokolade … oder Schnaps, und du?«

»Beides!« Antonia schob die Gardine wieder zur Seite und schaute nach draußen. In der Hofeinfahrt stand niemand mehr und auf der Straße befand sich keine Menschenseele. Es war, als ob sich ihr Verfolger in Luft aufgelöst hätte.

10. Kapitel

Am nächsten Morgen sprach zunächst keine der Schwestern den nächtlichen Zwischenfall an. Marlene schob nur wie üblich den Terminplan zu Antonia herüber. »Du hast heute einen lockeren Tag. Nur ein Klient, kommt gleich nachher. Für die kommenden Wochen pendelt sich allmählich alles wieder ein, übliches Pensum wie vor dem Mord. Den Mittwoch nächste Woche muss ich dir noch freischaufeln. Ich denke, das bekomme ich hin. Oliver will uns an dem Tag nach Freiburg fahren, damit wir den neuen Kühlschrank kaufen können.«

»Das ist auch mal angenehm.« Antonia kaute an ihrem Brötchen und blätterte.

»Ja, spart uns die unbequeme Busfahrt.«

»Ich meine meinen lockeren Tag heute.« Antonia klappte das Terminbuch zu und schob es wieder zu Marlene. »Weißt du, ob Oliver schon mit Georg geredet hat?«

»Nein, er hat gestern Abend angerufen, wegen der Akten, die er bearbeitet. Du solltest für ihn ein paar Fragen mit den Karten abklären. Er meldet sich wieder.« Marlene atmete durch, dann brach es doch aus ihr heraus. »Wenn du Oliver nicht von heute Nacht erzählst, tue ich es.«

Antonia warf ihr einen kurzen Blick zu. »Bleib ruhig! Ich werde es ihm in allen Einzelheiten schildern. Einschließlich meiner rekordverdächtigen Laufleistung.« Sie trank ihren Kaffee aus und stand auf. »Ich gehe rüber, mich vorbereiten. Nachher überlegen wir, was wir mit dem Tag anfangen ...«

Als der Klient gegangen war, blieb Antonia noch ein paar Augenblicke an ihrem Tisch sitzen, um abzuschalten. Sie schob das Kartenbild zusammen und häufte es zu einem Päckchen. Es war keine schwierige Beratung gewesen und deshalb fiel es ihr leicht. Ihre Gedanken wanderten recht schnell zu Georg, Lutz Iffland und ihrem Erlebnis gestern Nacht. Jetzt hatte sie Zeit, die Karten nach Zusammenhängen zu fragen. Aber draußen wartete Marlene. Sie seufzte und stand auf.

Marlene schenkte sich in der Küche gerade eine Tasse Kaffee ein. Auf dem Tisch stand ein Korb und daneben lag die Gartenschere. Als Antonia eintrat, sah sie überrascht auf.

»Was ist? Hast du gedacht, ich bleib da drinnen und lege jetzt die Karten auf den Mörder?«, fragte Antonia.

»Ehrlich gesagt, ja ... willst du auch einen Kaffee?«

»Ja.« Antonia setzte sich und gähnte. »Wolltest du im Garten arbeiten? Ich glaube, so ein bissel in der Erde wühlen, täte mir heute auch gut. Macht den Kopf frei.«

Ihre Schwester schaute in den Garten hinaus und grinste. »Eigentlich wollte ich nur die Zucchini hereinholen für den Auflauf heute Mittag. Aber du hast recht, strahlend blauer Himmel, keine Gewitterwolken, wir könnten es riskieren.«

An der Eingangstür klapperte es. Marlene stellte ihre Tasse ab und ging hinaus. Als sie wieder kam, warf sie einen Packen Postwurfsendungen auf den Tisch. Dann folgte ein Brief, den Marlene zur Seite legte. »Von meiner Ex-Schwiegermutter. Will mich wohl wieder dazu bringen, auf den Rest meiner Abfindung zu verzichten.« Das nächste Schreiben warf sie Antonia in den Schoß. »Rechnung, dein Ressort ... und das hier ist auch für dich, bissel seltsam!« Marlene betrachtete den Umschlag in ihrer Hand von beiden Seiten und reichte ihn dann weiter.

Antonia starrte auf den Brief. Er trug nur ihren Namen, geschrieben in Computerschrift. Ein Absender fehlte. »Der kam nicht mit der Post!«

»Ich sag ja, seltsam.« Marlene nahm den Brief ihrer Schwiegermutter in die Hand, schaute dabei aber neugierig zu ihrer Schwester.

Antonia riss den Umschlag auf. Als sie hineinsah, sanken ihre Hände auf den Schoß. »Leni, ich brauche eine Pinzette, und wir haben doch sicher noch irgendwo Klarsichthüllen.«

Die Neugier in Marlenes Gesicht wich einem Ausdruck, als hätte ihr jemand einen Schlag versetzt. »Das war ja klar!« Sie ließ ihren eigenen Brief auf den Tisch fallen, ging zum Küchenschrank, kramte in einer Schublade und beförderte eine Pinzette zu Tage. »Hier! Mach nichts, bevor ich wieder da bin und fass bloß nichts mit den Fingern an!«

Antonia schlug die Zähne aufeinander und grinste. Kurz darauf klatschte Marlene einen Packen Klarsichthüllen auf den Tisch. »Warte!« Sie verschwand wieder. Im Flur klapperte eine Schranktür und sie kam mit einem Paar milch-weißer Haushaltshandschuhe zurück.

»Du könntest zur Kripo.«

Marlene schüttelte den Kopf. »Die helfen mir auch nicht, dich von lebensgefährlichen Dummheiten zurückzuhalten. Streck deine Finger aus!«

Sie hielt Antonia einen Handschuh hin und half ihr, die Finger hineinzuzwängen.

Antonia hob den Blick und sah ihre Schwester an. »Was soll an dem Brief gefährlich sein? Glaubst du, der ist mit Gift getränkt?« Bei ihren Worten zuckte Marlene zusammen, der Gummi rutschte aus ihren Fingern und der Handschuh schnalzte schmerzhaft um Antonias Handgelenk. Sie schrie auf. »Das hast du absichtlich gemacht!«

Marlene schnappte nach Luft, griff mit spitzen Fingern nach einen zweiten Handschuh und schwenkte ihn vor Antonias Nase hin und her. »Du regst mich auf! Gift! Ich sehe uns schon in der Gerichtsmedizin liegen und die Ärzte gucken uns an und fuchteln frohlockend mit dem Skalpell.«

Antonia streckte ihr die andere Hand hin. »Das kriegen wir dann alles nicht mehr mit.« Ihre Schwester dehnte den zweiten Gummihandschuh so heftig beim Anziehen, dass der gerollte Rand abriss und über Antonias Handrücken pfetzte. »Jetzt reicht es aber!« Antonia rieb sich mit zusammengepressten Lippen über die schmerzende Stelle ihre Hand. Ihre Augen funkelten. »Für den Umschlag ist es sowieso zu spät. Auf dem sind bereits überall unsere Fingerabdrücke. Na, wie fühlst du dich? Wirkt das Gift schon?«

»Zum Würgen und du bist gemein! Der Edwin Glaser soll drei Tage im Todeskampf gelegen haben, ehe er starb. Das ist nicht witzig. Ich geh und mache mein Testament.« Marlene ging in Richtung Küchentür.

»Bist du überhaupt nicht neugierig?« Antonia wandte sich von ihr ab, nahm die Pinzette und stocherte im Briefumschlag.

»Doch, aber ich muss jetzt mein Testament machen.«

»Falls das vergiftet ist, sterbe ich mit dir. Du brauchst kein Testament.« Antonia fischte ein zusammengefaltetes Blatt Papier aus dem Umschlag heraus und schüttelte es auseinander. Ein Foto fiel auf den Tisch, mit der Bildseite nach oben.

Marlene kam zurück und schaute es an. Sie zuckte wieder zusammen. »Wieso schickt uns jemand das Foto von einer im Bett aufgebahrten Leiche? So was will ich nicht im Haus haben! Ich rufe jetzt den Kriminalkommissar an, damit er das unverzüglich abholt und untersuchen lässt. Vielleicht sind wir dann noch zu retten, und dich lasse ich einsperren, sicherheitshalber.« Sie beobachtete mit düsterem Blick, wie Antonia eine winzige Ecke des Papiers mit der Pinzette presste und den Kopf schief hielt, um den Text auf dem Blatt zu entziffern. »Himmel, lass das bloß nicht fallen!« Marlene rannte in den

Flur. Wieder klapperte eine Schranktür. Als sie zurückkam, trug sie an der rechten Hand einen Gummihandschuh und hielt damit ein ganzes Paar. Sie zog den linken an und danach den rechten aus. Dann streifte sie den dritten Handschuh über und schubste den ersten weg.

Antonia hielt krampfhaft das Papier zwischen der Pinzette und beobachtete sie. »Ist das die neueste Anziehtechnik?«

»So vermeide ich Tapsen auf den Handschuhen.«

Antonia grinste. »Hm. Gummi beschleunigt die Giftaufnahme.«

Marlene warf ihr einen wütenden Blick zu, zog eine Klarsichthülle aus dem Packen und rieb den Rand zwischen ihren Fingern, damit sich das Plastik öffnete.

Antonia versuchte, das Schriftstück in diese Hülle hineinzuschieben. »Ich hoffe, bis heute Abend ist es da drinnen.« Sie fauchte. »Verdammt noch mal, warum geht das nicht weiter?«

»Ah, zitterst du auch schon?« Marlene streckte eine Hand aus. »Gib her, ich nehme die Pinzette, bevor ein Loch im Papier ist.«

»Weg! Sonst fällt es uns noch aus der Hand! Und vergiss nicht, dass das vergiftet ist.«

»Du gemeines Biest! Schieb das Ding halt gefaltet rein!«

»Und wie soll ich es dann lesen?« Endlich rutschte der Papierbogen ein ganzes Stück nach unten in die Hülle und kurz darauf verschwand er ganz darin. Antonia atmete auf. »Klebstreifen«, kommandierte sie.

»Schnauz mich nicht so an!«

Endlich lag das Papier sicher versiegelt auf dem Tisch. Der Umschlag und das Foto verschwanden ebenfalls in Schutzhüllen. Marlene zog ihre Handschuhe aus, warf sie in den Mülleimer und schrubbte danach ihre Hände mit der Wurzelbürste, bis die Handflächen feuerrot waren. Antonia studierte derweil bereits das Schreiben. Es enthielt nur einen Satz: Ein Offensichtliches fehlt, ein Geheimnis hat den Ort nie verlassen.

Marlene setzte sich neben sie und zog die Stirn kraus. »Machen wir jetzt Ratespiele?«

Antonia griff sich die Hülle mit dem Foto. »Erinnerst du dich an diesen Mann?«

»Das ist Holgers Großvater. Hatte was von einem Feldwebel, ziemlich streng. Grässliche Sitte, die Leute auf dem Sterbebett zu fotografieren. Ob der etwas zu verbergen hatte?«

Antonia klopfte sich mit einem Finger gegen die Nase. »Keine Ahnung! Der Mann ist sicher schon 20 Jahre tot. Ich müsste mir das Zimmer ansehen, wo die Aufnahme gemacht wurde.« Sie deutete auf eine Stelle des Fotos. »Sieh dir das Engelbild über dem Bett an. Sogar auf dieser alten Fotografie erkennt man die Pinselstriche und der Kopf dominiert so seltsam.«

»Ziemlich blaues Bild ... Du wirst nicht in fremden Häusern schnüffeln!«

»Woran erinnert mich das? Leni, wir brauchen eine Lupe.«

»Ich verfluche den, der dir das geschickt hat.« Marlene stand auf, um nach der Lupe zu suchen. »Am Ende ist es von deinem Verfolger. Eine Warnung. Er will dir zeigen, wie du bald daliegst. *Ich* lege dir keinen Rosenkranz in die Hände!«

Antonia hob das Foto ein Stück von sich weg und betrachtete es mit zusammengekniffenen Augen. »Ich bestehe auf einem Päckchen Lenormandkarten fürs Jenseits. Und kein weißes Nachthemd. Ich will anständig gekleidet hinübergehen.« Sie legte die Fotografie auf den Tisch zurück, zog die Schublade des Küchentischs auf und kramte nach ihren Karten. »Leni, ich habe die Lupe gefunden«, sagte sie dann und hielt das Vergrößerungsglas samt ihren Lenormandkarten nach oben.

Marlene setzte sich wieder. »Hör auf vom Tod zu reden!« Sie zog sich die Hülle heran, in der das Papier mit der mysteriösen Botschaft lag. »Frag deine Karten, ob der Absender dein Feind ist.«

Antonia hatte das Päckchen mit den Karten neben sich abgelegt und studierte das Foto mit der Lupe. »Leni, weder der Brief noch das Foto sind vergiftet. Da weiß jemand was und traut sich nicht, es offen auszusprechen.«

»Hör auf von Gift zu reden!«

»Die kurzen Pinselstriche auf dem Gemälde sind wirklich markant. Wenn ich bloß wüsste, woran mich das erinnert.«

»Was ist los mit dir? Seit wann ziehst du die Lupe deinen Karten vor?«

Antonia legte die Lupe weg und kippte ihre Lenormandkarten aus der Schachtel. »Tue ich gar nicht!« Sie nahm die Karten in die Hand und starrte an die Decke. »Also gut, woran erinnert mich das Gemälde auf dem Foto?«

Marlene boxte ihr den Ellbogen in die Seite. »Du sollst fragen, ob der Absender dir was Böses tun will.«

Antonia starrte ihre Schwester empört an. »Au, verdammt! Das gibt einen blauen Fleck. Sieh endlich ein, dass *du* die einzige Gefahr für mich bist.« Sie rückte mit ihrem Stuhl ein Stückchen ab, betrachtete noch einmal das Foto und mischte die Karten. Dann nahm sie den Packen in die linke Hand und schaute zu Marlene, die mit den Fingern auf den Tisch trommelte. Als ihre Blicke sich trafen, verschränkte Leni die Arme vor der Brust. Antonia grinste. »Du hast es herausgefordert, liebste, einzige Schwester. Also schmoll jetzt nicht!« Sie hob die oberste Karte ab und deckte sie auf. »Der *Anker*. Bedeutet: lange Zeit, Geduld, Ausland ... hm.« Sie nahm die nächste Karte vom Päckchen und legte sie daneben. »Der *Bär*. Der hat mich schon in Marias Kartenbild beschäftigt. Aber das war kein Ausländer. Der hier könnte einer sein. Oder ein sehr geduldiger Mann ... hm.« Sie rutschte auf ihrem Stuhl nach vorne und richtete sich gespannt auf. Als dritte Karte legte sie die *Sense* daneben. »Doch nichts mit Geduld. Eher das Gegenteil. Da wird ein Mann beschrieben, vermutlich Ausländer, der mit Aggressionen zu kämpfen hat.« Antonia stützte die Ellbogen auf dem Tisch auf und hielt sich den Kopf. Missmutig starrte sie auf die Kartenauslage. »Also das hilft meinem Gedächtnis nicht auf die Sprünge. Fällt dir was dazu ein, Leni?«

Marlenes Antwort kam wie aus der Pistole geschossen. »Deine Karten haben *meine* Frage beantwortet und ich wusste es! Der Kerl hat es auf dich abgesehen. *Sense*! Wahrscheinlich wetzt er schon sein Messer!«

Antonia richtete sich auf. »Messer! Mein Bauch kribbelt. Aber der Zusammenhang fehlt noch. Muss ich drüber nachdenken.«

»Herrje, gib das Zeug dem Kommissar!«

Antonia schüttelte den Kopf. »Erst, wenn ich weiß, was das Ganze soll. Gib mal das Schreiben her.« Als Marlene ihr die Hülle mit dem beschriebenen Papier zuschob, las sie noch einmal den Text: Ein Offensichtliches fehlt, ein Geheimnis hat den Ort nie verlassen. »Das sind zwei Fragen.« Sie steckte die drei Karten in den Packen zurück, mischte und legte die Karte *Sterne* aus. »Ich glaube, da brauche ich keine weiteren Karten anlegen. Wenn ich den Text richtig interpretiere, muss das, was fehlt, auf dem Foto abgebildet sein. Der *Stern* steht für Spirituelles und auch für die Kunst. Ein Engel ist spirituell. Wir können also davon ausgehen, dass das Bild fehlt. Leni, hast du mal irgendwas davon gehört, dass den Glasers ein Gemälde abhanden gekommen ist?«

»Nein. Bis jetzt hält sich nur das hartnäckige Gerücht, dass Holger Glaser seinen Vater umgebracht hat.«

»Ich werde Oliver fragen. Der hat ja die Mord-Akten. Vielleicht steht da was drinnen.« Antonia mischte wieder und diesmal legte sie die Karte *Brief* aus. »Hoppla! In dem Raum muss ein Brief oder ein Dokument versteckt sein. Jetzt wissen wir, wonach wir suchen müssen und vielleicht führt uns das sogar zum Mörder.«

11. Kapitel

Oliver saß in der Arbeitsecke seines Wohnzimmers am Schreibtisch und las zum wiederholten Male in den Akten des fünf Jahre alten Mordfalles Edwin Glaser. Bis jetzt verspürte er noch kein Kribbeln in den Zehen. Es frustrierte ihn und er fragte sich, ob ihn die Lektüre derzeit überhaupt weiterbrachte. Er zog sich seinen Notizblock heran. Alles was er sich aufgeschrieben hatte, betraf direkt oder indirekt Edwins Sohn Holger, der damals der Tat verdächtigt wurde und der jetzt ebenfalls ermordet aufgefunden worden war. Die beiden Fälle hingen zusammen. Aber wo, verdammt noch mal, lag das Motiv für diese Morde? Oliver überflog noch einmal die Notizen, die er sich gemacht hatte. Sein Blick blieb an dem Wort *Streit* hängen. Er hatte es dick unterstrichen und mit Ausrufezeichen und Fragezeichen versehen. Er blätterte in den Unterlagen und zog den Bericht der Gerichtsmedizin hervor. Edwin Glaser wurde damals in seiner eigenen Wohnung mit Rizin vergiftet. Allem Anschein nach sollte er leiden. Der Täter hatte ihn an Händen und Füßen gefesselt und seinen Mund mit einem Klebeband verschlossen. Im Autopsiebericht stand, dass er letztendlich an seinem Erbrochenen erstickt war. Die Polizei konzentrierte sich damals sehr schnell auf seinen Sohn als möglichen Täter. Holgers Verschwinden sprach gegen ihn. Außerdem hatte sich Holger in der Woche zuvor mehrfach mit seinem Vater gestritten, ihn beschuldigt, sein Leben zu ruinieren. Aber reichte das als Motiv aus? Oliver grübelte. Das Verhältnis zwischen Vater und Sohn schien bis zu diesem Streit nicht auffällig. Sicher, Holger besaß als Landschaftsarchitekt gute Kenntnisse über Pflanzen und im Hinterhof des Hauses fand die Polizei eine Christuspalme mit ausgebildeten

Samen. Aber Georg kannte sich mit Pflanzen ebenfalls gut aus und die beiden waren befreundet. Eine Nachbarin, Birgit Anderer, hatte ausgesagt, dass Holger diese Pflanze erst wenige Tage zuvor mitgebracht hatte. Allerdings nahm Holgers Vater das in den Samenschalen enthaltene Rizin in einer konzentrierten, flüssigen Form zu sich. Wie war es hergestellt worden? Hätte die Polizei im Haus nicht Hinweise darauf finden müssen? Sie hatte wohl keine gefunden. Es stand nichts davon im Bericht.

Oliver schubste seinen Notizblock zur Seite und starrte zum Fenster hinaus. Er musste herausfinden, woher die Pflanze stammte und wie das Gift ihrer Samen isoliert worden war. Vielleicht konnte Antonia ihm helfen. Er hatte sowieso noch ein paar Fragen zu dem Fall, die sie mit ihren Karten für ihn abklären sollte. Ihre Schwester Marlene hatte seine Bitte sicher bereits an sie weitergeleitet. Oliver klappte die Akte zu und stand auf, weil sein Magen nicht aufhörte, zu knurren. Er ging in die Küche und inspizierte den Kühlschrank. Vom Vortag stand noch ein Rest Nudelauflauf darin. Während Oliver das Essen in der Mikrowelle aufwärmte, dachte er über Edwins Sohn nach. Die kriminalbiologische Untersuchung seiner Überreste hatte ergeben, dass Holger mit höchster Wahrscheinlichkeit genauso lange tot war wie sein Vater.

Die Mikrowelle schaltete aus. Oliver trug seinen Teller zum Tisch und fing an zu essen. Seine Gedanken blieben bei den Mordfällen. War Holger erschossen worden, nachdem er seinen Vater vergiftet hatte? Oliver spießte mit seiner Gabel ein paar Nudeln auf, führte sie jedoch nicht zum Mund. Er bewegte seine Fußzehen. Sie gaben kein Zeichen. Frustriert aß er weiter. Vielleicht war Holger unschuldig. Vielleicht musste er deshalb sterben, weil er den Mörder seines Vaters gekannt hatte. Nein, nicht unbedingt, korrigierte er sich. Holger konnte auch schon vor Edwin ermordet worden sein. Niemand hatte ihn in den drei Tagen vor Auffinden der Leiche seines Vaters gesehen, so hieß es im Bericht. Gift und Schusswaffe. Die beiden Morde standen im Widerspruch zueinander und doch hingen sie zusammen. Das sagte ihm sein Instinkt. Aber die Puzzleteile passten nicht.

Das Telefon klingelte.

Oliver warf die Gabel auf den Teller und stand auf. Ein Grinsen huschte über sein Gesicht. Sekunden später begriff er, dass nicht Antonia anrief, sondern ihre Schwester Marlene. Sie sprach hektisch. Olivers Grinsen verflog und machte einem Ausdruck von Bestürzung Platz. War Antonia von allen guten Geistern verlassen? Das konnte nicht gut gehen! Er unterdrückte den saftigen Fluch, der ihm auf den Lippen lag und beruhigte Marlene so gut es ging. Oliver versprach, sich umgehend zu kümmern.

Als er den Hörer auflegte, ließ er alles stehen und liegen. Er schnappte sich die Autoschlüssel und stürmte aus seiner Wohnung. Was hatte sich Antonia nur dabei gedacht? Konnte sie nicht vorher anrufen und ihn fragen? Jetzt fluchte er doch, zumal auch noch der Aufzug irgendwo in den unteren Etagen feststeckte. Er boxte mit der Faust gegen die verschlossene Fahrstuhltür, wandte sich ab und nahm die Treppen. Während er die Stufen hinuntereilte, zuckten stichartige Schmerzen durch sein Hüftgelenk. Auch das noch! Er hatte es mit dem Sport in letzter Zeit wohl übertrieben. Sein Arzt hatte ihn gewarnt. Als er die Tiefgarage erreichte und zu seinem Wagen ging, hinkte er. Seit Monaten war das nicht mehr vorgekommen. Oliver biss die Zähne zusammen. Eine Ermüdungserscheinung. Es hatte nichts zu bedeuten. Basta!

Der Anblick seines gelben BMW, den er sich im letzten Jahr nach seinen Wünschen hatte aufmotzen lassen, hob seine Laune. Als er davor stand, begrüßte er das Prachtstück mit einem liebevollen Schlag auf das Dach. So wie immer. Er stieg ein, startete den Motor und fuhr auf die Straße.

Das Neubaugebiet, in dem er wohnte, lag am Rande des Dorfs, gegenüber vom Friedhof. Bis zur Polizeistation brauchte er mit dem Wagen etwa zehn Minuten. Hoffentlich hatten sich Antonia und Hannes bis dahin nicht schon die Köpfe eingeschlagen. Als die Ampel vor ihm auf Rot sprang, fing er wieder an zu fluchen. Mindestens zwei Minuten Zeitverlust, und vermutlich musste er jetzt auch noch mit einer Rotphase an den übrigen Ampeln rechnen. Wenigstens hatte Marlene ihn gleich informiert. Wieso wollte Antonia das anonyme Schreiben überhaupt persönlich beim Kommissar abgeben? Er hätte das genauso tun können, und wenn sie schon auf seine Vermittlung verzichtete, dann hätte sie sich wenigstens die Karten legen sollen. Es war der denkbar schlechteste Zeitpunkt für eine Begegnung zwischen den beiden. Heute Morgen hatte Hannes ihm mitgeteilt, dass gestern Nacht im Glaserhaus eingebrochen worden war. Das konnte doch nur zu Missverständnissen führen.

Endlich, nach einer gefühlten Ewigkeit, bog Oliver in die Hauptstraße ein. Er parkte fast direkt vor dem Polizeirevier. Eilig stieg er aus und rannte im Laufschritt zur Toreinfahrt des Gebäudes. Auf der linken Seite nahm er die drei Stufen hoch zum Eingang der Polizeistation, wandte sich dann den Gang rechts hinunter bis zum hinteren Ende, wo das Büro des Kriminalkommissars lag.

Schon im Flur hörte er Antonias aufgebrachte Stimme. Oliver beschleunigte seine Schritte. Ohne anzuklopfen riss er die Tür auf und blickte direkt in Hannes puterrotes Gesicht.

Der Kriminalkommissar sprang von seinem Stuhl auf und schnauzte ihn an. »Was willst du hier?« Er lief um seinen

Schreibtisch herum und stellte sich vor Antonia. »Hüten Sie ihre Zunge, Antonia Hain!«

Oliver schloss die Tür. Sein Blick flog zwischen den beiden hin und her. Was er sah, beunruhigte ihn zutiefst. Hannes stützte die Arme in die Seiten. Seine Augen funkelten wütend. Antonia reckte ihr Kinn vor und hielt seinem Blick eisern stand. Ihre Hände ballten sich zu Fäusten und auf ihren Wangen bildeten sich hektische rote Flecken.

Oliver ging auf Antonia zu und zog sie ein Stück von Hannes weg. »Beruhigt euch, alle beide.«

Antonia wirbelte zu ihm herum. Ihre Augen blitzten. »Mich beruhigen? Ich denke nicht daran. Seit meiner Kindheit haben sich die Polizisten hier nicht verändert. Sie hören nicht zu. Sie hören einfach nicht zu.« Ihre Stimme überschlug sich. Ihr Kopf flog zu Hannes herum. »Bisher dachte ich immer, aus Ihnen könnte noch was werden, Herr Kriminalkommissar Hannes Schmidt. Ich mochte sie sogar leiden. Aber jetzt nicht mehr. Sie sind genauso borniert wie ihre Vorgänger und ...«

Oliver hielt ihr schnell den Mund zu und grinste Hannes an. »Sie weiß nicht was sie sagt.«

Antonia riss sich mit einer heftigen Bewegung los. »Ich weiß sehr wohl, was ich sage. Ich habe ein anonymes Schreiben erhalten mit einem Foto, meine Schlüsse daraus gezogen und komme umgehend her, um sie ihm mitzuteilen. *Ich* habe meine Bürgerpflicht erfüllt und was macht er? Beschuldigt mich des Einbruchs ins Glaserhaus! Das ist eine Frechheit. Einsperren will er mich!«

Der Kommissar wurde auf einmal ganz ruhig. Er holte die Klarsichthüllen mit dem Brief und dem Foto vom Schreibtisch und wedelte damit vor Antonias Nase. »Beamtenbeleidigung. Weiter so! Da kommt einiges zusammen.« Er hielt die Hüllen in Olivers Richtung, ohne Antonia aus dem Blick zu lassen. »Das Foto stammt aus dem Glaserhaus. Es zeigt eines der Zimmer dort und wer, außer einer Hexe, würde einen solchen verqueren Text dazu schreiben?«

»Ich löse Rätsel. Ich stelle sie nicht!« Antonias Stimme überschlug sich wieder.

Oliver schob den Besucherstuhl zur Seite, zog Antonia dorthin und drückte sie darauf nieder. »Ruhig jetzt und setz dich!« Er stellte sich zwischen sie und den Kommissar, so dass die beiden sich nicht mehr ansehen konnten. »Also Hannes, im Klartext. Antonias Schwester Marlene rief mich vorhin an. Sie kann bezeugen, dass das Schreiben anonym geschickt wurde. Nebenbei bemerkt, bezweifelst du das meiner Meinung nach sowieso nicht.« Er grinste Hannes an, wurde aber gleich wieder ernst. »Gestern Abend, zum Zeitpunkt des Einbruchs, befand sich Antonia im Haus von Maria Wolf. Sie und ihr Sohn Georg werden das bestätigen.«

Hannes lachte auf. »Ausgerechnet der!« Nach einem Blick in Olivers Gesicht hoben sich seine Augenbrauen. »Und?«

Olivers Mine wirkte undurchdringlich. »Auf dem Nachhauseweg wurde Antonia von einem Unbekannten verfolgt.«

»Das war ja klar, dass Leni ihren Mund nicht halten kann.«

Oliver drehte sich zu Antonia um und hob den Finger. Sie presste die Lippen zusammen.

Kommissar Schmidt beugte sich zur Seite, so dass er an Oliver vorbeischauen konnte. Er betrachtete Antonia aus zusammengekniffenen Augen.

Dann sah er zu Oliver und holte tief Luft. »Wir reden noch, und jetzt schaff mir die Hexe aus den Augen, bevor ich sie doch noch einbuchte.«

Oliver nickte. Er hielt Antonia die Hand hin. Sie ignorierte diese Geste, stand auf und rauschte mit hoch erhobenem Haupt zur Tür hinaus. Oliver beeilte sich, ihr zu folgen.

Noch auf dem Flur vor Hannes Büro fing Antonia wieder an zu schimpfen. »So ein arrogantes Arschloch.«

Oliver legte den Arm um ihre Schultern und zog sie zum Ausgang. »Halt den Mund, du Teufelsbraten. Wenigstens solange, bis wir im Auto sitzen.«

Antonias Augen blitzten. »Ja, so ist es recht. Stell dich nur auf seine Seite.«

Oliver erwiderte nichts.

Er bugsierte Antonia so schnell es ging zu seinem Wagen und atmete erst auf, als sie auf dem Beifahrersitz saß und er die Autotür zuschlagen konnte. Als er auf der Fahrerseite einstieg und sich ächzend in den Sitz fallen ließ, wandte sie ihm das Gesicht zu. Ihre smaragdgrünen Augen funkelten. »Du hinkst!«

Oliver startete den Motor. »Willst du jetzt mit *mir* streiten?«

»Ja!«

Er seufzte. »Tu, was du nicht lassen kannst.«

Antonia drückte ihren Rücken in die Polster und verschränkte ihre Arme. »Ich hätte es wissen sollen. Gleich als ich in sein Büro kam. Er hat seine Mütze nicht geholt. Das Ding nicht verkehrt herum aufgesetzt, als er mich erkannte.«

Oliver lenkte seinen Wagen auf die Straße. »Ist dir klar, dass du ein Autoritätsproblem hast? Du hättest dir zumindest vorher die Karten legen sollen.«

»Sag mir nicht was ich selbst weiß!«

»Du erkennst, dass du einen Fehler gemacht hast? Gut!« Oliver bog an der Kreuzung links in die Gartenstraße.

Antonias Haltung spannte sich an. »Das ist die falsche Richtung. Dreh sofort um!«

»Ich weiß genau, welche Richtung jetzt richtig ist.« Oliver bog an der nächsten Kreuzung wieder nach links und fuhr aus dem alten Dorfkern heraus.

Antonia krallte die Finger in den Griff der Fahrertür. »Ich will sofort nach Hause!«

Auf der Landstraße zum Neubaugebiet trat Oliver aufs Gas. »Nur falls du auf die Idee kommst, aussteigen zu wollen, mein Wagen hat Sicherheitsverriegelung.«

»Bin ich jetzt deine Gefangene? Hausarrest statt Kittchen?«

Oliver warf ihr einen schnellen Blick zu und grinste plötzlich. »Stimmt! Fesseln haben wir noch nicht probiert.«

Antonia sah stur gerade aus. »Marlene wartet.«

»Die weiß, dass ich dich mit zu mir nehme.«

Antonia fauchte. »Eine Verschwörung! Ihr wollt mich davon abhalten, den Mordfall aufzuklären.«

» Niemand will dich abhalten.«

Plötzlich kullerten Tränen aus Antonias Augen. »Doch, das wollt ihr alle.«

Jede Antwort wäre jetzt falsch gewesen. Oliver hielt deshalb lieber den Mund. Er begriff sehr gut, was in ihr vorging. Was sie zum Handeln antrieb. Antonia wollte ihre Fähigkeiten anwenden, damit die Welt ein bisschen sicherer wurde. In der Hinsicht waren sie beide sich ähnlich. Aber solche Ambitionen brachten eben auch Zurückweisungen mit sich und damit wurde sie nur schwer fertig. Er lächelte. Es gab ein gutes Rezept gegen Frust. Das wussten sie beide.

Wenige Minuten später steuerte er seinen Wagen in die Tiefgarage des Wohnblocks, in dem er lebte.

Antonia wischte sich die Tränen von den Wangen. »Und jetzt?«

»Weißt du nicht mehr? Der Fahrstuhl ist dort drüben.«

Olivers lapidare Antwort zauberte einen Anflug von Heiterkeit auf Antonias Gesicht. Sie atmete durch. Als sie dann vor dem Aufzug standen und auf den Fahrstuhl warteten, lehnte sie ihren Kopf an seine Schulter. Oliver zog Antonia an sich und begann sie zu küssen. Sein Mund streifte ihre Schläfen, ihre Wangen, ihre Nase. Sie bog den Kopf zurück, schloss die Augen. Ihre halb geöffneten Lippen bettelten um seine Zärtlichkeit und sie presste ihren Leib dicht an seine erwachte Männlichkeit. Es törnte ihn an. Automatisch schob er ihre Bluse hoch und ließ seine Hand über ihre nackte Haut wandern. Wie weich und zart sie war. Seine Küsse wurden fordernd. Seine Hand suchte zielstrebig den BH unter ihrer Bluse zu öffnen.

Antonia stöhnte leise, doch dann schob sie ihn ein Stück zurück.

»Nicht hier.« Sie löste sich von ihm, ordnete ihre Haare und schob den Blusensaum in den Rock zurück.

Oliver empfand ihren Rückzug wie eine kalte Dusche. Er boxte gegen die Tür des Aufzugs. »Nun mach schon!« Er lauschte, doch das Geräusch des sich bewegenden Seilzugs war nicht zu hören. Oliver nahm Antonia bei der Hand und wollte sie ins Treppenhaus ziehen. »Das kann ewig dauern bis der Fahrstuhl kommt. Wir nehmen die Treppen.«

Antonia hielt ihn zurück und legte ihre Arme um seine Hüften. Sie stellte sich auf die Zehenspitzen und gab ihm einen schnellen Kuss. »Spar deine sportlichen Aktivitäten für nachher auf. Wir warten.«

Es blieb ihm nichts anderes übrig. Er hielt Antonia im Arm und vermied jede weitere Zärtlichkeit. Als der Aufzug endlich kam und sie in den dritten Stock hochfuhren, sprachen sie beide kein Wort.

Antonia trat in Olivers Wohnung und blieb auf dem Flur stehen. Sie hörte, wie er die Tür schloss. Kurz darauf stand er hinter ihr und schlang die Arme um sie. Das Kribbeln in ihrem Bauch verstärkte sich. Sie drehte den Kopf und barg ihr Gesicht in seiner Halsbeuge. Der Geruch seiner Haut vermischte sich mit dem herben Duft seines Rasierwassers. So vertraut! Sie sog den Atem tief ein. Wie lange war es her? Sie vergaß fast, dass sie in letzter Zeit beharrlich die Bremse gezogen hatte. Warum nur? Antonia wusste es nicht mehr. Sie wusste nur, dass sie ihn wollte. Jetzt, sofort, ohne Verzögerung. Sie drehte sich um und begann sein Hemd aufzuknöpfen. Es ging ihr nicht schnell genug. Sie zerrte am Stoff. Oliver musste mithelfen und endlich konnte sie das Hemd über seine Schultern streifen. Sie warf es irgendwohin und gleich darauf flatterte auch ihre Bluse zu Boden.

Antonia presste sich an ihn, flüsterte: »Ich hab meine roten Dessous an.«

Ihre Finger tasteten über die Muskeln seiner Brust und machten sich gleich darauf ungeduldig an seiner Jeans zu schaffen. Verdammt, warum ging der Knopf nicht auf?

»Strapse?« Olivers Stimme nahm einen heiseren Klang an.

Er schob seine Hand in ihren BH und streichelte die Knospen ihrer Brust. Seine Lippen suchten ihren Mund. Als ihre Zungenspitzen sich berührten, sammelte sich die Hitze in Antonias Schoß. Ihr Atem ging in zitternden Schüben. Sie erwiderte Olivers Kuss voller Begehren und zog ihn am Hosenbund mit sich in Richtung Schlafzimmer. Sie kamen nur langsam vorwärts, weil sie dabei verzweifelt versuchte, den Knopfverschluss am Bund seiner Jeans zu öffnen. Es gelang ihr nicht. Oliver tat nichts, um ihr zu helfen. Im Gegenteil. Er presste sie an sich. Sie fühlte die harte Männlichkeit in seiner Hose und ihre Ungeduld wuchs. Sie kam nicht heran. Es machte sie rasend. Antonia ließ den Knopf los und zerrte stattdessen am Reißverschluss seiner Jeans. Der schien wie zugeschweißt.

Sie beugte abrupt den Oberkörper zurück und wich Olivers Lippen aus. »Erstens, deine Jeans regt mich auf! Zweitens, keine Strapse. Drittens, biete dafür einen Tanga.«

Oliver grinste und schnappte mit einem raubtierartigen Fauchen nach ihrem Ohrläppchen. Er griff nach ihren Händen, die sich wieder heftig am Knopfverschluss seiner Jeans zu schaffen machten, und legte sie um seinen Hals. »Geduld!« Seine Hand wanderte zu ihrer Taille und tastete nach dem Reißverschluss ihres Rocks. »Zeig mir das Höschen!« Oliver schob das Kleidungsstück über ihre Hüften. Er packte sie mit festem Griff an den Pobacken, lüpfte sie aus dem Rock heraus und schubste das gute Stück mit dem Fuß beiseite. Dann schob er Antonia auf Armeslänge von sich weg. »Dreh dich! Langsam.«

Antonia hielt für einen Moment den Atem an und ließ dann die Luft lautlos aus ihren Lungen entweichen. Sie stemmte einen Arm in die Taille und tat ihm den Gefallen. In aufreizender Manier befeuchtete sie ihre Lippen. Unter gesenkten Lidern schaute sie ihn an. Ihr Blick verfehlte seine Wirkung nicht. Olivers Brustkorb hob sich und er ging auf sie zu.

»Halt!« Antonia reckte das Kinn vor und deutete auf seine Hose. »Ich will auch was sehen.«

Olivers Augen funkelten. Mit einer schnellen Bewegung griff er nach ihr. »Heute behalte *ich* die Hosen an.« Er hob sie hoch und trug sie ins Schlafzimmer.

Antonia lag in Olivers Armen auf dem zerwühlten Bett. Sie streichelte die Narbe an seiner Hüfte, die er vor sechs Jahren von der Schussverletzung zurückbehalten hatte. Es war nicht die Einzige. Drei Kugeln hatte er damals abbekommen und die Verletzungen waren so schlimm gewesen, dass sein Leben lange auf Messers Schneide stand. Aber er hatte sich in die Welt zurückgekämpft. Ja, Oliver war ein Kämpfer. Während der Reha empfahlen ihm die Ärzte, sich an den Rollstuhl zu gewöhnen. Er führte ihre Prognose ad absurdum. Mit eisernem Willen hatte er geschafft, was keiner für möglich hielt. Außer Antonia natürlich. Wer ihn nicht wirklich gut kannte, so wie sie, der bemerkte noch nicht einmal mehr das leichte Hinken, das ihn von Zeit zu Zeit an den schmerzhaftesten Abschnitt seines Lebens erinnerte. Ja, Oliver war ein Kämpfer — und ein großartiger Liebhaber. Sie hatten sich alles gegeben, Leib und Seele, sich wild und leidenschaftlich geliebt, sich gegenseitig bis zur Ekstase getrieben, nur um dann mit überraschender Sanftheit das Spiel der Verführung von neuem zu beginnen. Jetzt fühlte Antonia sich wohlig erschöpft — und glücklich. Sie räkelte sich in seinem Arm. Oliver richtete sich halb auf und strich eine Haarsträhne aus ihrem Gesicht. Sein Blick spiegelte die Zuneigung, die er für sie empfand. Antonia zog seinen Kopf auf ihre Brust und kraulte seinen Nacken.

»Hunger«, seufzte sie.

Oliver fing an zu lachen. »Hast du noch nicht genug?«

Antonia hielt seine Hand fest, die an ihrem Bauch entlang zu ihrem Schoß strebte. »Stopp! Ich meine den elementaren Hunger.«

Er gab ihr einen Kuss auf die Nasenspitze, grinste und setzte sich auf. »Wir könnten den Kühlschrank inspizieren, aber wir werden nichts darin finden. Pizzaservice?«

Antonia nickte. Sie bestellten fast jedes Mal danach den Pizzaservice. Während Oliver unter die Dusche ging, stand sie auf und sammelte die Kleider ein, die auf dem Boden von Schlafzimmer und Flur verstreut lagen. »Wenn Leni erfährt, dass dein Kühlschrank wieder mal nur zur Attrappe dient, wird sie begeistert sein. Stell dich auf Zucchiniauflauf in allen Variationen ein. Vermutlich wird sie dir sogar einen Kuchen backen, vorausgesetzt, du hast ihr gesagt, wann du mich heimbringst.«

»Morgen früh!«, rief er aus dem Bad.

Antonia verzog den Mund zu einem breiten Lächeln. Das hatte er gut gemacht. So konnten sie nachher noch reden, über die neueste Entwicklung des Mordfalls, über die anonyme Botschaft und über seinen Freund, den unverschämten Kommissar Hannes Schmidt. Der Kommissar! Sie horchte in sich hinein. Ihre Wut war verraucht.

Als Antonia eine halbe Stunde später frisch geduscht und mit halb trocken geföhnten Haaren aus dem Bad kam, klingelte bereits der Pizzabote. Sie ging in Olivers Küche und setzte sich an den Tisch. Als er mit den Pizzaschachteln hereinkam, merkte sie gleich, dass ihn etwas irritierte.

»Was ist?«

»Das lag vor der Tür.« Oliver stellte die Schachteln auf den Tisch und deutete auf den Briefumschlag obenauf. Sein Name stand darauf, sonst nichts.

Antonia sprang auf. »Nicht anfassen!«

Oliver sah sie an und begriff sofort. Er holte aus einem Schrank ein paar Haushaltshandschuhe, zog sie an und ging ins Wohnzimmer. Als er zurückkam, hielt er zwei Klarsichthüllen sowie einen Brieföffner in der Hand. Er schlitzte den Umschlag auf. Es lag ein Foto darin.

Oliver betrachtete es. »Edwin Glaser und sein Vater. Muss der letzte Geburtstag des Alten gewesen sein, er liegt ziemlich teilnahmslos in seinem Bett.«

Antonia kam um den Tisch herum zu ihm. »Schau auf das Gemälde hinter ihnen an der Wand. Es ist verschwunden. Das wollte ich deinem Freund heute Mittag klarmachen. Ich kam nicht dazu!« Ihre Lippen pressten sich unvermittelt zu einem Strich zusammen.

Oliver sah sie forschend an. »Soll ich meinen Zauberstab wieder auspacken?«

Antonia griff sich eine Pizzaschachtel und setzte sich an ihren Platz. »Frag mich nach dem Essen.«

Oliver grinste zufrieden.

Er verstaute Umschlag und Foto in den Schutzhüllen, legte sie beiseite und griff ebenfalls nach seiner Pizza. Während sie beide ihre Stücke aus der Hand aßen, ruhte sein Blick auf Antonia. Immer wieder steckte sie ihre Finger in den Mund und lutschte den Tomatensaft ab, der aus der Pizza tropfte. Als ihre Blicke sich trafen, formte er mit den Lippen einen Kuss. Sie lächelte, sah ihn unter gesenkten Lidern an und saugte an jedem einzelnen Finger.

Um Olivers Augen bildeten sich feine Fältchen. »Das ist ein Versprechen!« Plötzlich setzte er sich mit einem Ruck gerade auf. »Sag mal, könnte es sich statt um ein verschwundenes Gemälde auch um verschwundene Fotoalben handeln? Edwin hatte deswegen wohl einen Streit mit Hartmut Fechtner. Er beschuldigte ihn des Diebstahls und laut Lutz Ifflands damaliger Aussage wollte Holger seinen Vater deswegen zum Schweigen bringen. So steht es zumindest in den Akten.«

Antonia überlegte. Auf dem Foto von heute Morgen hatte sie auch ein Bücherregal gesehen. Darin standen nicht nur Bücher, sonder auch Ordner und der Form nach zwei oder drei Fotoalben. Der *Stern*, den sie auf ihre Frage gezogen hatte, konnte auf jeden Fall beides symbolisieren. Das Gemälde als auch die Fotoalben. Es waren künstlerische Produkte, wenn auch mit unterschiedlichen Ansprüchen.

Sie zog die Schultern hoch. »Im Prinzip schon. Aber was sollte der Fechtner mit Edwins Fotoalben anfangen?«

Oliver biss in seine Pizza und nickte. »Eine der Fragen, die du für mich mit den Karten abklären solltest.«

Antonia schluckte. »Für dich? Was ist mit deinem Freund, diesem biestigen Kriminalkommissar Hannes Schmidt?«

Oliver wackelte unschüssig mit dem Kopf. »Seine Frau kommt erst in einer Woche heim.«

»Vergleiche ihn nicht mit uns! Ich war im Recht. Wenn er jetzt beleidigt ist, ist er selbst schuld.«

Oliver legte sein Stück Pizza ab und beugte sich zu ihr vor. »Bist du soweit geerdet, dass ich deutlich reden kann?«

»Ich wusste es! Jetzt kommt die Moralpredigt.« Antonia warf ihr Pizzastück in die Schachtel, stand auf und holte sich ein Küchentuch. Als sie sich wieder setzte, streckte sie Oliver die Hände hin. Sie sah ihm in die Augen und wischte sich die Finger langsam am Tuch ab.

Oliver hielt sie an den Handgelenken fest und grinste. »Keine leeren Drohungen!« Er ließ sie los. »Hör mal, ich weiß nicht, was zwischen euch abgelaufen ist, bevor ich kam. Aber deine Äußerungen ...«

»Ich habe ihm Brief und Foto auf den Schreibtisch gelegt und wollte erklären. Da fällt er mir ins Wort und fragt, ob ich das aus dem versiegelten Glaserhaus geholt habe.« Antonia griff nach ihrem Pizzastück und biss heftig hinein.

»Er musste dich das fragen und deine Reaktion darauf sehen. Mich hätte er auch damit konfrontiert. Immerhin stammt das Foto aller Wahrscheinlichkeit nach aus den Fotoalben von Edwin Glaser.«

Antonia reckte das Kinn vor. »Die Reaktion darauf hat er bekommen! Außerdem hast du gerade gesagt, dass diese Fotoalben verschwunden sind. Das Foto kann also nicht aus dem Glaserhaus sein.«

»Ein einzelnes Foto möglicherweise schon. Außerdem ist nicht bestätigt, dass die Alben gestohlen wurden. Es kam nicht zur Anzeige. Das hat mir Hannes heute Morgen bestätigt.«

»Und wenn schon! Dein Freund kennt mich gut genug, um zu wissen, dass ich nichts Gesetzwidriges tue.« Antonia warf ihr angebissenes Stück Pizza in den Karton und verschränkte die Arme vor der Brust.

Oliver seufzte und stand auf. Er zog einen Stuhl neben sie und legte den Arm um ihre Schultern. »Wäre es dir lieber, wenn Hannes so wäre wie der Polizist deiner Kindheit? Der eine Person von jedem Verdacht ausschließt, nur weil er sie zu kennen glaubt?«

Antonia sagte eine Weile nichts. Dann stöhnte sie auf. »Ich habe ihn wirklich beleidigt, stimmt's?«

Oliver zog sich den Rest seiner Pizza heran. »Iß jetzt, bevor alles kalt wird.«

12. Kapitel

Oliver fuhr Antonia am nächsten Morgen in aller Frühe nach Hause. Obwohl sie bis spät in die Nacht hinein geredet und sich danach noch einmal geliebt hatten, empfand er keine Müdigkeit. Die Dinge kamen in Bewegung. Endlich! Er musste am Ball bleiben. Als er Antonia vor der Haustüre abgesetzt hatte, fuhr er umgehend zur Wohnung von Hannes Schmidt.

Der Kommissar ließ ihn wortlos eintreten. Oliver schwenkte die Tüte mit den Frühstücksbrötchen, die er in weiser Voraussicht unterwegs für ihn eingekauft hatte. Hannes nahm sie ihm ab, warf sie auf den Esstisch vor dem Fenster und verschwand in der Küche. Oliver tappte hinterher und holte ein zweites Gedeck aus dem Schrank.

»Wie geht's dir?«, fragte er.

Hannes schaltete die Kaffeemaschine ab und hob die Kanne heraus. Er sah Oliver an, wandte sich ab und marschierte zum Esstisch. Oliver blieb nichts anderes übrig als ihm wieder hinterherzulaufen. Als sie beide am Tisch saßen, griff der Kommissar nach der Tüte.

»Keine Croissants?« Er nahm sich ein Brötchen und warf es missmutig auf den Teller. »Hat sich deine Hexe beruhigt?«

Oliver grinste. »Es würde mich nicht wundern, wenn Antonia dich bald wieder beehrt.«

Hannes machte eine abwehrende Handbewegung. Er langte über den Tisch und zog sich die Butterdose heran. Die schob er hin und her. Dann sah er zum Fenster hinaus und seufzte. Einmal, noch einmal und noch einmal.

Oliver beobachtete ihn. »Was plagt dich?«

Hannes zuckte mit den Schultern. »Als ich zum ersten Mal mit Mord konfrontiert wurde, war ich keine sechs Jahre alt. Es fing mit Katzen an und endete mit einem kleinen Jungen, der mit Plätzchen vergiftet wurde. Du erinnerst dich sicher. Er war erst zwei oder drei Jahre alt. Ich kannte ihn. Meine Mutter schleppte mich damals zu seiner Beerdigung mit. Ich haute ihr ab, weil ich nicht mitansehen konnte, wie er in seinem kleinen weißen Sarg in diesem Erdloch verschwand. Hinter einem Grabstein entdeckte ich ein Mädchen. Sie versteckte sich. Ich kannte sie kaum, sie war älter als ich, aber ich wusste ihren Namen: Antonia Hain. Sie heulte sich die Augen aus. Immer wieder sagte sie das Gleiche: Er hat mir nicht zugehört. Er hat mir einfach nicht zugehört.« Hannes seufzte wieder und schaute Oliver an. »Erst gestern habe ich begriffen, was sie damals meinte. Aber ich bin nicht so, wie sie glaubt. Käme ein Kind zu mir und würde mir eine Beobachtung mitteilen, ich ginge der Sache nach. Ich berücksichtige ja sogar Hinweise, die auf Wegen zustande kommen, die ich nicht nachvollziehen kann. Du weißt das.«

Oliver schenkte ihm Kaffee ein. »Antonia weiß es auch.«

Hannes atmete schwer aus und begann sein Brötchen zu schmieren. »Habe ich mir etwas vorzuwerfen?«

Oliver grinste ihn an. »Du hast gestern vergessen, deine Datschkapp verkehrt herum aufzusetzen.« Als Hannes sich immer noch nicht entspannte, beugte er sich zu ihm vor. »Du bist ein korrekter und guter Kriminalbeamter. Fast so gut wie ich. Mein Ehrenwort darauf! Du hast dir nichts vorzuwerfen. Also vergiss den Zwischenfall und geh zur Tagesordnung über.«

Jetzt endlich hellte sich das Gesicht von Hannes auf. Während sie nun ausgiebig frühstückten, tauschten sie ihr Wissen aus. Der Kriminalkommissar hatte Nachricht aus Brasilien. Der Mann, der mit Holger Glasers Pass geschnappt worden war, stammte aus dem Ortsteil Ochsenrath und gehörte zu der

Motorradgang, die früher die Ortschaften unsicher gemacht hatten. Ein guter Bekannter von Georg Wolf also. Es erhärtete seinen Verdacht gegen den jungen Mann. Leider konnte er Georg immer noch nichts nachweisen. Es gab bislang keine weiteren Indizien, außer den Fingerabdrücken außen auf dem Müllsack, in dem die Überreste der Leiche gesteckt hatten. Oliver versprach, Georg nachher an seinem Arbeitsplatz aufzusuchen. Vielleicht machte er ihm gegenüber den Mund auf. Dann kam Oliver auf Antonias Verfolger zu sprechen. Es bereitete ihm Sorgen. Das halbe Dorf sprach davon, dass Antonia den Mörder überführen würde. Das musste den Täter aufschrecken, zumindest dann, wenn er aus der Umgebung stammte. Nüchtern betrachtet konnte es natürlich eine Chance sein, ihn zu schnappen. Vielleicht machte er einen Fehler und kam aus seiner Deckung heraus. Aber Antonia geriet dadurch in Gefahr, und sie zu schützen würde nicht leicht sein.

Hannes stimmte ihm zu. »So etwas habe ich immer befürchtet. Dummerweise kann ich nichts unternehmen. Dazu ist die Sachlage noch zu schwammig. Meinst du, es könnte Georg gewesen sein, der ihr nachgegangen ist?«

Oliver hob die Schultern. »Nicht auszuschließen. Antonia sagte, es muss ein Mann gewesen sein. Aber sie hat ihn nicht erkannt, nur einen Schatten gesehen. Ehe ich es vergesse, ich habe noch etwas für dich im Auto.« Er ging hinaus und kam wenig später mit zwei Klarsichthüllen zurück. »Wir sollten auch die Familie Fechtner unter die Lupe nehmen. Lutz Iffland, der Schwiegersohn, könnte auch etwas mit der Sache zu tun haben. Ist schon seltsam, dass er damals mit seiner Aussage den Holger Glaser belastet hat und jetzt den Georg. Möglicherweise ist er es, der Antonia nachgeschlichen ist.«

Der Kommissar schaute Oliver aufmerksam an. »Bis jetzt schien er sauber. Aber wer weiß — ich hatte den Eindruck, dass seine Frau seinen Aussagen nicht so recht traut.« Er griff nach den Hüllen und sein Gesicht verfinsterte sich. »Schon wieder ein Foto. Ich wüsste zu gerne, ob dem Edwin tatsächlich seine Alben gestohlen wurden. Wenn ja, dann hat der Mörder sie nach der Tat zurückgebracht und vielleicht nur ein paar der Fotos behalten. Oder er hat nur ganz bestimmte Fotoalben geklaut. Aber warum? Flippst du jetzt auch aus, wenn ich dich frage, wo du in der besagten Nacht warst?«

Oliver grinste ihn an. »Das nicht, aber ich kann dir auch kein Alibi liefern. Ich saß zur Zeit des Einbruchs zuhause über den Akten, die du mir gegeben hast. Ganz allein.«

»Und wo hast du das Foto her?«

»Lag gestern Abend vor meiner Wohnungstür. Vielleicht findet ihr Spuren, die uns weiterhelfen.« Oliver deutete auf die Fotografie. »Und achte mal auf das Gemälde an der Wand. Es ist möglicherweise verschwunden. Übrigens … habt ihr bei der Überprüfung des Glaserhauses ein Dokument oder sonst etwas Schriftliches gefunden, das mit den Morden im Zusammenhang stehen könnte?«

»Nur das übliche, Versicherungspolicen, nichts Auffälliges. Warum?« Der Kommissar schüttete den Rest seines Kaffees in sich hinein und stand auf. »Ich muss los.«

Oliver sah Hannes zu, wie er das Jackett überzog und sich seine Schirmmütze auf den Kopf stülpte. »Es muss dort was versteckt sein. Ich würde mich gerne umsehen. Wann wird das Glaserhaus denn freigegeben?«

»Ich nehme an, zusammen mit deiner Hexe?«

Oliver entschloss sich, offen zu sein. »Ja, zusammen mit Antonia. Sie wird ein Stundenhoroskop erstellen, damit wir einen Anhaltspunkt haben, wo wir suchen müssen.«

Hannes holte seine Aktentasche und gab ihm mit dem Kopf ein Zeichen zur Tür. »Karten und jetzt auch noch Horoskope.

Das wird ja immer abenteuerlicher.« Er öffnete die Haustüre und winkte Oliver durch. »Wir haben alle Räume gründlich durchsucht. Wenn etwas da wäre, hätten wir es gefunden. Aber bitte ... ich bin ja ein aufgeschlossener Mensch.« Er verzog sein Gesicht, als ob er Zahnschmerzen hätte. »Ich sage dir Bescheid, wenn ihr hineinkönnt. Aber solltet ihr tatsächlich etwas finden – was ich nicht annehme – dann will ich sofort verständigt werden.«

Oliver hob grüßend die Hand und ging zu seinem Auto. Als er den Motor startete, sah er im Außenspiegel, wie sein Freund Hannes mit dem unauffälligen Opel bereits in entgegengesetzter Richtung davon fuhr.

Fünfzehn Minuten später parkte Oliver seinen gelben BMW vor dem Gartenbaubetrieb Heilert in Blumbrücken.

Er sah sich um. Georgs alte, auf Hochglanz polierte Harley stand nicht auf dem Parkplatz. Auch den Wagen seiner Mutter, den er manchmal benutzte, konnte Oliver nirgends entdecken. Aber das musste nichts heißen. Er ging den mit Kies bedeckten Weg entlang und trat in die Gärtnerei. Eine junge Angestellte kam auf ihn zu. Als er nach Georg Wolf fragte, schüttelte sie den Kopf und verwies ihn an Frau Heilert, die Chefin des Betriebs.

Frau Heilert befand sich im hinteren Bereich des Verkaufsraums und topfte dort Pflanzen um. Als Oliver auf sie zutrat, lächelte sie ihn an.

»Kann ich Ihnen helfen?«

Oliver neigte grüßend den Kopf. »Das hoffe ich. Ich suche Georg Wolf.«

Frau Heilerts Gesicht wurde abweisend. »Er ist nicht hier. Gehen Sie und lassen Sie uns in Ruhe.«

Georgs Chefin hielt Oliver offensichtlich für einen Reporter, der ihr Geschäft in negative Schlagzeilen zerren wollte. Sie schimpfte und drehte ihm den Rücken zu. Erst als Oliver Antonias Namen ins Spiel brachte und anklingen ließ, dass seine Nachforschungen ja möglicherweise auch Georgs Unschuld beweisen konnten, winkte sie ihn mit sich in ihr Büro.

»Antonia kenne ich. Sie wird die Wahrheit herausfinden.« Frau Heilert seufzte. »Wir haben Georg für die Dauer der Ermittlungen beurlaubt. Das ist für beide Seiten besser.« Sie bot Oliver einen Stuhl an. »Kaffee?«

Er setzte sich. »Gerne. Wie ist denn ihr persönlicher Eindruck von Georg? Er arbeitet doch schon eine ganze Weile bei Ihnen, soweit ich weiß.«

Die Frau stellte eine Tasse Kaffee vor ihn hin und setzte sich ihm gegenüber an den Schreibtisch. »Fast neun Jahre, wenn man seine Lehrzeit dazurechnet. Georg hat ein Händchen für Pflanzen. Ist eine gute Arbeitskraft. Das ist für mich das Wichtigste. Mit seinen Kollegen verträgt er sich auch.« Sie schüttelte den Kopf. »Ich verstehe nicht, wie er unter Mordverdacht geraten konnte. Als Holger noch lebte, hat Georg immer mit ihm zusammengearbeitet. Der Junge verstand es, Holgers Gartenpläne perfekt umzusetzen. Die zwei waren ein gutes Team.« Sie sah Oliver an. »Es heißt, die Polizei hätte Fingerabdrücke gefunden. Auf einem Müllsack, wie diesem dort…« Sie wies durch das Fenster nach draußen.

Oliver nickte. »Ja.«

Frau Heilert zögerte kurz. »Wir kompostieren die meisten Gartenabfälle selbst. Nur wenn zu viel anfällt, bringen wir sie zur Kompostierungsanlage nach Kreuztann. Georg sammelt das Unkraut dann in solche Säcke und fährt es im Kleinbus dorthin. Die Mülltüten bringt er wieder mit. Aber da könnte schon mal auf dem Weg einer verloren gehen.«

Oliver nahm einen Schluck Kaffee. »Sie meinen, Georg könnte sich ab und zu einen aneignen?«

Die Frau erschrak. »So habe ich das nicht gemeint, Herr Thiel.« Sie schwieg einen Moment, hob die Schultern und ließ sie wieder fallen. »Man kann in keinen Menschen hineinsehen. Aber ich traue ihm den Mord nicht zu. Er mochte Holger.« Sie sah Oliver an. »Ja, ich weiß was er früher getan hat. Manche Menschen verlieren ihren Weg, wenn sie sich abgelehnt fühlen. Zumal, wenn sie jung sind. Das damals war im Grunde nur ein Schrei nach Aufmerksamkeit. Wenn auch ein sehr heftiger. Er galt seinem Vater, der sich nie so richtig um ihn gekümmert hat. Aber Georg hat diese Zeit mit Hilfe eines Therapeuten aufgearbeitet.« Sie lächelte. »Mein Mann stellte das damals zur Bedingung, als Georg nach seinem Drogenentzug die Ausbildung bei uns begann.«

Oliver hielt seine Tasse in der Hand und schwenkte die Flüssigkeit darin im Kreis. »Dann muss Georg die Beurlaubung jetzt aber ziemlich getroffen haben, oder nicht?«

Frau Heilert lachte bitter auf. »Nicht nur ihn. Uns auch. Er fehlt an allen Ecken und Enden. Mein Mann und ich haben keine Kinder und wir hatten Georg eigentlich sogar schon als unseren Nachfolger angesehen. Gerade auch wegen seiner großen und kleinen Verrücktheiten. Er kommt bei den Kunden gut an.« Sie seufzte schwer auf. »Hoffentlich stellt sich seine Unschuld heraus. Erst vor ein paar Wochen sprachen wir mit ihm über die Möglichkeiten eines Studiums der Gartenbauarchitektur. Den Verstand dazu hätte er allemal und wir wollten es ihm finanzieren.«

»Verrücktheiten?« Oliver stellte seine Tasse auf den Schreibtisch.

»Ideen für die Anlage von öffentlichen Erholungsräumen. Georg hat viel von Holger Glaser gelernt. Ist aber in seinen

Vorstellungen nicht so traditionell, als dieser es war. Wollte das Auge überraschen, mit Farben, Formen und ungewöhnlichen Landschaftskompositionen. Er lag meinem Mann in den Ohren, an Ausschreibungen teilzunehmen.«

»Und die kleinen Verrücktheiten?«

Frau Heilert biss sich auf die Lippen. »Ach, eine Marotte von ihm.« Sie sprach schneller. »Totenköpfe. Hinten auf dem Feld steht eine solche Skulptur von ihm, aus Efeu. Sorgt immer für Aufsehen.«

Oliver sah sie forschend an. »Eine Art Erkennungszeichen?«

Die Frau nickte.

»Hat er solche Totenköpfe vielleicht auch auf die Abfallsäcke gemalt?«

Frau Heilert wand sich. »Ja, mit gelbem Marker. Das belastet ihn doch hoffentlich nicht?«

»Nicht, wenn er unschuldig ist.« Oliver stand auf und bedankte sich. Im Hinausgehen wandte er sich noch einmal um. »Eine Frage noch: Verkaufen Sie Christuspalmen?«

Frau Heilert hob abwehrend die Hände. »Rhizinus? Nicht mehr seit dem Giftmord vor fünf Jahren. Herr Fechtner war damals der einzige Kunde, der diese Pflanzen von uns bekommen hat.«

Oliver horchte auf. »Dann hat Holger Glaser seinen Garten gestaltet?«

»Ja, zusammen mit Georg.«

Oliver bedankte sich noch einmal und verließ das Büro. Während er draußen auf dem Kiesweg entlang zu seinem Auto ging, dachte er nach. Er kannte den Garten der Fechtners. Christuspalmen hatte er dort noch nicht gesehen. Weder den echten Rhizinus, noch eine der Zierformen. Er grübelte. Einen Wintergarten besaßen die Fechtners nicht. An ein tropisches

Gewächshaus konnte er sich auch nicht erinnern und in diesen Breitengraden wuchs die Pflanze nur einjährig. Vielleicht hatten die Samen nach dem ersten Winter nicht mehr gekeimt. Oder — Holger hatte die Pflanze unterschlagen und für seine Zwecke verwendet. Wenn diese Vermutung stimmte, dann musste Georg davon wissen. Aber wenn Holger seinen Vater damals tatsächlich mit den Samen dieser Pflanze vergiftet hatte, wie es der Bericht aus den alten Akten nahe legte, warum sollte Georg ihn umbringen anstatt zur Polizei zu gehen? Oliver seufzte. Das Ganze schien wirklich mehr als verwickelt zu sein. Er stieg in seinen Wagen und fuhr die nächste Querstraße links in den Ortskern von Blumbrücken. Die Häuser hier waren mindestens genauso alt wie die in Rabenhofen. An vielen Fassaden bröckelte der Putz. Nach wenigen Metern Fahrt fiel ihm am Straßenrand ein Mann auf, der ziemlich ratlos vor der offenen Motorhaube seines Autos stand. Oliver fuhr rechts ran und stieg aus.

»Herr Kamp, wenn ich nicht irre. Guten Tag.« Er streckte dem Mann die Hand hin und schaute in den Motorraum.

Der ältere Herr nickte. »Ja. Sie sind auch aus Rabenhofen, nicht wahr, Herr …«

»Thiel. Oliver Thiel. Ja, ich komme auch von dort.« Er griff nach einem losen Schlauchende, montierte ihn und zog die Schelle an. »Die Benzinzufuhr. Ist rausgerutscht. Jetzt dürfte der Wagen wieder anspringen.«

Herr Kamp sah ihn überrascht an. »Donnerwetter, das ging schnell.«

Oliver wischte sich die Finger an einem Taschentuch ab und grinste. »Autos sind mein Hobby.« Sein Blick flog über die Häuser. Einige davon standen wohl seit langem leer. Die Rollläden schienen wie eingerostet. Er schaute wieder zu Herrn Kamp. »Und? Schon Käufer für diese Bruchbuden gefunden?«

»Ah, meine Maklertätigkeit spricht sich allmählich herum. Gut!« Herr Kamp lachte und wies auf das Haus, vor dem sein Wagen stand. »Das soll ich für Frau Iffland verkaufen. Es gehörte ihrer verstorbenen Mutter. Ich habe es mir gerade angesehen. Hat einen hochinteressanten Keller.«

Oliver schaute zweifelnd auf das alte Gebäude. »Wird sicher trotzdem nicht leicht, dafür einen Käufer zu finden.«

Herr Kamp stieg in seinen Wagen und startete den Motor. Er sprang sofort an. »Klasse! Ich bin Ihnen was schuldig.« Er schaute zu Oliver und sein Gesicht zeigte einen sehr zufriedenen Ausdruck. »Glauben Sie mir, das Haus ist ein Glücksfall für mich.«

Nachdem Herr Kamp weggefahren war, stieg auch Oliver wieder in seinen Wagen und fuhr nach Rabenhofen zurück. Den Gedanken, Hannes gleich noch einmal in seiner Polizeistation aufzusuchen, verwarf er wieder. Es hatte Zeit. Er fuhr nach Hause und schrieb wie in alten Zeiten einen Bericht über sein Gespräch mit Frau Heilert. Danach setzte er sich wieder über die alten Akten. Oliver nahm sich Blatt für Blatt aus dem Ordner vor. Irgendwo in diesen Aufzeichnungen musste es doch einen Hinweis geben, der das Rätsel um die beiden Morde lösen half.

13. Kapitel

Oliver hatte Antonia am Morgen zu Hause abgesetzt und fuhr danach gleich weiter, um mit Hannes und Frau Heilert zu reden. Leise schloss Antonia die Haustüre auf, ging in die Küche und setzte den Morgenkaffee auf. Als ihre Schwester Marlene eine halbe Stunde später aus dem oberen Stockwerk herunterkam, hatte sie den Tisch bereits üppig gedeckt.

Marlene streckte sich und gähnte. »Du solltest öfter über Nacht wegbleiben.«

»Damit ich danach deine morgendlichen Küchenpflichten übernehme, du Schlafmütze?« Antonia schaltete den Kaffeeautomaten aus und ging mit der Kanne zum Tisch.

Marlene holte das Terminbuch aus dem Küchenschrank und setzte sich. »Ich lasse mich auch mal gerne verwöhnen.« Sie sah zu, wie Antonia den Kaffee einschenkte. »Du hältst die Kanne ziemlich schlaff. Hast dich wohl etwas verausgabt.«

Antonia verzog den Mund zu einem breiten Grinsen. »Der schnuckelige Witwer aus deinem Gesangverein ist immer noch scharf auf dich, Leni.«

»Lass mich damit bloß in Ruh!« Marlene schob schnell das Terminbuch zu Antonia hinüber. »Du hättest dich nicht so beeilen müssen. Fünfzehn Uhr und sechzehn Uhr fünfzehn. Nur diese zwei Beratungstermine heute. Wieso hast du eigentlich nicht bei Oliver gefrühstückt?«

»Sein Kühlschrank ist leer.«

»Oh, das trifft sich gut.« Marlene wurde lebhaft. »Die Zucchini wachsen sich zu Monstern aus. Mal sehen, was ich daraus alles zaubern kann.«

Da es heute keinen Termindruck gab, ließen sich die Schwestern mit dem Frühstück Zeit. Antonia erzählte Marlene, dass Oliver gestern Abend auch so ein mysteriöses Foto bekommen hatte und dass statt des Gemäldes auch Fotoalben verschwunden sein konnten. Allerdings blieb ihr nach wie vor unklar, was Hartmut Fechtner mit solch privaten Dingen hätte anfangen können.

»Der Edwin hat damals laut Zeugenaussagen den Fechtner des Diebstahls von Fotoalben beschuldigt. Jetzt sind zwei Fotos aufgetaucht, die Edwin gehört haben müssen. Also muss an seiner damaligen Beschuldigung zumindest ein Körnchen Wahrheit gewesen sein. Aber ich begreife die Hintergründe dieser Aktion nicht.«

Marlene zuckte mit den Schultern. »Lege dir die Karten.«

Antonia runzelte die Stirn. »Das habe ich schon getan. Bei Oliver. Ich habe ja immer Karten in der Handtasche. Aber so selten das auch vorkommen mag, die Antwort bringt mich diesmal nicht weiter.« Sie kramte in der Tischschublade und zog das Päckchen Lenormandkarten hervor. Sie durchsuchte das Deck und legte drei Karten nebeneinander: *Baum*, *Sarg* und *Fuchs*. »Da ich ja noch nicht weiß, ob dem Edwin das Gemälde, ein Fotoalbum, oder sogar beides gestohlen wurde, habe ich das offen gelassen und nach dem ›Warum‹ gefragt.« Antonia starrte frustriert auf die Kartenreihe. »Für mich sieht das wie eine Drohung aus. Aber ein Diebstahl, der als Drohung gedacht ist – das leuchtet nicht ein.«

»Stimmt.« Leni nickte. »Wenn ich ein bisschen was von dir gelernt habe, dann ist der *Baum* die Karte, die für Sicherheit steht. Aber in der Nebenbedeutung bezeichnet sie doch auch die Verwandtschaft, oder nicht?«

Antonia stützte das Kinn in die Hand. »Ja und?«

»Ich weiß nicht.«

Antonia nahm die restlichen Karten auf und suchte. »Wenn ich das auf Verwandtschaft deute, dann wären das ziemlich marode Verhältnisse. *Baum, Sarg* und *Fuchs* — Erbschleicherei zum Beispiel, hoffnungslos zerrüttete Familien, totgeschwiegene Verwandte ... totgeschwiegene Verwandte?« Sie richtete sich plötzlich kerzengerade auf. Dann betrachtete sie die zwei Karten in ihrer Hand, die sie eben auch noch aus dem Deck herausgenommen hatte und schüttelte den Kopf. »Wenn die Glasers und die Fechtners verwandt gewesen wären, dann hätten sie das in unserem Dorf doch nicht verheimlichen können.«

Marlene widersprach. »Vielleicht liegt das schon so weit in der Ahnenreihe zurück, dass niemand mehr davon weiß.«

Antonia legte schräg oben an die Karte *Sarg* den *Turm* an und auf den *Fuchs* legte sie die Karte *Sense*. »Warum sollte ein nicht mehr erinnerter gemeinsamer Vorfahre jetzt zu Diebstahl und Mord führen. Nein, das glaube ich nicht. Edwin Glaser und Hartmut Fechtner hatten doch bis zu diesem Streit kaum Kontakt.« Sie tippte auf die Karte *Sarg,* an die sie den *Turm* angelegt hatte. »Totale Verhärtung. Nichts geht mehr. *Fuchs* und die daran angelegte *Sense* deuten auf schwelende Aggressionen hin. Zusammengenommen ist das wie ein Pulverfass, das urplötzlich explodiert. Also kann ich das im Grunde nur so deuten, dass die Sachen deshalb gestohlen wurden, um ein möglicherweise lange schwelendes Pulverfass zu zünden. Wenn es so ist, und du weißt, Leni, dass ich mich selten täusche, dann hängt mit dem Diebstahl und in letzter Konsequenz natürlich auch mit den Morden etwas zusammen ... « Antonia stockte kurz, » ... das wir noch nicht sehen können.«

Marlene stand auf und blies die Backen auf. »Das ist mir zu hoch.« Sie stützte sich am Tisch ab und beugte sich zu Antonia vor. »Du hast noch gar nichts über deinen Besuch bei Kommissar Schmidt erzählt.«

Jetzt blies Antonia die Backen auf.

Marlene stützte die Arme in die Seiten. »Dachte ich mir's doch. Konnte Oliver wenigstens das Schlimmste verhindern?«

»Ich denke schon«, sagte Antonia kleinlaut und sah auf die Uhr. »Ich werde mich gleich auf den Weg machen und mich beim Kommissar für meine drastischen Worte entschuldigen.« Sie schob ihr Kartendeck zusammen und verstaute es in der Schublade. »Wenn ich zu meinen Beratungen nicht zurück bin, hat er mich eingesperrt. Dann kannst du Oliver anrufen.« Antonia hob die Hände in einer bittenden Geste. »Aber bitte nicht vorher!«

»Drastische Worte!« Marlene blieb fast die Luft weg.

Antonia winkte ab. Sie stand auf und holte ihren Einkaufskorb. Im Hinausgehen wandte sie sich noch einmal um. »Ich bringe uns Schokolade mit.«

Antonia verschwieg, wie unwohl sie sich fühlte, wenn sie an den Kommissar dachte. Sie hatte ihm unrecht getan. Das sah sie jetzt ein und es war ihr ein Bedürfnis, die Sache zwischen ihnen beiden wieder in Ordnung zu bringen. Sie mochte ihn doch. Sie mochte auch die kleinen Sticheleien, mit denen sie sich immer gegenseitig piesackten. Auf dem Weg zur Polizeistation wurde ihr das Herz immer schwerer. Was sollte sie ihm sagen? Würde er ihr überhaupt zuhören? Oliver hatte zwar angeboten, ein gutes Wort für sie einzulegen. Aber das wollte sie nicht. Sie wäre sich feige vorgekommen. Als sie vor der Toreinfahrt stand, bildete sich ein Kloß in ihrem Hals. Ihre Beine wollten umkehren. Sie schluckte, atmete ein paar Mal tief durch und ging dann festen Schrittes zum Büro des Kommissars.

Antonia klopfte an. Sie hörte drinnen einen Stuhl rücken und gleich darauf öffnete sich die Tür. Zu ihrem Schreck schaute sie in das Gesicht von Polizeimeister Siegfried Maier. Ein rascher Blick an ihm vorbei genügte, um zu sehen, dass

Hannes Schmidt an seinem Platz saß. Er tippte etwas in seinen Computer und sah nicht auf. Wäre Antonia noch die von gestern gewesen, dann hätte sie versucht, den Polizeimeister loszuwerden. Heute presste sie nur den Henkel ihres Korbs fester. Sicher wusste er bereits, was zwischen ihr und seinem Chef vorgefallen war. Antonia zwang sich zu einem Lächeln. »Ich möchte zu Kommissar Schmidt.«

Siegfried Maier bat sie mit einer Handbewegung in den Raum und setzte sich wieder an seinen Platz. Hannes Schmidt sah auf. Überrascht hoben sich seine Augenbrauen und seine Hände rutschten von der Tastatur seines Computers. Er rollte mit seinem Stuhl ein Stück zurück, stand auf und ging langsam zu dem Garderobenständer, der seitlich von seinem Schreibtisch stand. Der Kommissar nahm seine Mütze vom Haken und setzte sie wortlos verkehrt herum auf. Antonia ließ er dabei nicht aus den Augen.

Sie ging auf ihn zu. In ihrem Rücken spürte Antonia den neugierigen Blick des Polizeimeisters, doch es machte ihr kaum noch etwas aus. Sie dachte nur daran, dass der Kommissar sie mit seiner üblichen Geste begrüßte, wenn auch wortlos. Es schien ein gutes Zeichen zu sein, und sie fühlte sich wie befreit.

Ohne Umschweife kam sie auf ihr Anliegen zu sprechen. »Ich will Sie nicht lange aufhalten, Herr Kommissar. Ich bin nur gekommen, um mich für meine gestrigen Worte bei Ihnen zu entschuldigen.« Sie straffte die Schultern. »Ich habe Ihnen unrecht getan und das tut mir sehr leid.« Sie streckte ihm die Hand hin. »Nehmen Sie meine Entschuldigung an?« Sie lächelte. »Ich versichere Ihnen auch aus ehrlichem Herzen, dass Sie der beste Kriminalkommissar sind, den unser Dorf je hatte.«

Hannes verzog keine Mine, aber er ergriff ihre Hand. »Gestern? Was war da? Ich erinnere mich nicht.«

»Da bin ich froh.«

Hannes ließ ihre Hand los, schob seinen Stuhl zum Schreibtisch und setzte sich wieder. »Der beste Kriminalkommissar«, brummte er und sah sie forschend an. »Sind sie wirklich nur deswegen gekommen? Um mir süßen Brei um den Mund zu schmieren? Oder wollen Sie mich mit ihren neuesten Visionen zu den Fotos quälen?«

Antonia hörte, wie Polizeimeister Maier hinter ihr losprustete. Sie wandte den Kopf zu ihm um und sah ihn streng an. Der Beamte beugte sich schnell über die Schriftstücke auf seinem Schreibtisch.

Antonia schaute wieder auf den Kommissar und zog die Nase kraus. »Ich verabscheue süßen Brei, vor allem um den Mund herum.« Sie drückte ihren Korb an den Bauch. »Ich bin wirklich nur gekommen, um Abbitte zu leisten.«

Hannes nickte und wandte sich wieder dem Text auf dem Bildschirm seines Computers zu, den er vorhin geschrieben hatte. Antonia sah ihm nachdenklich dabei zu.

Der Kommissar sog den Atem ein. »Verdammt, jetzt habe ich ein Wespennest aufgerührt. Spucken Sie es halt aus.«

Antonia ließ sich nicht lange bitten. »Die Gegenstände sind nicht so wichtig wie der Diebstahl an sich.«

»Sofern er stattgefunden hat.«

»Da bin ich überzeugt. Aber das ist nur die Oberfläche. Da steckt was Heftiges dahinter.«

»Und was?«

Antonia biss sich auf die Lippen. »Das weiß ich nicht. Ich weiß nur, dass durch den Diebstahl eine Bombe platzen sollte, geplant und gezielt.«

Der Kommissar warf ihr einen kurzen Blick zu, tippte etwas in seinen Computer und löschte es wieder. »Ein bisschen mager.«

»Ja«, gab Antonia zu. »Waren die Glasers und die Fechtners miteinander verwandt? Über Ecken vielleicht?«

»Nicht dass ich wüsste. Warum?«

Antonia lächelte. »Dann wäre die Antwort leicht. Eine alte Familienfehde …«

Kommissar Schmidt griff an die Kante seines Schreibtischs und schubste sich mit dem Stuhl ein Stück zurück. »Das kann ich wohl guten Gewissens ausschließen. Es gäbe Hinweise.« Auf seinem Gesicht lag ein zufriedener Ausdruck. »So, ich habe zu arbeiten.« Er rollte mit seinem Stuhl an den Schreibtisch zurück. »Also halten Sie mich nicht länger ab. Schnappen Sie ihren Besen und reiten Sie heim.«

Antonia seufzte auf. »Fliegen, Herr Kriminalkommissar. Wenn schon.« Sie wandte sich um, nickte im Vorbeigehen dem Polizeimeister zu und ging zur Tür hinaus.

Draußen auf dem Flur verzogen sich ihre Mundwinkel zu einem breiten Grinsen. Das war doch wirklich gut gelaufen! Der Kommissar trug ihr nichts nach und er hatte sie sogar angehört. Vielleicht konnte sie ihn eines Tages doch noch von ihren Karten überzeugen. Beschwingt lief sie nach draußen und wechselte gleich auf die andere Straßenseite. Das Schokoladenparadies wartete. Ihr lief schon das Wasser im Munde zusammen.

Als sie den Laden betrat, wartete eine Überraschung auf sie. Eine ältere Dame lächelte sie an. »Hallo, Frau Hain.«

»Frau Kamp!«

Sharis Frauchen freute sich über die gelungene Überraschung. »Ja, wie Sie sehen, hat es geklappt. Frau Ritter hat mich als Aushilfe eingestellt. Ich arbeite zwei Vormittage die Woche hier. Es macht mir Spaß. Ich lerne die Leute besser kennen und meine Haushaltskasse freut sich. Nochmals Danke für den guten Tipp.«

»Und ihr Hund?«

»Meine Shari konnte man schon immer problemlos ein paar Stunden im Haus allein lassen. Eine Socke von meinem Mann und eine Strickjacke von mir in ihrem Korb und sie ist zufrieden.« Frau Kamp lachte.

Antonia unterhielt sich eine Weile mit ihr. Frau Kamp erzählte, dass ihr Mann zwar allmählich mehr Verkaufsaufträge bekam, bislang aber noch keines der Objekte hatte vermitteln können. Aber da sie jetzt diesen Job hatte, ging sie gelassener damit um. Sanierungsbedürftige Häuser verkauften sich halt nicht wie warme Semmeln oder Schokolade. Man musste Geduld haben. Antonia nutzte das Stichwort, um nach der extra Dunklen zu fragen. Sie kaufte sechs Tafeln. Fünf für den Vorrat zuhause und eine für unterwegs.

Als sie den Laden verließ, riss sie die eine Schokoladentafel gleich auf. Mit Genuss biss sie ein Stück von der schwarzen Masse ab. Die gehörte ihr allein. Marlene würde sich nicht an dem angebissenen Stück vergreifen.

Vor lauter Schokoladengier vergaß Antonia die Umwelt und stieß prompt mit jemandem zusammen. Als sie aufschaute, um zu sehen, wer sie da vor dem Absturz bewahrte, blickte sie in das Gesicht von Leo Heckert.

»Sieh an, die Frau Hain. Warum wollen Sie mich eigentlich bei jeder Begegnung umrennen?« Der Jäger stützte Antonia am Ellbogen, bis sie wieder sicher stand.

»Und wieso stellen Sie sich mir bei jeder Begegnung in den Weg?« Antonia starrte auf den Schokoladenfleck auf seinem grünen Hemd. Sie biss wieder in ihre Tafel. Heftig, aus Frust. Das Universum hatte wohl beschlossen, dass sie sich heute in Entschuldigungen üben sollte. Antonia deutete auf sein Hemd. »Wegen dem Fleck. Tut mir leid!« Sie beobachtete, wie Leo Heckert an sich heruntersah und dann vorsichtig mit der Hand über den Schokoladenfleck wischte. Ein paar Brösel fielen zu Boden, aber die braune Farbe verteilte sich jetzt noch mehr. Sie grinste. »Soll ich noch ein paar Tupfen darauf machen? Dann fällt das vielleicht nicht so auf.« Der Jäger bedachte sie mit einem undefinierbaren Blick und trat einen Schritt zurück. Antonia biss sich auf die Lippen. »Entschuldigung.« Sie hob den Blick zum Himmel. Jetzt reichte es aber! Schluss. Aus!

Als sie weitergehen wollte, hielt er sie zurück. »Die Leute reden über Sie. Stimmt es, dass Sie schon etwas über den Mörder herausgefunden haben?«

Antonia schaute ihn überrascht an. »Warum interessiert Sie das? Ich dachte, Dorfklatsch lässt Sie kalt.«

»Schon, aber in diesem Fall ...« Leo Heckert griff in seine Hemdentasche, zog Zigaretten und Feuerzeug heraus und zündete sich eine an. Langsam blies er den Rauch aus. Er sah sich um, betrachtete die vorbeigehenden Leute. Seine Lippen zuckten, gerade so, als ob er etwas sagen wollte, das er nicht sagen durfte. »Seit Sie den Toten gefunden haben, ist es bei den Fechtners nicht mehr auszuhalten.« Er sprach leise. »Der Alte schnauzt nicht nur mich ständig an. Alle.«

»Hat er einen Grund dafür?« Antonia wedelte den Zigarettenrauch weg, der ihr ins Gesicht wehte.

Der Jäger zuckte die Schultern. »Hat Angst, dass sein Streit mit Edwin Glaser wieder aufgerührt wird. War eine verrückte Sache damals. Es ging um Fotoalben. Vielleicht um mehr. Der Edwin wollte ihn anzeigen, bevor er ... na ja. Aber bitte! Das haben Sie nicht von mir. Wenn der Alte erfährt, dass ich den Mund aufgemacht habe, dann schmeißt er mich hochkant raus. Ich brauche den Job.«

»Ging es da um bestimmte Fotografien?« Antonia packte ihre Schokolade weg und zog ihn ein Stück näher zur Häuserwand.

Leo Heckert schaute sie durchdringend an. »Keine Ahnung. Vermutlich schon. Sollten wohl irgendetwas beweisen. Mich würde es nicht wundern, wenn der alte Fechtner Dreck am Stecken hat. Aber ich sollte das nicht sagen. Er ist zwar ein herrischer Boss, aber er bezahlt mich gut für meine Arbeit.«

Antonia sah ihn an. Herr Heckert schien froh, einmal reden zu können, auch wenn er sich immer wieder an seine Loyalität dem Arbeitgeber gegenüber erinnerte. Sie wollte diese Stimmung nutzen, solange sie anhielt. Deshalb klagte sie auch nicht über den Rauch seiner Zigarette, der bereits ihre Atemwege reizte. Sie räusperte sich. »Wieso hatten der Glaser und ihr Chef überhaupt so engen Kontakt? Edwin war doch eher ein einfacher Mann und …«

»Hatten sie nicht. Das fing erst an, als Edwins Sohn Holger den Garten der Familie anlegte. Zu Anfang war noch alles normal. Der Fechtner hat schikaniert und der Holger ist gerannt. Dann drehte sich der Wind plötzlich. Holgers Vater kam an dem Tag ins Haus und sprach unter vier Augen mit meinem Chef. Ab dem Zeitpunkt wurde der Fechner unberechenbar. Er schien Edwin und Holger regelrecht zu hassen. Georg Wolf musste dann im Garten fast alles alleine machen. Aber die beauftragte Gärtnerei durfte das wohl nicht wissen.«

Georg Wolf?«

»Ja, der kommt heute noch, um den Garten zu pflegen. In Schwarzarbeit, wie ich vermute. Mein Chef ruft immer bei ihm zuhause an.«

»Ah!« Antonia hatte das starke Gefühl, zumindest ein Rätsel gelöst zu haben. Den *Bären* aus Marias Kartenlegung. Das war wohl der alte Fechtner. Sie schaute Leo an. »Hatte Rosalie Iffland auch Kontakt zu den Glasers?«

»Sie ging eine Zeit lang bei denen ein und aus.« Er hob die Schultern. »Jetzt würde die Rosalie am liebsten abhauen. Ich kann es ihr nicht verdenken. Schon seit dem Mord am Edwin Glaser geht sie ihrem Vater aus dem Weg, wo sie nur kann. Ihrem Mann neuerdings auch. Ich glaube, die weiß, um was es damals ging und wird damit nicht fertig. Tut mir ja irgendwie leid, das Mädel. Aber vielleicht kann sie sich lösen, wenn das Haus ihrer Mutter verkauft ist. Dann hat sie ja Geld.«

Das Haus interessierte Antonia nicht. »Was ist mit Rosalies Mann? Dem Lutz?«

Leo Heckert winkte ab. »Ach, der Lutz ... spielt sich mir gegenüber als Chef auf, weil er der Förster von Fechtners Wald ist. Dabei bekommt er seine Befehle genauso von dem Alten wie ich. Ehrlich gesagt, kriecht der seinem Schwiegervater sonst wohin.« Leo warf seinen Zigarettenstummel auf den Boden und trat ihn aus. Seine Mundwinkel verzogen sich verächtlich nach unten. »Lutz würde alles tun, um Fechtners Anerkennung zu bekommen. Aber da kann er lange warten.«

Antonia sah Leo an. Schöne stahlblaue Augen hatte er. Sie spiegelten Intelligenz und eine gewisse Unbeugsamkeit. Willensstark, ja. Das war er bestimmt. Vielleicht kam er deswegen besser als alle anderen mit dem Fechtner zurecht.

Sie lächelte. »Und Sie? Ich habe Sie bei der Beerdigung gesehen. Befehl vom Chef?«

Sein Blick streifte sie nur kurz und richtete sich dann in die Ferne. Er tastete nach seinen Zigaretten und zündete sich wieder eine an. »Ich hasse Beerdigungen. Erinnert mich an meine Mutter. Da war ich neun. So viele Blumen. Die hätten sie ihr im Leben bringen sollen, dann hätte sie sich vielleicht nicht unter den Zug geworfen.« Leo Heckert atmete tief durch und sah Antonia dann an. »Der Fechtner hat uns alle gezwungen hinzugehen — um den Schein zu wahren. Ich wollte mich erst weigern, aber er brauchte mich als Stütze. Der Alte ist seit seinem Autounfall vor fünf Jahren nicht mehr so sicher auf den Beinen und seiner Tochter und dem Lutz traut er wohl nicht so recht.« Seine Stimme klang zufrieden. »Ja, ich habe eine gewisse Stellung im Haus. Aber wer weiß, wie lange noch. Wie gesagt, derzeit ist der Fechtner unberechenbar. Misstraut jedem, sogar mir.« Leo seufzte. »Ich hätte das alles gar nicht erzählen dürfen. Wenn das rauskommt, bin ich die längste Zeit Jäger bei ihm gewesen.«

Antonia klopfte ihm auf den Arm. »Ich verrate Sie nicht.«

Leo nickte und trat seine halbgeraucht Zigarette aus. »Muss der Mörder wenigstens schon zittern?«

»Ich bin ihm auf der Spur.« Antonia sah auf ihre Armbanduhr. »Herr Heckert, ich würde gerne noch mit ihnen plaudern, aber ich muss los.«

Sie verabschiedete sich und machte sich eilig auf den Weg nach Hause. Marlene wartete sicher schon mit dem Essen.

Während Antonia die Straße entlanglief, dachte sie über das Gespräch mit dem Jäger nach. Soviel wie heute hatte er noch nie von sich und seinem Arbeitgeber preisgegeben. Sicher, er fürchtete aufgrund der Situation um seine Anstellung. Das allein vermochte ihn aber wohl nicht aus der Bahn zu werfen. Er würde schnell eine neue Stelle finden, denn er machte seinen Job gut. Das hörte sie im Dorf immer wieder. Man lobte seine Treffsicherheit bei der Bejagung des Wilds. Aber die Hege und Pflege des Bestands schien Leo fast wichtiger zu sein. Das machte ihn sympathisch. Vor Jahren hatte er sogar die Wildaufzuchtstation für verwaiste Jungtiere initiiert, drüben in Blumbrücken. Antonia überlegte. Sie wusste nicht allzu viel über ihn, aber Leo hatte wohl keine einfache Jugend gehabt. So etwas prägte einen Menschen. Vielleicht waren die Fechtners eine Art Familie für ihn geworden, auch wenn sie nicht gerade dem Ideal entsprachen. Wenn sich jetzt aber herausstellte, dass die Fechtners mit den Morden etwas zu tun hatten, dann verlor er diese Bindung. Das musste ihn hart treffen.

Antonia bog links in die nächste Querstraße ab. Ihre Gedanken wanderten zu Georg Wolf. Er hatte Kontakt zu Hartmut Fechtner und seine Mutter wusste davon. Sie rief sich Marias Kartenbild in Erinnerung. Ja, sie war es, die zwischen den beiden die Termine koordinierte. Die Karte *Schlüssel*, Sinnbild für Aktivität, bewies das. Er hatte in Marias Linie unter dem *Bären* gelegen. Warum schwieg sich Maria darüber aus?

An der Kreuzung zur Eulenstraße blieb Antonia stehen. Sie hielt sich die Seite. Es stach wie mit Nadeln darin. Vielleicht sollte sie Olivers Rat doch folgen und ein wenig mehr Sport treiben. Ganz kurz blitzte die Erinnerung an die nächtliche Verfolgungsjagd auf. Sie verdrängte sie schnell und bekräftigte in Gedanken ihr Vertrauen in die geistigen Wesen, die sie beschützen konnten. Das fiel ihr leichter als Sport!

Antonia schnaufte noch einmal durch und ging weiter. Trotz der halben Tafel Schokolade, die sie gegessen hatte, meldete sich jetzt der Hunger bei ihr. Aber gleich war sie zuhause. Hoffentlich gab es nicht wieder Zucchiniauflauf. Das hing ihr allmählich zum Hals heraus. Die Fechtners bauten so etwas bestimmt nicht an. Deren Garten diente eher zur Zierde. Georg! Sie grübelte immer noch. Welche Rolle spielte Georg bei der ganzen Geschichte? Konnte es sein, dass seine Freundschaft zu Holger nur gespielt gewesen war?

14. Kapitel

Am nächsten Nachmittag gab sich Oliver mit Antonias letzter Klientin die Klinke in die Hand. Marlene winkte ihm von der Küche aus Zeichen, dass er ins Wohnzimmer gehen konnte. Oliver riss die Tür auf und klatschte in die Hände. »Auf geht's! Hol dein Fahrrad. Wir machen eine Tour.«

Antonia sah ihn entsetzt an. »Ich bin geschafft! Heute hatte ich eine Beratung nach der andern und es ist Samstag. Mein Wochenende beginnt. Freizeit, Entspannung. Ich brauche meinen Kaffee und keine Fahrradtour.«

Marlene kam ins Zimmer herein und stellte eine Thermoskanne auf Antonias Tisch. »Trink den Kaffee unterwegs. Ich brauche die Küche, um Olivers Ernährung sicherzustellen. Da wärst du mir nur im Weg.« Sie wandte sich zu ihm um. »Du kannst heute Abend alles gefrierfertig abholen. Magst du Pflaumenkuchen?« Oliver nickte, und Antonia schlug auf den Tisch. Marlene hob ihr den Zeigefinger entgegen. »Ist auch zu deinem Vorteil. Eine Woche lang keine Zucchini zum Mittagessen. Jetzt mach schon und komm endlich in die Gänge.«

Antonia sank über dem Tisch zusammen und stöhnte.

Oliver zog sie hoch. »Tatortbesichtigung! Weckt das deine Lebensgeister?«

»Gibt's etwa wieder einen Toten?« Sie erhob sich ächzend vom ihrem Stuhl.

»Mal den Teufel nicht an die Wand. Wir schauen uns die Gemarkung an, wo Holger laut Erdprobenanalyse verbuddelt war. Das ist der kleine Mischwaldabschnitt rund um den Waldparkplatz bei Blumbrücken.«

Antonia ließ sich auf den Stuhl zurückfallen. »Das ist ja Lichtjahre von hier entfernt.«

»Jetzt übertreib nicht so. Bewegung tut dir gut.« Oliver rüttelte an ihrem Stuhl.

Antonia fauchte ihn an. »Du Nervensäge!« Sie stützte sich auf dem Tisch ab und stand auf. »Von wegen klein! Das Waldstück ist riesengroß und in spätestens drei Stunden wird es dunkel.«

»Jetzt hör auf zu nörgeln. Die Polizei hat schon einen Großteil des Gebiets abgesucht. Wir nehmen uns nur einen kleinen Rest vor.« Oliver griff mit einem Arm um Antonias Taille herum, hielt ihr mit dem anderen Arm die Thermoskanne vor die Nase und schob sie zum Wohnzimmer hinaus.

»Bin ich ein Esel oder ein Gaul? Lass mich los. Ich geh ja schon freiwillig.«

Ein paar Minuten später radelten sie bereits den kleinen Feldweg hinter ihrem Garten entlang. Nach einer halben Stunde erreichten sie den Waldparkplatz von Blumbrücken. Oliver stieg vom Fahrrad ab. Antonia bremste neben ihm, stellte die Füße auf den Boden und blieb mit hängender Zunge auf ihrem Drahtesel sitzen.

»War der Teufel hinter uns her?«, jappte sie.

Oliver grinste und gab ihr einen Kuss. »Hast dich tapfer gehalten.« Er sah sich um. »Holger kann nicht zuhause erschossen worden sein. Es gab keine Spuren, die darauf hindeuteten. Ergo ist es an einem anderen Ort passiert. Falls es in einem Haus geschah, dann musste die Leiche in diesen Wald transportiert werden, vermutlich mit einem Auto. Wo würdest du ein Auto abstellen, um die Leiche zu verbuddeln?«

»Hier auf dem Parkplatz. Aber dann müsste die Leiche in der Nähe vergraben gewesen sein. So ein Mann ist ja schwer und der Mörder wollte ihn sicher nicht so weit tragen müssen. Wenn ich mich hier so umsehe, ist die Vegetation aber nicht unbedingt für eine schnelle Beerdigung geeignet. Zu dichtes

Unterholz. Vielleicht ist der Mörder in den Forstweg dort drüben hineinfahren. In der Nacht sicher kein großes Risiko. Außerdem führt der Weg direkt zum Anwesen der Fechtners.«

»Stimmt! Aber du sagst das so, als ob es Neues gäbe?«

»Der Diebstahl. Es verdichtet sich. Hab gestern mit dem Jäger gesprochen. Ich erzähle es dir noch.«

Oliver nickte. »Eine weitere Theorie: Man hat Holger direkt in den Wald gelockt und am Ort seiner Tötung begraben. Wo könnte man ihn hingelockt haben?«

Antonia überlegte. »Es gibt zwei oder drei Wanderhütten weiter oben im Wald. Wenn man ihm von einer seltsamen Pflanze erzählt hätte, wäre er vielleicht gekommen. Dann gibt es auch noch Grillstellen. Die bei uns kommt nicht infrage. Dort ist reiner Tannenwald, und du sagst ja, die Spuren deuten auf Mischwald. Aber die Grillstelle dort ...« Sie wies auf einen der Wege, die vom Parkplatz abzweigten, »... die ist noch ein bisschen mehr in Richtung Blumbrücken. Vielleicht hat Holger eine Einladung bekommen? Dann müsste der Mörder aber sicher gewesen sein, dass der Platz zu der Zeit frei war.« Sie seufzte schwer auf. »Falls es doch der Georg war, was ich um seiner Mutter willen nicht hoffe, dann hätte er ihn vielleicht zur Vogelbeobachtung mitgenommen. Soweit ich weiß, beobachtet er immer von den Hochsitzen aus. Oft schon zwei, drei Stunden bevor die Sonne aufgeht. Bei den Hochsitzen hätte er auch eine Waffe deponieren können.«

Oliver grinste. »Das gefällt mir so an dir. Du folgerst schnell. Alle diese Stellen wurden von der Polizei schon in Augenschein genommen. Sie haben nichts Verdächtiges gefunden. Nur das Gelände um diesen Forstweg wurde noch nicht abgesucht. Das machen wir jetzt.« Er schob sein Fahrrad weiter. »Komm! Übrigens haben sie bei der Untersuchung der Leiche Samen gefunden, die auch von den Schrebergärten am

Waldrand stammen könnten. Dort haben sie auch alles abgesucht. Das Zeug wächst aber mittlerweile hier überall, sogar in den höheren Lagen. War also wider Erwarten doch keine heiße Spur.«

Antonia lief mit ihrem Fahrrad neben ihm her. »Schrebergärten.« Ihr Blick suchte aufmerksam das Gelände rechts und links des Wegs ab. »Hier scheint alles intakt. Überall dicht bewachsen. Kein niedergedrückter Grashalm, kein abgebrochener Zweig, keine aufgewühlte Erde … Schrebergärten.« Sie blieb stehen. »Hat die Polizei auch die Gegend um Fechnters Haus abgesucht? Der hat ja auch einen riesigen Garten.«

»Hinter Fechtners Anwesen ist reiner Tannenwald. An der Stelle, wo Holger vergraben war, müssen Buchen und Birken wachsen.« Oliver gab ihr die Lenkstange seines Fahrrads in die Hand. »Halt mal. Ich will dort drüben nachsehen.«

Er kletterte die Wegböschung hinauf zu einer Stelle mit wenig Unterholz. Er suchte den Boden ab, schüttelte den Kopf und kam wieder zurück. Sie gingen weiter. Antonia achtete nicht mehr auf das Gelände. Sie grübelte.

»Schrebergärten.« Ihre Schritte wurden immer langsamer. Plötzlich blieb sie stehen. »Warte mal.« Sie hob mit dem Fuß die Standstütze ihres Fahrrads heraus und begann in der Tasche zu kramen, die im Fahrradkorb lag. »Schrebergärten. Woran erinnert mich das?« Auf einmal hielt sie ein Päckchen Lenormandkarten in der Hand. Sie begann zu mischen.

Oliver grinste. »Gibt es auch mal eine Situation, wo du die nicht dabei hast?«

Antonia hielt mit dem Mischen inne. »Solltest du irgendwann unter der Matratze deines Betts meine Karten finden, wäre das bedenklich.«

»Abgemacht! Also nachher noch zu mir.« Er schürzte die Lippen zu einem Kuss.

»Vergiss es!« Antonia hielt die gemischten Karten verdeckt in der Hand und drehte von oben um. »*Fuchs, Berg, Schlüssel.* Ein unehrliches Hindernis, ein Berg. Möglicherweise im wahrsten Sinne des Wortes. Ein falscher Berg, der aktiv ist, also noch immer wächst.« Sie sog den Atem ein. »Ich glaube, ich weiß jetzt. Schrebergärten ... hast du mal von einer wilden Müllkippe für Gartenabfälle in Fechtners Wald gehört?« Als Oliver den Kopf schüttelte, lachte sie. »Es gibt ein Gerücht. Der Fechtner soll sich angeblich darüber ausschweigen, obwohl er sonst über jedes Vergehen in seinem Wald lautstark wettert. Ist doch seltsam, oder? Frag mal die Kleingärtner aus deiner Wohnsiedlung. Offiziell wissen sie nichts. Aber wenn du bei einem Bier hartnäckig genug jammerst, dass der Weg zur nächsten Kompostieranlage zu weit ist, werden sie dir die Stelle vielleicht nennen können.« Antonia verstaute ihr Kartendeck und klappte den Ständer ihres Fahrrads ein. »Komm, ich habe so eine ungefähre Ahnung, wo das sein könnte.« Antonias Müdigkeit verflog nun vollkommen. Sie übernahm die Führung und radelte munter voraus. Etwa auf halber Strecke zwischen dem Parkplatz und dem Haus der Fechtners stieg sie ab. Links führte ein Weg hinunter zu einer Gartenanlage. Antonia hielt sich jedoch rechts. Sie suchte nach der Abzweigung zu einem Trampelpfad. Es dauerte nicht lange, da fand sie den schmalen Weg. Er fiel durch die herabhängenden Zweige der Bäume kaum auf. Der Pfad führte leicht ansteigend den Berghang hinauf. Oliver und Antonia konnten jetzt nur noch hintereinander gehen, weil sie ihre Fahrräder schieben mussten. Nach ein paar Metern gelangten sie an eine Gabelung.

Antonia blieb stehen und schaute sich nach Oliver um. »Rechts oder links, was meinst du?«

»Links. Vielleicht spielt die Nähe zu Fechtner eine Rolle.«

Sie gingen schweigend weiter. Lange. Der Trampelpfad schlängelte sich scheinbar endlos durch den Wald. Nirgends fanden sie Anzeichen einer Müllansammlung. Antonia blieb gelassen. Die Ruhe hier tat ihr gut und die Luft trug einen so herrlich würzigen Duft, sodass sie immer wieder tief einatmete. Selbst wenn sie nichts finden sollten war dieser Ausflug nicht vergebens. Sie freute sich, wenn sie eine Haselmaus entdeckte oder ein Eichhörnchen, das misstrauisch aus den Zweigen der Bäume zu ihr herunteräugte. Antonia grinste, als ein paar Tannenhäher anfingen zu schimpfen. Die Vögel fühlten sich wohl gestört.

In der Ferne erklang plötzlich ein Knall, und die Vögel flogen erschreckt auf. Antonia blieb stehen. »Was war das?«

Oliver runzelte die Stirn. »Das hat sich wie ein Schuss angehört. Ich hoffe nicht, dass wir auf Leo Heckerts Pirschweg laufen.« Er sah sich aufmerksam um. »Also hier ist es viel zu unwegsam, um eine Müllkippe anzulegen. Zu weit entfernt für bequeme Bürger, genauso wie für den Mörder.«

Antonia setzte sich wieder in Bewegung. »Ich habe das Gefühl, dass der Pfad wieder nach unten zum Forstweg führt.«

Allmählich roch es stärker nach Fichten und Tannenwald. Buchen sahen sie nur noch sehr vereinzelt und Birken gar nicht mehr. Eine dreiviertel Stunde später konnte Antonia unten bereits wieder den Waldweg sehen. Eine leise Enttäuschung machte sich in ihr breit. Die zweite Strecke von der Gabelung aus konnten sie heute nicht mehr ablaufen. Dazu war es schon zu spät. Es wurde bald dunkel und sie mussten noch nach Hause radeln.

Als sie nur noch wenige Meter vom Forstweg entfernt waren, blieb Antonia jedoch plötzlich wie angewurzelt stehen. Sie drehte sich zu Oliver um und wies nach rechts. Der Boden formte sich hier zu einem tiefen Trichter, der vermutlich durch einen Bombeneinschlag während des Krieges entstanden war. Vom Trampelpfad aus konnte man ihn gut erreichen. Ein Berg aus Grasabfällen, Unkräutern und Aststücken türmte sich darin. Teilweise hatte man die Gartenabfälle nicht einmal aus den Müllsäcken entleert. Antonias Blick flog über die Ränder des Trichters. Seitlich und hinter dem Kompostberg waren die Sträucher niedergedrückt. Grasmaat hing darüber. Es sah aus, als sei hier vor nicht allzu langer Zeit umgeschichtet worden.

»Hier hat der arme Kerl gelegen.« Antonia bekreuzigte sich.

Oliver zeigte an das Ende des Bodentrichters. »Da hinten sehe ich ein paar ganz junge Birken und eine halbwüchsige Buche. Dort muss sein Grab gewesen sein. Raffiniert! Deshalb deutete alles auf Mischwald, statt Schwarzwald. Hannes wird fluchen, weil sie solange schon in der falschen Ecke suchen.« Er sah zwischen den Bäumen hindurch. »Wir sind gar nicht so weit von Fechtners Haus entfernt.«

Oliver zückte sein Handy, um seinen Freund gleich anzurufen. Das Gebiet sollte besser umgehend abgeriegelt werden.

Während Oliver telefonierte, betrachtete Antonia den Kompost. Blaue und schwarze Müllsäcke schauten zwischen dem modernden Gras heraus. Einer davon erregte ihre Aufmerksamkeit. Er war so schwarz wie der Sack, in dem die sterblichen Überreste von Holger Glaser eingepackt gewesen waren. Oben am offenen Rand erkannte sie die Konturen eines Totenkopfs, aufgezeichnet mit gelber Farbe. Es erinnerte sie. Hatte sie nicht auch an dem Leichensack gelbe Spuren gesehen?

Oliver lief mit seinem Handy auf den Forstweg, damit er einen besseren Empfang hatte. Antonia ging ihm nach. Von hier aus konnte sie den Komposthaufen nicht sehen. Die umgebenden Tannen und Fichten schützen den Inhalt des

Bombentrichters vor Blicken. Sie dachte nach. Bis zum Anwesen der Fechtners schätzte sie die Strecke auf vielleicht zehn Minuten Fußweg. Mit dem Auto dauerte es keine drei Minuten. Der Jäger Leo Heckert hatte es zwar nicht so deutlich ausgesprochen, aber er traute seinem Arbeitgeber einen Mord wohl zu. Wenn Hartmut Fechtner oder sein Schwiegersohn Lutz Iffland den Toten danach hier vergraben hatten, dann wäre nicht einmal deren Auto aufgefallen, falls ein zufälliger Spaziergänger es hier auf dem Weg entdeckt hätte. Jeder in der Umgebung kannte den Geländewagen, den sie fuhren. Er stand oft auf einem Waldweg. Die Pritschenwagen ihrer Waldarbeiter wären noch weniger aufgefallen. Eigentlich hätte der ermordete Holger Glaser ewig hier liegen können, ohne entdeckt zu werden. Hartmut Fechtner hatte schließlich nie etwas gegen die Abfallhalde unternommen. Es musste einen Grund geben, warum jemand Holger ausgerechnet jetzt hier ausgegraben hatte — fünf Jahre nach dem Mord. War sein Grab zufällig entdeckt worden? Wenn ja, warum hatte derjenige dann nicht einfach die Polizei gerufen, sondern ihn in dem Keller deponiert? Welchen Sinn machte das Ganze?

»Die Spurensicherung kommt hierher. Wir warten noch solange.« Oliver steckte sein Handy ein.

Antonia packte die Thermoskanne aus. »Na gut. Dann kommen wir wenigstens noch zum Kaffeetrinken.« Sie schenkte Oliver und sich in die Becher ein. »Ich habe da oben einen schwarzen Müllsack gesehen mit einem aufgemalten gelben Totenkopf. Der Leichensack hatte auch so gelbe Spuren.«

Oliver sog die Luft ein und nickte. »Georgs Markenzeichen. Er war also hier. Dann sieht es für ihn nicht gut aus.«

15. Kapitel

Als die Spurensicherung eintraf, hielten sich Antonia und Oliver nicht mehr lange auf. Sie radelten zum Waldparkplatz zurück, um sich von dort aus auf den Nachhauseweg zu machen. Antonia ärgerte sich, dass sie den kürzeren Weg an Fechtners Anwesen vorbei nicht nehmen konnten. Es war ein Privatweg, und oft genug wurden unwissende Spaziergänger von Hartmut Fechtner angezeigt.

»Freu dich doch«, sagte Oliver und grinste. »Hannes kommt uns bestimmt auch noch von da vorne entgegen.«

Antonia bleckte die Zähne. »Ich hab mich schon mit deinem Kommissar versöhnt.« Sie schwieg und mühte sich das Tempo zu halten, das Oliver vorgab. Ihr Atem ging bereits schneller. Antonias Kräfte ließen nach und sie fiel allmählich zurück. Es machte sie wütend. »He, ist der Mörder hinter uns her?«, schrie sie.

Oliver stoppte. »Ein bisschen schneller als Schneckentempo wirst du doch wohl schaffen? Deine Schwester hat mir Abendessen versprochen.«

Antonia fauchte ihn an. »Als Gegenleistung wofür? Dass du mich für die Tour de France der Frauen trainierst. Da mach ich nicht mit!«

Oliver seufzte. »Na schön. Schneckentempo. Aber dann heul nicht, wenn ich unterwegs verhungere.«

Sie radelten jetzt gemütlich und Antonia war es zufrieden. So konnte sie wieder nachdenken. Georg malte also Totenköpfe auf Müllsäcke. Eine Art psychischer Zwang, den er nicht unterdrücken konnte und der ihm jetzt zum Verhängnis wurde? Antonia erinnerte sich an die kleine Szene bei Holgers Beerdigung. Georg lief Rosalie Iffland nach, bevor die Polizei ihn abfing. Hatte sie das Grab in dem Trichter entdeckt und Georg beauftragt, den Toten dahin zu bringen, wo man ihn finden konnte? In welcher Beziehung stand er überhaupt zu ihr? Aber an den Schlüssel zum Keller des Glaserhauses kam Georg leicht heran. Den hätte er doch sicher benutzt, anstatt umständlich das Kellerfenster aufzuhebeln. Außer, er wollte den Verdacht unter allen Umständen von sich ablenken. Das wiederum widersprach den markierten Mülltüten, Zwang hin oder her. Außerdem stritt er vehement ab, mit der Leiche überhaupt in Berührung gekommen zu sein. Seine Beziehung zur Familie der Fechtners blieb undurchsichtig. Er, genauso wie seine Mutter, hatten kein Wort verlauten lassen und das obwohl dieser Kontakt alles andere als angenehm war. Das ging aus Marias Kartenbild hervor. Und Lutz Iffland? Rosalie hatte ihn und eine zweite Person des Mordes an Holger Glaser verdächtigt. Die zweite Person konnte entweder ihr Vater oder Georg sein.

»Du bist so still.« Oliver schaute Antonia an.

»Ich denke über Georg nach.«

»Wenn er nicht redet, kommt er als mutmaßlicher Mörder in Untersuchungshaft. Die markierten Mülltüten hier im Wald, seine Fingerabdrücke, der alte Kumpel mit Holgers Pass in Brasilien … Vermutlich sollten Holgers Überreste nur in dem Keller zwischengelagert werden. Der alte Fechtner gibt nämlich eine Jagdgesellschaft. Das erste Mal seit Jahren wieder. Habe ich neulich von jemandem erfahren.« Er fing an zu lachen. »Angeblich will einer der Teilnehmer einen ehemaligen Leichenspürhund mitbringen. Sicher ein Scherz, aber es könnte der Grund sein. Dabei werden Schäferhunde bei Treibjagden sowieso nicht eingesetzt.«

Der Waldparkplatz kam in Sicht. Als sie mit ihren Rädern hineinfuhren, stoppte Antonia plötzlich. Sie kniff die Augen zusammen und schaute nach links. Ein einziges Auto stand dort, ganz hinten vor dem Wanderweg, der über Blumbrücken nach Ochsenrath führte. Sie schaute auf ihre Armbanduhr — es war schon nach neunzehn Uhr. Wie ungewöhnlich, dass jetzt dort ein Auto stand! Die Spurensicherung war direkt zur Müllkippe gefahren, es konnte kein Wagen von denen sein. Sie runzelte die Stirn.

»Was ist?« Oliver schaute sie an.

»Das Auto ... als wir kamen stand es noch nicht hier.«

»Den Wagen kenne ich. Gehört Herrn Kamp. Der wird doch nicht schon wieder Probleme haben?«

Oliver lief auf das Auto zu. Antonia folgte ihm. Sie hörte wie Oliver plötzlich scharf die Luft einsog und schnell zur Fahrerseite ging, um durchs Fenster zu schauen. Dann sah sie es auch. Herr Kamp hing auf dem Fahrersitz, den Kopf zur Seite geneigt. In seiner Schläfe hatte er ein kleines, von Blut umrahmtes Loch. Das Fenster der Fahrerseite war heruntergekurbelt.

Antonia bekreuzigte sich. »Der arme Mann und Frau Kamp erst. Die hat doch schon genug mitgemacht. Mein Gott, und sie sind erst vor einem halben Jahr hierher gezogen.«

Oliver kramte nach seinem Handy. »Gestern habe ich den Mann in Blumbrücken getroffen. Er sah sich ein Haus an, das Rosalie Iffland gehört. Vielleicht besteht ein Zusammenhang. Der Keller schien ihm interessant.« Er unterbrach den Wählvorgang und steckte das Handy wieder ein. »Na endlich.«

Oliver lief auf die Einfahrt zum Waldparkplatz zu und hielt den Wagen auf, der gerade einbog. Kommissar Schmidt streckte den Kopf durch das Seitenfenster, nickte und parkte seinen Wagen ein ganzes Stück von Herrn Kamps Auto entfernt. Als er ausstieg und mit Oliver herüberkam, schaute er Antonia aus zusammengekniffenen Augen an. Sie hatte ihr

Fahrrad abgestellt und hockte auf einem Grenzstein. Als er vor ihr stand, hob er seine Mütze. Dann setzte er sie verkehrt herum auf.

»Antonia Hain. Das war ja klar. Haben Sie nichts Besseres zu tun, als mir ständig Leichen zu servieren?« Kommissar Schmidt wies mit einer wedelnden Handbewegung auf die gegenüberliegende Seite. »Schnappen Sie ihren Besen und reiten sie dort rüber.«

Antonia öffnete den Mund um etwas zu erwidern, aber Oliver kam ihr zuvor. »Du verpasst nichts. Jeder Schritt kann Spuren verwischen.«

»Das weiß ich auch!« Sie hätte noch einiges sagen können — zum Beispiel, dass der Felsen neben dem Wanderweg eine gute Deckung bot, um heimlich zielgenau zu treffen und dass das hohe Gras daneben niedergetreten war. Aber sie ließ es. Sollten sie doch selbst darauf kommen. Wortlos marschierte sie auf die andere Seite und suchte nach einem Platz, wo sie wenigstens sitzen konnte. Sie fühlte sich plötzlich müde, total erschöpft. Die Knochen taten ihr weh. Vermaledeite Fahrradtour! Sie stemmte die Arme in die Seiten und warf Oliver einen wütenden Blick zu. Es traf nur seinen Rücken. Ein grollender Ton stieg aus Antonias Kehle hoch. Sie drehte sich um, schaute auf das Gelände. Der einzige Stein, der hier zum Sitzen einlud, war der Grenzstein von eben und verdammt! — an ihre Karten kam sie auch nicht mehr heran. Oliver hievte die Fahrräder gerade hinter ein Gebüsch in der Nähe des Autos.

Missmutig hockte sich Antonia den Männern gegenüber am Waldrand im Schneidersitz auf den Boden. Sollte Oliver doch sehen, wie er sie da nachher wieder hochbrachte. Sie legte die Unterarme auf die Knie und kehrte die Handflächen nach oben, wie in Meditation. Eine Weile beobachtete sie die beiden Männer. Diese warfen ihr nicht einmal einen Blick zu. Es ärgerte sie. War sie denn plötzlich Luft? Unsichtbar? Ein Niemand?

Ein Auto fuhr aus dem Forstweg heraus, so schnell, dass der Kies aufspritzte. Zwei Männer im Overall stiegen aus. Antonia hatte sie vorhin schon gesehen. Sie waren von der Spurensicherung und sollten sich eigentlich um den Müllberg kümmern. Einer der beiden sah auf seine Armbanduhr und schimpfte. Antonia zuckte die Schultern. So war das Leben eben. Es lief nicht alles nach Plan. Als die zwei Männer sie entdeckten, stutzten sie kurz, konzentrierten sich dann aber gleich auf ihre Arbeit. Der Kommissar telefonierte derweil mit grimmigem Gesicht nach Verstärkung. Zwei Tatorte auf einmal und das auch noch abends — es schien ihm gewaltig gegen den Strich zu gehen.

Die schlechte Laune des Kommissars besänftigte Antonia. Sicher dachte er schon daran, dass er heute Abend noch Frau Kamp die Nachricht vom Tod ihres Gatten bringen musste. Keine leichte Aufgabe. Die arme Frau würde zusammenbrechen. Antonia grübelte. Vor einem halbem Jahr waren die Kamps nach Rabenhofen gezogen, nach einer Reihe von Schicksalsschlägen. Wem war Herr Kamp hier in die Quere gekommen? Antonia glaubte nicht an einen unglücklichen Zufall. Es musste mit den Morden an Edwin und Holger Glaser zusammenhängen – und mit dem alten Haus in Blumbrücken, das er für Frau Iffland verkaufen sollte. Jetzt ärgerte sie sich, dass sie Leo Heckert gestern nicht danach gefragt hatte. Das Haus schien Bedeutung zu haben.

Antonia blies den Atem aus und rutschte vorsichtig auf dem Boden hin und her. Sie saß unbequem. Sollte sie noch einmal mit Oliver eine Tour machen, würde sie garantiert ein Kissen mitnehmen. Egal, was er dazu sagte. Sie schaute zu den Männern hinüber. Die Leute von der Spurensicherung hatten den

Tatort abgesperrt. Die Wagentür stand offen. Sie machten Fotos. Oliver und der Kommissar standen am Absperrungsband und redeten mit den beiden. Einer der Männer wies auf den Felsen hinter dem Wanderweg. *Aha*, dachte Antonia. Die haben es begriffen. Sie schaute auf ihre Armbanduhr. Neunzehn Uhr dreißig. Ihre Schwester Marlene machte sich bestimmt schon Sorgen. Aber sie konnte nicht anrufen. Ihr Handy lag zuhause. Antonia wandte den Blick von den Männern ab, senkte den Kopf und starrte auf den Boden.

In Gedanken ging sie noch einmal den Weg von heute Nachmittag. Als sie mit ihren Rädern hier angekommen waren, stand kein Auto da. Sie hatten auch keinen Spaziergänger gesehen. Aber als sie auf dem Trampelpfad liefen, hörten sie einen Schuss. Das war jetzt vielleicht knapp zwei Stunden her. Also wurde Herr Kamp etwa um siebzehn Uhr dreißig ermordet. Der Mörder musste ihn hierher bestellt haben. Also wusste er, dass der Parkplatz wochentags um diese Zeit so gut wie nicht genutzt wurde. Was hätte Herrn Kamp hierher locken können? Das Haus! Vielleicht hatte man ihm irgendwelche Unterlagen oder Grundrisse versprochen. Antonia meinte sich zu erinnern, auf dem Rücksitz seines Wagens Papiere gesehen zu haben. Sie schüttelte den Kopf. Nein! Die hatte er bestimmt mitgebracht. Wenn er von dem Felsen aus erschossen worden war, dann hatte Herr Kamp seinen Mörder wahrscheinlich nicht einmal gesehen. Vielleicht sollte er hier jemanden abholen, um mit ihm zu dem Haus in Blumbrücken zu fahren. Ein Familienmitglied der Fechtners vielleicht. Herr Kamp konnte aber genauso gut selbst den Treffpunkt hier ausgemacht haben. Der Waldparkplatz lag zentral und jeder kannte ihn. Das Haus in Blumbrücken … Herr Kamp hatte in dem Haus etwas entdeckt, das ihm wichtig schien. Vielleicht wollte er darüber mit jemandem sprechen. War das sein

Todesurteil? Eigenartig! Wenn Herr Kamp dort etwas entdeckt hätte, das mit den Morden in Verbindung stand, dann wäre er doch gleich zur Polizei gegangen. Frau Kamp hatte ihren Mann als überaus korrekt beschrieben.

Ein Auto fuhr in den Parkplatz herein und parkte neben dem Wagen des Kommissars. Die angeforderte Verstärkung. Drei Männer stiegen aus und sahen zu ihr herüber. Sie stießen sich an, tuschelten.

Antonia ignorierte sie. Sie versuchte sich an das Gespräch zu erinnern, als Frau Kamp den Kuchen gebracht hatte. Sie hatte gesagt, dass sie wegen der Schwarzwaldluft ins Dorf gezogen waren. Vielleicht hatte Herr Fechtner einen anderen Grund gehabt. Schade, dass sie ihn nie persönlich kennengelernt hatte. Dann könnte sie sich wohl ein Bild von ihm machen. Alles hatte er seiner Frau sicher nicht gesagt, er wollte sie schonen. Antonia hielt die Luft an. Hatte Frau Kamp das nicht selbst gesagt? Sie grübelte und grübelte. In welchem Zusammenhang war diese Äußerung gefallen? Plötzlich fiel es ihr wieder ein. Es ging um eine Kunstsammlung, die nicht das Geld gebracht hatte, das er sich erwartete. Danach vergrub er sich nach ihren Aussagen tagelang in seinem Arbeitszimmer und telefonierte. Also musste der Schaden groß gewesen sein. Sie verkauften danach ihr Haus und zogen kurz darauf hierher. Ein Verdacht keimte in Antonia auf. Es war um sehr wertvolle Gemälde gegangen. Frau Kamp hatte die Namen von berühmten Künstlern genannt. So eine Sammlung musste doch im Wert eher steigen, nicht fallen. Zumindest dann, wenn die Bilder echt waren. Aber natürlich! Aller Wahrscheinlichkeit nach war Herr Kamp auf Fälschungen hereingefallen und vermutete den Urheber in dieser Gegend. Ja, nach dem, was Frau Kamp erzählt hatte, konnte das durchaus sein. Antonia nickte. Für Herrn Kamp musste das schrecklich gewesen sein. Erst der unverschuldete Konkurs seiner Firma, dann möglicherweise die Feststellung, dass er sein hart verdientes Geld in Fälschungen angelegt hatte. So etwas konnte einen rechtschaffenen Mann vernichten oder zu ungewöhnlichen Taten anspornen. Was, wenn Herr Kamp deshalb auf eigene Faust Nachforschungen angestellt hatte. Vielleicht, weil er nach seiner Misere dem Rechtssystem nicht mehr traute?

Drüben auf der anderen Seite schüttelten sich die Männer die Hände. Die zwei von der Spurensicherung, die als erste gekommen waren, stiegen in ihren Wagen und fuhren in den Forstweg zurück. Die anderen drei packten ein Stromaggregat und Flutlichter aus. Es wurde allmählich dunkel. Oliver schaute zu ihr herüber, warf ihr eine Kusshand zu und konzentrierte sich dann gleich wieder auf das Geschehen am Tatort.

Recht so, dachte Antonia. Sollte er sich auf die Details konzentrieren. Sie wusste jedenfalls schon mehr, als die da drüben. Die anonymen Fotos mit der Abbildung eines Gemäldes im Hause der Glasers, das möglicherweise verschwunden war. Nicht möglicherweise, ganz bestimmt sogar! Die Kunstsammlung des Herrn Kamp. Da war die Verbindung zwischen den Morden. Es ging um Gemälde. Wertvolle Gemälde. Vermutlich gefälschte Gemälde. Picasso, Van Gogh — diese Namen hatte Frau Kamp auf jeden Fall genannt. Van Gogh? Antonia drückte den Rücken durch und atmete scharf die Luft ein. Das blaue Bild mit dem Engel! Sie hatte darauf die Karten gezogen. Die *Sense* lag dabei. Wie drückte Leni sich damals aus? *Er wetzt schon sein Messer.* Natürlich! Das Engelbild mit den markanten Pinselstrichen erinnerte sie an van Gogh. Dieser Künstler hatte sich ein Ohr abgeschnitten. Antonia nahm sich vor, zuhause gleich nach diesem Gemälde im Internet zu recherchieren.

Ihr Blick fiel auf Herrn Kamps Wagen. Die Flutlichter strahlten ihn an. Sie sah sogar von hier aus einen Teil seines zur Seite geneigten Kopfes. Antonias Schultern sackten nach vorne. Warum hatte sie nicht schon eher die Zusammenhänge erkannt? Als sie das anonyme Foto erhielt ... Vielleicht könnte er noch leben, wenn sie sich zu dem Zeitpunkt an seine Kunstsammlung erinnert hätte. Vielleicht, wenn Frau Kamp am Tag ihrer ersten Begegnung wegen ihrem Hund nicht so aufgeregt und ungeduldig gewesen wäre, hätte sie die Gefahr für ihn sogar in den Karten gesehen, sie warnen können.

Antonia seufzte schwer auf. So oft hatte sie für ihre Klienten schon Unheil verhindert. Aber es gelang nicht immer. Jeder Mensch traf eigene Entscheidungen, manchmal auch gegen den Rat der Karten. Vielleicht gab es sogar so etwas wie ein Schicksal, das niemand beeinflussen konnte. Der Tod gehörte sicherlich dazu. Aber Mord? Wäre dieser Tod zu verhindern gewesen? Sie würde es nie wissen, und sie musste das akzeptieren, so schwer ihr das auch fiel. Arme Frau Kamp! Vermutlich saß sie daheim und wartete seit langem mit dem Abendessen auf ihren Mann. So wie Marlene auf sie und Oliver wartete. Vielleicht schimpfte sie im Stillen, weil er nicht beikam. So wie Marlene es bestimmt tat. Frau Kamp wusste ja noch nichts. Antonias Blick fiel auf den Kommissar und sie hoffte, dass er es Frau Kamp schonend beibrachte.

Oliver lief mit Kommissar Hannes Schmidt um die Absperrung herum. Er hob die Fahrräder hinter den Büschen hervor. Hannes nahm sie ihm ab und zusammen schoben sie die Räder zu Antonia herüber.

»Ich brauche Ihre Aussage zur Bestätigung. Morgen ist zwar Sonntag, aber ab dem Nachmittag bin ich in meinem Büro.« Der Kommissar sah zu ihr herunter. »Wollen Sie nicht aufstehen, Frau Hain?«

»Der Flaschenzug ist noch nicht eingetroffen.« Antonias Stimme klang kühl.

Die beiden Männer streckten ihr eine Hand entgegen und zogen sie hoch. Antonia wischte über ihren Hosenboden, um die Steinchen loszuwerden. Bestimmt hatte sie jetzt Dellen im Po vom langen Sitzen. Ihr Blick flog noch einmal zum Auto, ehe sie ihr Fahrrad von Kommissar Schmidt in Empfang nahm.

Hannes beobachtete sie und seufzte. »Er wird gleich abgeholt und in die Gerichtsmedizin gebracht. Und ich muss der Witwe die Nachricht bringen.«

Oliver klopfte ihm auf die Schulter. »Du wirst schon die richtigen Worte finden.« Er sah zu Antonia. »Die Spurensicherung braucht noch eine Weile. Aber ein bisschen was wissen wir schon.« Oliver deutete auf den Felsen. »Von dort aus wurde er erschossen. Vermutlich hat er seinen Mörder gar nicht gesehen.«

»Das hätte ich euch schon ganz zu Anfang sagen können. Wenn ihr mich nicht davongejagt hättet wie einen räudigen Hund. Aber keine Sorge, ihr könnt im Dunkeln tappen soviel ihr wollt …« Antonia biss sich auf die Unterlippe und schob ihr Fahrrad in Richtung Straße.

»Halt!« Der Kommissar stützte die Arme in die Seiten. »Ich bin heute Abend nicht mehr zu Spielchen aufgelegt. Was hat ihr Kartenlegerhirn ausgebrütet, während wir hier gearbeitet haben?«

Antonia blieb stehen, drehte sich zu ihm um und sah ihn aus zusammengekniffenen Augen an. Der Kommissar sah müde aus. Traurig. Fast einsam. Oliver hatte auf dem Weg hierher gesagt, dass seine Frau heute gekommen war. Morgen früh fuhr sie schon wieder zurück zu dem Schweizer Internat, das sie leitete. Für traute Zweisamkeit blieb ihm da nicht mehr viel Zeit. Aufgrund der Mordfälle kannte er erholsame Wochenenden wohl sowieso nur noch vom Hörensagen.

Fast empfand sie jetzt Mitleid mit ihm. Sie schaute ihn an. »Gemälde. Herr Kamp hatte eine wertvolle Kunstsammlung. Beim Verkauf gab es Probleme. Fragen sie Frau Kamp, ob ihr Mann hier aus der Gegend Gemälde gekauft hat, die sich als Fälschungen herausgestellt haben.«

Der Kommissar nickte. »Ich verstehe. Die anonymen Fotos. Das Haus von Rosalie Iffland. Sie ist Grafikdesignerin. Hat früher wirklich schöne Bilder gemalt. Jetzt macht sie nur noch so modernes Zeug.« Als Antonia langsam ihr Fahrrad weiterschob, seufzte er. »Halt!« Er ging rasch auf sie zu und griff nach ihrem Arm. »Keine eigenmächtigen Aktionen! Haben Sie verstanden! Ich will nicht noch eine Leiche am Hals haben.« Er schaute zu Oliver, der mittlerweile mit seinem Fahrrad an Antonias Seite stand. »Behalt sie im Auge. Ich traue ihr nicht.«

Antonia schaute den Kommissar empört an und stieg auf ihr Rad. »Frechheit!« Aber sie begriff sehr wohl, dass er sich Sorgen um sie machte. Umso mehr, da er sie diesmal nicht aufforderte, auf ihrem Besen heimzureiten.

16. Kapitel

Antonia kam an diesem Abend nicht mehr dazu, im Internet zu recherchieren. Oliver hatte ihre Schwester zwar angerufen und ihr gesagt, dass es später wurde – ohne dass Antonia das mitbekommen hatte. Marlene machte trotzdem einen Aufstand. Wieder ein Toter. Es konnte auch Antonia treffen. Marlene erinnerte an den Abend, als Antonia vor ihrem Verfolger davongerannt war. Die ganze Zeit hatte sie darüber kein Wort mehr verloren. Jetzt brachen die Ängste aus Marlene heraus. Sie würde alleine dastehen, wenn Antonia etwas passierte. Den letzten Familienhalt verlieren. Ihr Exmann würde die Situation ausnutzen. Ihr solange zusetzen, bis sie sich seinem Willen beugte und zu ihm zurückkehrte. Er hatte sich immer noch nicht mit der Scheidung abgefunden. Sie war diesem Geizkragen zu teuer. Dabei verlangte sie doch nur, was ihr zustand. Aber ohne Antonias moralische Unterstützung würde sie den Kampf mit ihm verlieren. Marlene sprudelte regelrecht über. Alles was sie sonst gerne in sich hineinfraß, brach aus ihr heraus. Sie nannte Antonia egoistisch, eine Hasardeurin, die ohne Rücksicht auf Marlenes Gefühle jedes Risiko einging.

Antonia erinnerte ihre Schwester an die Abmachung, die sie getroffen hatten. Sie würde nichts heimlich tun und Marlene wollte sie unterstützen. Aber Marlene grollte weiter und meinte, dass sie zu dem Zeitpunkt auch noch nicht gewusst hatte, wie gefährlich das werden konnte. Sie ließ sich nicht beruhigen und Antonia hatte das Gefühl, sich an der nächstbesten Wand den Kopf wundschlagen zu müssen. Der einzige, der gelassen blieb, war Oliver. Er saß mit ihnen am Küchentisch und ließ sich das verspätete Abendessen schmecken.

Als er satt war, legte er das Besteck zur Seite und sah die beiden Frauen an. »Ruhe.« Er sprach nicht laut, aber in einem

Ton, der die zwei aufhorchen ließ. »Mir scheint, ihr braucht immer wieder das Feuer, um euch daran zu erinnern, dass ihr füreinander durch ein solches hindurchgehen würdet.« Er legte den Arm um Antonia. »Die Sorgen deiner Schwester sind nicht unbegründet. Aber ich vertraue auf deinen gesunden Menschenverstand und auf dein Gespür für das richtige Handeln.« Oliver griff nach Marlenes Hand und grinste sie an. »Du kannst uns nicht täuschen. Wir wissen, wie zäh du bist, auch wenn du dich mit deiner Angst noch so klein zu machen versuchst. Den Kampf mit deinem Ex hast du schon lange gewonnen, ganz allein. Er kann dir nicht mehr drohen und er kann dich auch nicht mehr benutzen.« Er legte die Hände der beiden Frauen ineinander. »Die Mordopfer aber brauchen jemanden, der für sie spricht. Die Polizei ist eine Seite. Sie prüft die Fakten. Aber es ist nicht immer so einfach. Antonia kann mit ihren Karten und ihrer Intuition den Blickwinkel erweitern und die Aufmerksamkeit in eine Richtung lenken, auf die man vielleicht nicht so ohne weiteres gekommen wäre. Du weißt selbst wie gut sie ist.«

Marlenes Blick blieb düster. »Wenn du damit sagen willst, dass ich der Egoist bin, nur zu.« Sie zog ihre Hände weg und lehnte sich im Stuhl zurück. »Dann soll sie wenigstens Selbstverteidigung lernen.«

»Da ist nichts gegen einzuwenden. Ich bringe ihr ein paar Kniffe bei«, erwiderte Oliver und fing an zu lachen, weil Antonia so ein entsetztes Gesicht machte.

Am Sonntagmorgen schlief Antonia sich erst einmal aus und machte sich dann am frühen Nachmittag auf den Weg zum Polizeirevier. Kommissar Schmidt fragte sie nach dem Schuss, den sie gehört hatte. Sie nannte ihm die ungefähre Uhrzeit. Er nickte und drückte ihr die bereits unterschriebene Aussage von Oliver in die Hand. Antonia hatte dem nichts mehr hinzuzufügen, außer dass ein paar Tannenhäher, aufgeschreckt durch den Schuss in südliche Richtung davongeflogen waren. Da Hannes Schmidt dies nicht für wichtig hielt und sie letztendlich auch nicht, unterschrieb sie nur Olivers Aussage zur Bestätigung. Danach verwies Hannes Schmidt sie an ihren Besen, auf dem sie heimreiten sollte. Statt ihrer üblichen Antwort fragte Antonia nach Frau Kamp und erfuhr, dass die Frau gestern Abend bei der Nachricht vom den Tod ihres Gatten einen Nervenzusammenbruch erlitten hatte. Sie lag noch im Krankenhaus. Den Hund versorgte derweil eine Nachbarin. Nach der Kunstsammlung ihres Mannes hatte der Kommissar sie nicht mehr fragen können. Es würde noch eine Weile dauern, bis sie wieder ansprechbar war.

Zuhause holte Antonia die Kopie des anonymen Fotos aus der Schublade und setzte sich damit vor den Computer. Sie googelte nach Vincent van Gogh. Ihre Schwester Marlene, die wieder die Ruhe in Person schien, brachte Kaffee und den Kuchen, den sie heute Morgen gebacken hatte. Sie zog sich einen Stuhl neben Antonia und gab ihr sogar Tipps für entsprechende Suchbegriffe. Es dauerte dann nicht allzu lange, da fand Antonia eine Abbildung, die dem Gemälde auf der Fotografie aufs Haar glich. Es hatte den Titel »Halbfigur eines Engels« und war in Öl auf Leinwand gemalt. Die Überraschung folgte auf dem Fuße. Lange Zeit war der Verbleib des Gemäldes unbekannt gewesen, erst wenige Wochen vor Edwin Glasers Tod tauchte es auf. Es wurde in einem renommierten Auktionshaus für mehrere Millionen Euros versteigert. Käufer und Verkäufer blieben bei der Transaktion anonym.

Marlene ging zum Kartenlegetisch, den sie heute zum Kaffeetisch umfunktioniert hatte und schob ein Stück Zwetschgenkuchen auf ihren Teller. »Der Edwin hat das Bild bestimmt nicht verkauft. Soviel Geld! Da wäre was durchgesickert.«

Antonia hob die Hand über ihren Teller, als Marlene ihr auch noch ein Stück Kuchen geben wollte. »Meine Hose spannt schon. Entweder neue Klamotten oder weniger Kuchen … Eine Fälschung kann es nicht gewesen sein. Solche Auktionshäuser lassen das sicher nachprüfen. Aber der Kommissar kann bestimmt herausfinden, wer das Gemälde verkauft hat. Sogar auf ganz einfache Weise. Ich habe da nämlich einen Verdacht.«

»Hat er denn schon bestätigt, dass Edwins Gemälde verschwunden ist?«

»Oliver hat vorgestern mit ihm geredet. Er wollte es nachprüfen lassen.«

Antonia schrieb sich den Namen des Auktionshauses auf, das Datum der Versteigerung und den erzielten Geldbetrag. Das Blatt Papier mit ihren Notizen verstaute sie in der Schublade ihres Kartenlegetischs. Zusammen mit ihrer Schwester brachte sie den Kuchen und das Geschirr in die Küche, um danach den Rest des Tages im Garten in ihrem Liegestuhl zu verbringen. Marlene spülte noch schnell Tassen und Teller und kam dann auch.

So ganz entspannen konnte Antonia sich allerdings nicht. Ihre Gedanken ließen sich nicht abschalten. Dass die Fechtners mit dem verschwundenen Gemälde etwas zu tun hatten, stand für sie schon fast außer Frage. Die Familie galt im Dorf zwar schon immer als reich. Aber niemand wusste, woher ihr Vermögen stammte. Man munkelte von Börsengeschäften. Aber das erklärte nicht alles. In den letzten fünf Jahren, also nach Edwin und Holger Glasers Tod, kaufte Hartmut Fechtner ungewöhnlich viel Land und Forst zu seinem Besitz dazu. Er begründete das mit einer Erbschaft, welche ihm die

Mittel dazu zur Verfügung stellte. Nun, vielleicht. Aber Edwins Streit mit Fechtner wegen der Fotoalben machte jetzt Sinn. Die Fotos konnten als Beweis dienen, dass das Gemälde ihm gehörte, sofern der Fechtner keinen Kaufbeleg dafür vorweisen konnte. Und selbst wenn! Er konnte es dem Edwin Glaser für einen Spottpreis abgeluchst haben. Der Alte galt als Fuchs, was Geld anging. Kunstverstand schien auch in der Familie zu liegen. Die Tochter, Rosalie Iffland, hatte etliche Semester an der Berliner Kunstakademie studiert, ehe sie sich nach ihrer Rückkehr hierher auf den Grafikbereich spezialisierte. Nach den Aussagen von Leo Heckert ging sie eine Zeit lang bei den Glasers ein und aus. Sicher hatte sie das Gemälde dort gesehen, es vielleicht erkannt. Rosalie konnte eine Gelegenheit genutzt haben, es dem Edwin abzuschwatzen oder im Notfall zu entwenden. Edwin Glaser erfuhr vermutlich erst durch die Versteigerung, wie wertvoll sein Bild war, vielleicht aus der Zeitung. Hatte Rosalie auch die Fotoalben an sich genommen? Um ihren Vater zu schützen? Der Jäger sprach davon, dass sie jetzt am liebsten abhauen würde. Vielleicht hatte sie ein schlechtes Gewissen. Mit den Morden selbst brachte Antonia die Frau weniger in Verbindung, obwohl Gift als Mordmethode oft von Frauen bevorzugt wurde. Aber die Grausamkeit, mit der Edwin geknebelt und gefesselt worden war, sprach dagegen. Ihre körperlichen Kräfte schienen zu gering, zumal Edwin sich doch gewehrt haben musste. Antonia rief sich Rosalies Verhalten auf dem Friedhof in Erinnerung. Sie hatte Lutz, ihren Mann, des Mordes an Holger verdächtigt. Lutz Iffland hatte einen kräftigen Körperbau, schien Hartmut Fechtner aus der Hand zu fressen. Zumindest wenn man dem Jäger glauben konnte. Aber erst Gift und dann Schusswaffe? Innerhalb eines Zeitraums von vermutlich nur wenigen Tagen? Vielleicht suchten sie wirklich nach zwei Tätern. Georg Wolf ... Er kannte sich mit Pflanzen genauso gut aus wie Holger Glaser, dem man den Giftmord an seinem Vater angehängt hatte. Warum hätte Holger Glaser seinen Vater umbringen sollen? Er wäre doch der Nutznießer gewesen, wenn Edwin dem Fechtner etwas hätte nachweisen können. Georg! Er war Rosalie auf dem Friedhof nachgegangen. Wie gut kannte er die Familie?

Antonias Gedanken ballten sich allmählich zu einem unlösbaren Knoten zusammen. Sie seufzte, hob den Kopf und sah zu ihrer Schwester hinüber. Marlene hatte die Augen geschlossen. Antonia griff nach ihr und rüttelte an ihrem Arm. »Ich blicke nicht mehr durch!«

Marlene blinzelte kurz und schloss wieder die Augen. »Geh rein und lege Karten.«

»Das bringt erst dann etwas, wenn ich meine Gedanken wieder sortiert habe. Im Augenblick weiß ich nur, dass wir Holger wohl als Mörder seines Vaters ausschließen können. Er hätte keinen Vorteil gehabt. Ich glaube auch, dass die Fechtners das van Gogh Gemälde verkauft haben. Wenn ich an meine letzte Kartenlegung denke mit den explosiven Bildern ... wenn das raus käme, dann würde das tatsächlich einer hochgehenden Bombe gleichen. Der Fechtner tut doch nach außen immer so rechtschaffen. Regt sich über jeden auf, dem auf der Straße auch nur ein Schnipselchen Papier aus der Hand fällt.«

Marlene brummte müde. »Dann war's einer von denen.«

Antonia zog ihren Liegestuhl in Sitzposition. »Zwei, möglicherweise. Wir haben es mit unterschiedlichen Mordmethoden zu tun. Holger wurde mit einem Kopfschuss getötet. Sein Vater mit einem Gift, das verheerende Wirkungen hat. Er starb langsam, sollte leiden. Der Mörder muss ihn gehasst haben.«

Marlene richtete sich seufzend auf. »Der Fechtner hat ihn bestimmt gehasst.«

»Aber wäre er nicht trotzdem ein Mann, der eine Sache kurz und bündig erledigt? Außerdem hat er es eher mit Schusswaffen als mit Pflanzen. Pflegt nicht mal seinen Garten selbst.« Antonia begann Morsezeichen auf die Armlehne ihres Liegestuhls zu klopfen.

Marlene hielt ihre Hand fest. »Mach nicht so einen Krach … angenommen, der Lutz Iffland ist seinem Schwiegervater gegenüber tatsächlich so unterwürfig, wie der Jäger behauptet, und angenommen, er hat von ihm einen Mordauftrag bekommen, den er ausführen musste. Dann könnte er sich doch stellvertretend an Edwin Glaser für die Demütigungen des Fechtners gerächt haben.«

»Du meinst, er könnte sich vorgestellt haben, dass der Edwin sein Schwiegervater ist?«

Marlene nickte. »Könnte doch sein, oder? Ist ja nicht nur der Jäger, der sagt, dass er sich gegenüber dem Fechtner nicht durchsetzen kann.«

»Ja, aber damals war er noch nicht der Schwiegersohn.«

»Aber bald darauf. Der hat doch sicher schon vorher versucht, auf lieb Schwiegerkind zu machen, damit er die Rosalie überhaupt kriegt.«

Antonia gab ein blubberndes Geräusch von sich. »Hm. Ein Mordkomplott schmiedet natürlich zusammen. Aber vielleicht sollte ich mich doch erst noch einmal auf den schweigsamen Georg stürzen. Zumindest solange, bis feststeht, dass der Fechtner tatsächlich das Gemälde verkauft hat. Georgs Rolle bei der Geschichte ist nämlich immer noch undurchsichtig. Außerdem … Herr Kamp. Kunstdiebstahl und Kunstfälschungen sind zwei paar Stiefel. Rosalie hätte vielleicht das Talent. Wenn sie Fälschungen hergestellt hat, dann wollte sie vielleicht dem Edwin eine unterjubeln, anstelle des Originals und er hat zu früh den Verlust bemerkt. Aber Kunstliebhabern Fälschungen andrehen? Ich kenne sie kaum, aber es scheint nicht zu ihr zu passen. Sie sah auf dem Friedhof so harmlos aus, so traurig. Ach, das ist alles so kompliziert.«

Marlene stand auf und reichte ihr die Hand. »Komm, wir machen uns Abendessen und lass den Geist für eine Weile ruhen. Wenn du loslässt, findest du die Lösung vielleicht schneller als du glaubst.«

Antonia gab ihre Informationen über das van Gogh Gemälde an Oliver weiter und versuchte sich ansonsten an Marlenes Rat zu halten. Es war ja das, was sie selbst in verzwickten Situationen immer predigte. In ihrer freien Zeit mistete sie in ihrem Schlafzimmer den Kleiderschrank aus, probierte die Sachen vor dem Spiegel an und entschied sich dafür oder dagegen, zwei Tage lang. Den Sack mit der getragenen Kleidung gab sie Marlene, die ihn der Caritas für die Kleiderkammer spenden wollte.

Am Mittwoch fuhr Oliver die beiden Frauen wie versprochen nach Freiburg, damit sie den neuen Kühlschrank kaufen konnten. Unterwegs berichtete er. Es gab Neuigkeiten. Der Kommissar hatte sich an die Finanzbehörde gewandt und erfahren, dass Hartmut Fechtner einen Monat vor dem Mord an Edwin Glaser eine immense Summe zu versteuern hatte, die nur wenig über dem Betrag lag, den das Gemälde bei der Auktion erzielte. Weitere Nachforschungen ergaben, dass er das van Gogh Gemälde tatsächlich hatte versteigern lassen.

Hartmut Fechtner wurde heute Mittag bereits erstmalig verhört. Oliver wollte deshalb noch am Abend zum Kommissar, um zu erfahren, was dabei herausgekommen war.

Als er die Schwestern wieder zuhause absetzte, drückte er Antonia an sich. »Die bisherigen Fakten dürften für einen Durchsuchungsbefehl reichen. Man wird sein Haus auf den Kopf stellen und auch das Anwesen drüben in Blumbrücken. Es geht vorwärts!«

17. Kapitel

Oliver fuhr von Antonia aus direkt zu Hannes. Der Kommissar befand sich keineswegs in bester Laune.

»Der wird noch sein blaues Wunder erleben«, zischte er, als Oliver nach Hartmut Fechtner fragte. Er erzählte, dass der Alte versucht hatte, seine Autorität herauszukehren, auf unangenehmste Weise. Sogar mit dem Polizeipräsidenten hatte er gedroht, den er Hannes auf den Hals hetzen wollte. »Aber das wird ihm nichts nützen!« Der Kommissar regte sich furchtbar auf. Das lag sicher auch daran, dass er bereits Nächtelang kaum Schlaf bekommen hatte. Um seine Augen lagen dunkle Ringe. Mangels Zeit litt seine Wohnung. Sie schien längst nicht mehr so ordentlich, wie Oliver es sonst von ihm gewohnt war. Gerade das erzürnte den ordnungsliebenden Hannes jetzt am meisten. Er rannte mit dem schmutzigen Geschirr von heute Morgen und leer gegessenen Töpfen vom Abendessen zwischen Esszimmer und Küche hin und her. Oliver beobachtete ihn mit in die Seiten gestützten Armen und verkniff sich das Lachen.

Hannes ließ Wasser in die Spüle, gab einen großzügigen Schuss Spülmittel hinein und blaffte ihn an. »Was guckst du so belämmert. Schnapp dir gefälligst ein Geschirrtuch und hilf mir.«

Während Oliver dem Freund half, seinen derzeit wieder einmal frauenlosen Haushalt in Ordnung zu bringen, wurde Hannes ruhiger. Er rümpfte zwar die Nase über den Staub auf seinem Bücherregal, aber er brachte es fertig, ihn für heute Abend dort liegen zu lassen. Immerhin blitzte seine Küche jetzt wieder, und der Esstisch klebte nicht mehr, sodass sie sich mit einer Flasche Wein setzten konnten.

»Also?«, fragte Oliver.

Hannes entkorkte den Wein und schenkte in die Gläser ein. »Der Fechtner hat behauptet, das Gemälde von seinem Vater geerbt zu haben, der wenige Monate zuvor verstarb. Ziemlich dürftige Erklärung, wenn du mich fragst. Als Beweis nannte er eine Liste von Wertgegenständen, die sein Schwiegersohn zusammen mit seinem Jäger vor der Auktion erstellt hätte.«

»Mit seinem Jäger?«

»Ja, den scheint er als Mädchen für alles einzusetzen.«

Oliver nahm einen Schluck Wein und nickte anerkennend. »Kein übler Tropfen ... Eine selbst erstellte Liste ist kein Beweis. Er könnte das Bild vorher unter die Erbmasse geschmuggelt haben. Zumal ansonsten nichts von großem Wert dabei gewesen zu sein scheint, dem zu versteuernden Betrag nach zu urteilen.«

Der Kommissar drehte nachdenklich den Stiel seines Glases. »Eben! Das Gemälde ist definitiv nicht mehr im Glaserhaus. Und als ich den Fechtner mit den Fotos konfrontierte und seiner damaligen Aussage zu seinem Streit mit dem Edwin Glaser, wurde er kalkweiß. Hat sich dann rausgeredet und behauptet, der Edwin könne doch nur einen der vielen Kunstdrucke gehabt haben, die es billig zu kaufen gäbe. Als ob es sein alleiniges Anrecht sei, wertvolle Dinge zu besitzen.« Er lachte auf. »Jedenfalls ist der Durchsuchungsbefehl für sein Haus und für das von Rosalie Iffland bereits genehmigt. Morgen in aller Frühe wird die Mannschaft dort antreten.«

Oliver verzog sein Gesicht, als ob er Zahnschmerzen hätte. »Dann hat er heute Nacht noch Zeit, eventuell belastende Hinweise verschwinden zu lassen.«

Der Kommissar lächelte und nippte an seinem Glas. »So klug ist der Alte nicht. Der wiegt sich aufgrund seines Ansehens und seiner Beziehungen in Sicherheit. Hab ihn in dem

Glauben gelassen, auch wenn es mich mordsmäßig gewurmt hat.«

»Und die anderen?«

»Um den Jäger kümmert sich der Maier. Der wird das schon korrekt machen, er war schließlich bei den Verhören immer dabei. Das Ehepaar Iffland nehme ich mir nach der Durchsuchung vor. Aber was ich mit Georg mache, weiß ich noch nicht.« Hannes schüttelte den Kopf und starrte dann in sein Glas. »Vermutlich beschäftigt der Fechtner den Georg schwarz, aber da muss noch mehr sein, das die beiden verbindet. Als ich den Fechtner auf Georg ansprach, zuckten seine Augenlider und er versuchte das Thema zu wechseln. Meine Fragen schienen ihm sehr unangenehm zu sein.« Er sah Oliver an. »Wenn ich alles so betrachte, was wir bisher wissen und vermuten, dann komme ich immer mehr zu dem Schluss, dass Georg und der Fechtner in einer gegenseitigen Abhängigkeit stehen. Komplizenschaft, auch wenn die zwei gar nicht zueinander passen.«

Oliver trank sein Glas aus und nickte. »Ja, die wissen etwas übereinander. Meine Fußzehen kribbeln. Du weißt, was das heißt. Georg ist der Schlüssel. Selbst wenn er die Wahrheit sagt …« Er hob einen Finger, als Hannes den Kopf schüttelte. » … Selbst wenn er die Wahrheit sagt und trotz der bisherigen Indizien, die auf ihn hinweisen, mit den Morden nichts zu tun haben sollte, so kann er uns zum Täter führen — oder den Tätern. Dir bleibt nichts übrig, als ihn weichzuklopfen.« Er stand auf. »Jetzt sieh zu, dass du eine Mütze voll Schlaf bekommst. Ruf mich an, wenn du das Ergebnis der Durchsuchung hast.«

Oliver klopfte seinem Freund aufmunternd auf die Schulter und ging nach Hause. Dort setzte er sich an seinen Schreibtisch und las noch einmal in den alten Akten. Georg! Er hatte damals nicht viel ausgesagt. Nur, dass er Holger für unschuldig hielt am Tod seines Vaters. Seit er jetzt unter Verdacht stand, schwieg er eisern. Aber würde er wirklich schweigen, wenn er der Mörder von Holger Glaser wäre? Oder würde er eher nach Ausflüchte suchen, nach Erklärungen, wie seine Fingerabdrücke auf den Leichensack geraten sein konnten?

Für Antonia verlief der Rest der Woche ruhig. Oliver berichtete ihr zwar, was er über das Verhör von Hartmut Fechtner erfahren hatte, aber auf das Ergebnis der Hausdurchsuchung mussten sie noch warten. Dafür freute sie sich umso mehr über die Lieferung des neuen, geräumigen Kühlschranks, der noch mit einem Gefrierteil kombiniert war. Ein bisschen mehr Platz für die Gartenernte, denn in die große Kühltruhe im Keller passte nichts mehr hinein.

»Siehst du, Mord belebt das Geschäft. Auf den hätten wir sonst noch ein paar Monate warten müssen«, sagte sie zu ihrer Schwester.

Marlene stapelte bereits Dosen mit Gemüse in den neuen Gefrierer. »Ja, und ich hab jetzt die Arbeit.«

Als sie auch am Montag noch keine Neuigkeiten hörten, wurde Antonia das Warten leid. Sie entschloss sich, Maria am Nachmittag einen spontanen Besuch abzustatten. Vielleicht erfuhr sie von ihr noch etwas.

Antonia traf die Freundin aus Kindertagen tatsächlich zu Hause an. Aber sie erschrak nicht wenig, als sie von ihr eingelassen wurde. Maria hatte extrem abgenommen. Ihre Kleidung schlabberte.

Antonia lächelte sie aufmunternd an. »Wie geht es dir?«

Maria zog die Schultern hoch und ließ sie wieder fallen. »Der Kommissar hat Georg heute wieder verhört.«

»Und? Was hat er erzählt?«

»Nichts. Als er zurückkam sah er mich nur an, schnaufte aus und ging in sein Zimmer. Meinte, ich soll ihn in Ruhe lassen.«

Antonia dachte, dass es für Maria besser wäre, wenn Georg eine eigene Wohnung hätte. Immerhin war er schon fast neunundzwanzig. Aber sie klammerte. Hatte Angst vor dem Alleinsein. Vielleicht wollte sie ihn auch immer noch kontrollieren.

»Ich hab uns Kuchen mitgebracht. Machst du einen Kaffee?«

Maria nickte und ging in die Küche. Antonia lief ihr hinterher und stellte den Kuchen auf den Tisch. »Was ist denn aus Georgs Freundin geworden? Ich sehe die beiden gar nicht mehr zusammen.«

»Ist auseinandergegangen. Sie glaubt wohl nicht mehr an seine Unschuld.« Marias Stimme klang bitter. »Keiner glaubt das mehr …« Sie wischte sich über die Augen. »Was muss er aber auch so blöde Totenköpfe malen. Der Lutz hat im Dorf herumerzählt, dass er Georg bei der Müllkippe gesehen hat. Mit so einem Totenkopfsack auf den Schultern.« Maria drehte sich zu ihrer Kaffeemaschine um und setzte sie in Betrieb. Sie sprach leise. »Ich hab die Spuren seiner Zeichnung damals auch an dem Sack gesehen, in dem Holger steckte, im Keller.«

Antonia starrte sie an. »Das hast du also verschwiegen.«

Maria nickte. »Was hätte ich denn machen sollen.«

Antonia setzte sich an den Tisch. »Wie erklärt Georg das?«

»Das ist es ja. Er schweigt.«

»Willst du ihn zum Kaffee rufen? Vielleicht kann ich mit ihm reden.«

»Er wird nicht kommen.« Maria ging trotzdem ins obere Stockwerk und Antonia hörte, wie sie an eine Tür klopfte und rief. Nach einer Weile kam sie alleine zurück. »Wie ich mir dachte.«

Antonia hatte in der Zwischenzeit den Tisch gedeckt und den Kaffee eingeschenkt. Sie gab Maria ein großes Stück Pflaumenkuchen auf den Teller. Die Frau betrachtete es mit einer gewissen Abscheu.

Antonia dagegen schob ungerührt einen Bissen in ihren Mund. »Köstlich! So süß wie dieses Jahr waren die Pflaumen schon lange nicht mehr.«

Maria sah ihr zu, wie sie einen weiteren Bissen nahm und dann führte auch sie ihre Kuchengabel zum Mund. »Wenigstens um den Garten kümmert Georg sich noch. Da hat er was zu tun. Du weißt ja sicher, dass sie ihn in der Gärtnerei beurlaubt haben. Für den Sperrmüll nächstens hat er mir auch Hilfe versprochen. Aber sonst gräbt er sich da oben ein. Nur Dienstagabends kommt er aus seiner Bude herunter, als wenn er überprüfen wollte, ob ich da bin. Aber ich geh nicht mehr zur Singstunde, seit …«

Antonia wagte einen Vorstoß. »Und der Fechtner? Hat er in der Zwischenzeit mal wieder angerufen?«

Maria ließ die Gabel mit dem Kuchenstück auf den Teller sinken. Sie stützte die Ellbogen auf dem Tisch auf und legte die Hände vor den Mund. Einen Moment lang blieb sie still. Dann griff sie wieder nach ihrer Kuchengabel. Sie sah Antonia nicht an. »Woher weißt du?«

»Ich habe dein Kartenbild. Schon vergessen? Du hast mir erlaubt, es bei der Suche nach dem Mörder heranzuziehen.«

Maria lachte kurz auf und nickte. »Ich hätte es wissen müssen. Der Bär, nicht wahr? Du kamst nicht von dieser Karte los.«

»Warum hast du mir euren Kontakt zu den Fechtners verschwiegen?«

Maria seufzte auf. »Der Edwin Glaser hatte damals doch Streit mit dem Fechtner. Er wollte ihn anzeigen. Weswegen weiß ich nicht, aber mir war gleich klar, dass auch der Mord an ihm wieder aufgerollt werden würde. Sie hätten es sicher auch dem Georg anhängen wollen. Ich hab nie geglaubt, dass es der Holger war. Der hing an seinem Vater, auch wenn sie manchmal gestritten haben.« Ihre Stimme klang plötzlich böse. »Aber dem alten Fechtner traue ich das zu. Der findet immer Mittel und Wege, um die Leute mundtot zu machen, die sich gegen ihn stellen. Deshalb sagt im Dorf auch keiner was gegen ihn.« Maria fiel wieder in sich zusammen. »Wenn herauskommt, dass Georg immer noch mit den Fechtners zu tun hat, bei ihnen ein und aus geht …«

Antonia versuchte den Sinn von Marias Gedankensprüngen zu erfassen. »Du meinst, der Fechtner könnte Georg zum Sündenbock machen?«

Maria nickte.

»Aber das hättest du mir doch sagen können.«

Maria schüttelte den Kopf. »Der Fechtner hat immer darauf geachtet, dass im Dorf nichts über Georgs Schwarzarbeit bei ihm bekannt wurde. Hat übermäßig gut bezahlt, wirklich übermäßig, aber das würde er abstreiten. Gespräche unter Gartenliebhabern, so hat er es neulich mir gegenüber genannt.«

»Du sprichst in Rätseln. Willst du damit sagen, dass Georg möglicherweise Schweigegeld vom Fechtner erhalten hat, es aber nicht beweisen kann?«

Maria zuckte die Schultern. »Der Georg sagt ja nichts. Aber dass er Geld bekommen hat, kann ich beweisen. Ich sollte den letzten Betrag vor ein paar Wochen für Georg auf die Bank bringen. Im Umschlag lag ein Notizzettel in Fechtners Handschrift. Haushaltsausgaben, er führt wohl Buch. Da stand auch Georgs Name drauf und der Geldbetrag, den er bekommen hat, mit Datum. Ist ihm wohl versehentlich reingerutscht.«

»Woher kennst du Fechtners Handschrift?«

»Von früher, von den Stundenzetteln für die Gärtnerei, die er dem Georg unterschreiben musste. Damals, als der Garten angelegt wurde. Ist ziemlich markant, die Unterschrift. Vergisst man nicht so leicht.« Maria stocherte in ihrem Kuchen, seufzte und begann wieder zu essen. »Der Kuchen ist gut.«

Antonia nickte. »Ja, Kuchenbacken kann Leni perfekt.« Sie schob sich ein Stück in den Mund, kaute und schluckte. »Die Polizei hat den Fechtner schon im Visier. Das weißt du sicher schon. Wenn der Georg jetzt auspackt, hätte er doch gute Chancen, heil aus der Sache herauszukommen.«

Maria schüttelte den Kopf. »Glaub ich nicht.« Ihre Stimme klang resigniert. »Selbst wenn sie dem Alten was nachweisen können. Er soll ja dem Edwin Glaser damals was weggenommen haben ... er würde Georg mit hineinziehen. Für den Fechtner sind immer die anderen schuld oder er macht sie zu den Schuldigen.«

Antonia legte die Kuchengabel beiseite und beugte sich zu Maria vor. »Jetzt mal langsam. Wenn Georg unschuldig ist, wird sich das herausstellen. Aber ich werde das Gefühl nicht los, dass du selbst nicht mehr an deinen Sohn glaubst. Verschweigst du noch etwas?«

Maria starrte auf ihren Teller und schüttelte den Kopf. »Nein, du weißt jetzt alles. Ich wollte Georg schützen. Deshalb habe ich nichts gesagt über seine Marotte mit den Totenköpfen und wegen dem Fechtner. Aber langsam weiß ich nicht mehr was ich glauben soll. Georg hat sich völlig verändert. Wenn ich mit ihm über die Sache reden will, weicht er aus. Er ist misstrauisch, fragt mich nach jedem Einkauf, wen ich getroffen und mit wem ich gesprochen hab. Dabei geh ich den Leuten ja sowieso aus dem Weg.«

Antonia griff nach ihrer Hand und drückte sie. »Denk nicht nur an ihn, sondern auch an dich. Du musst jetzt vor allem für dich sorgen, damit deine Kraft erhalten bleibt. Deinen Sohn kannst du nicht zwingen, aber dich selbst. Zum Essen, zum Beispiel. Du hast sehr abgenommen.« Sie lächelte Maria ermutigend an. »Wenn ich dich vorhin richtig verstanden habe, dann räumst du aus für den Sperrmüll. Das ist gut! Dadurch kommt stockende Energie in Bewegung und oft ist es so, dass sich danach auf allen Ebenen neue Möglichkeiten ergeben. Sicher auch für Georg. Ich forsche derweil weiter und wenn du mich brauchst, ruf mich an.«

Als Antonia sich bald darauf auf den Heimweg machte, dachte sie nach. Maria tat ihr leid. Es musste schrecklich sein, den eigenen Sohn unter Mordverdacht zu wissen. Sehr viel weiter brachte sie das Gespräch mit Maria allerdings nicht. Sie erinnerte sich an das Kartenbild, das sie ihr nach Holgers Beerdigung gelegt hatte. Ihr Sohn Georg zeigte sich darin von einem Geheimnis umgeben. Daran hatte sich bis jetzt nicht viel geändert. Er konnte schuldig sein, aber genauso gut konnte jemand auch seine Müllsäcke benutzt haben, um ihm das Ganze anzuhängen. Jemand, der seine Marotte kannte. Aber wenn Georg tatsächlich keine Schuld traf, warum machte er dann den Mund nicht auf? Warum wehrte er sich nicht? Angst! Das war die einzige Erklärung. Vor Fechtner? Wenn ja, welches Druckmittel konnte dem Alten solche Macht über Georg geben?

Zuhause lief Antonia gleich ins Wohnzimmer an ihren Kartenlegetisch. Sie stellte keine konkrete Frage. Zuviel ging ihr im Kopf herum. Sie dachte nur an Georg und seine Beziehung zu Herrn Fechtner und wollte sich überraschen lassen. Nach dem Mischen der Karten deckte sie die *Mäuse*, das *Buch* und die *Wolken* auf. Antonia grinste. Sie bekam eine Kartenaussage zur Bestätigung eines Sachverhalts, den sie eigentlich schon vermutete. Ja, Georg und Herr Fechtner verband ein ziemlich dunkles Geheimnis miteinander. Wenigstens deuteten die *Wolken* am Ende der Reihe darauf hin, dass es sich bald auflösen würde. Sie schob die Karten wieder zusammen und mischte erneut. Das Kartendeck hielt sie danach verdeckt in der linken Hand. Was für ein Geheimnis? Sie nahm die oberste Karte und drehte sie um. Die *Blumen*! Sie sog den Atem geräuschvoll zwischen den Zähnen durch. Ein Hinweis auf Fechtners Garten konnte das nicht sein. Dafür gab es eine bessere Karte. Also musste es ein Hinweis auf das Pflanzengift sein. Hatte der Fechtner es hergestellt? Kaum dass Antonia diese Frage gedacht hatte, drehte sie die nächste Karte um. *Fuchs*! Sie wiegte den Kopf hin und her. Das schien nicht eindeutig. Der Alte konnte es dieser Karte nach genauso gut entdeckt wie hergestellt haben. Georg? Sie drehte die nächste Karte um. Der *Bär*! Verdammt noch mal! Das hatte sie davon, wenn sie Fragen stellte, die im Grunde nur mit ja oder nein zu beantworten waren. Da konnte nichts Gescheites dabei herauskommen. Sie legte einen Finger auf die Karte mit dem Bären und schob sie auf dem Tisch hin und her.

»Du regst mich auf«, sagte sie zu der Karte. »Aber Georg bist du nicht und Fechtner nur vielleicht. Heißt du vielleicht Lutz?« Sie gab der Karte einen Schubs, so dass sie ein Stückchen wegrutschte.

Antonia grübelte. Wenn Lutz Iffland das Gift damals aus den Samen der Christuspalme hergestellt hatte, konnte er vielleicht von Georg als auch von Hartmut Fechtner dabei beobachtet worden sein. Aber hätte Georg nach dem Mord an Edwin Glaser noch zusammen mit Lutz nach dem verschwundenen Holger gesucht? Maria hatte das zumindest behauptet. Und der Fechtner? Nach allem was sie über ihn wusste, hätte der seinen Schwiegersohn bestimmt nicht geschützt. Zumal er damals noch keiner war. Außerdem wäre es dann logischer, wenn Lutz das Gemälde auf seine Rechnung verkauft hätte. Nein! Antonia schüttelte den Kopf. Dann doch eher Hartmut Fechtner, der anscheinend Schweigegeld bezahlte.

Antonia griff nach der nächsten Karte ihres Stapels, drehte sie aber noch nicht um. Sie brauchte eine gescheite Frage. Eine, die ihr weiterhalf. Wo wurde das Gift hergestellt? Große Hoffnungen auf Eindeutigkeit machte sie sich nicht, als sie die Karte umdrehte. Doch dann richtete sie sich kerzengerade auf. Der *Park*! Vor aller Augen. Damit konnte nur Fechtners Garten zum Zeitpunkt der Bepflanzung gemeint sein. Alle, die involviert schienen, gingen dort ein und aus. Antonia packte die Karten zusammen und erhob sich. Auf ihrem Gesicht lag ein zufriedener Ausdruck. Das Pflanzengift, das Edwin Glaser getötet hatte, war in Hartmut Fechtners Garten hergestellt worden. Das erschien ihr jetzt sicher. Natürlich nicht im Freien. Vermutlich gab es zum damaligen Zeitpunkt ein Gewächshaus, in dem man zwischen Dünger, Pflanzen und Gartengerätschaften experimentieren konnte. Aber das würde sie herausfinden.

18. Kapitel

Am Abend kam Oliver, gerade rechtzeitig zum Abendbrot. Er brachte Neuigkeiten. Im Keller von Rosalie Ifflands Haus hatte man Bilder gefunden, sowie Tuben und Döschen mit alten, halbverbrauchten Künstlerfarben. Einige davon schienen selbst hergestellt worden zu sein. Die Gemälde waren jedoch ausnahmslos mit ihren Initialen *RF* gezeichnet. Sie stammten noch aus der Zeit vor ihrer Ehe. Eindeutige Hinweise auf Fälschungen fand die Polizei nicht, jedoch steckte in einem Rahmen die Visitenkarte eines Galeristen, der schon einmal wegen Kunstbetrugs in Verdacht geraten war. Rosalie Iffland behauptete, ihn nicht zu kennen. Sie behauptete auch, niemals selbst Farben angerührt zu haben.

Die Durchsuchung von Fechtners Anwesen förderte etliche weitere Fotografien zu Tage, die Edwin Glaser gehört hatten. Sie lagen im Geheimfach eines antiken Sekretärs. Hartmut Fechtner tobte und wollte von den versteckten Fotos nichts gewusst haben.

Oliver schob seinen Teller zurück. »Hannes erzählte, dass der Alte dabei seiner Tochter, die bei der Durchsuchung auch anwesend war, Blicke zugeworfen hätte, als ob er ihr an die Gurgel springen wollte.«

Antonia stand auf und half ihrer Schwester den Tisch abzuräumen. »Vielleicht hat uns die Rosalie die anonymen Fotos geschickt. Denkt an die Beerdigung. Sie hat ihren Vater damals keines Blickes gewürdigt. Könnte doch sein, dass sie seine Machenschaften aufdecken will, aber eben ohne ihren Namen zu nennen, weil sie nicht offen gegen ihn vorgehen kann.«

Oliver nahm das alkoholfreie Bier entgegen, das Antonia ihm aus dem Kühlschrank holte. »Ich weiß nicht. Sie steckt eher mit drinnen. Rosalie ging öfter zu den Glasers. Das wurde von der aufmerksamen Frau Anderer, die gegenüber wohnt, bestätigt. Sie hätte die Gelegenheit gehabt, Gemälde und Fotos zu stehlen. Rosalie ging auch ab und zu mit Holger aus, zumindest eine Zeitlang. Das wissen wir auch von der Frau Anderer. Möglicherweise ist Holger der Rosalie und ihrem Vater dann irgendwann auf die Schliche gekommen.«

»Vielleicht solltet ihr den Jäger ausfragen. Der kriegt doch bestimmt vieles aus der Familie mit.« Marlene rieb die Spüle ab, hängte das Geschirrtuch zum Trocknen auf und setzte sich dann an den Tisch.

Oliver blies die Backen auf. »Der hat nur bestätigt, dass er das Gemälde in Fechtners Elternhaus unter der Erbmasse gesehen hat. Lutz Iffland blies ins gleiche Horn.«

Antonia drehte nachdenklich ihr Glas Bier. »Jemand muss es den Glasers entwendet und dahin gebracht haben. Im Augenblick wäre dafür der alte Fechtner mein Favorit — oder seine Tochter. Vielleicht hat sie erst nach dem Mord am alten Glaser erkannt, zu was ihr Vater fähig ist. Spätestens aber nachdem sie begriff, dass auch Holger nicht mehr lebt. Möglich, dass sie ihren Vater deshalb auffliegen lassen will, egal was aus ihr selbst wird. Ich denke da an die rote Rose, die sie in Holgers Grab warf. Vielleicht hatte sie sich ja in ihn verliebt? Andererseits ...«

»Was andererseits?« Oliver sah sie forschend an.

Antonia seufzte und schüttelte hilflos den Kopf. »Wenn mich jemand fälschlicherweise einer schlimmen Sache beschuldigt, dann rege ich mich furchtbar auf. Weil ich weiß, dass ich unschuldig bin und nicht verstehen kann, wieso jemand mir überhaupt etwas Schlechtes zutraut.« Als Oliver zu lachen anfing, rollte sie mit den Augen. »Ja, ja. Ich habe mich doch beim Kommissar entschuldigt. Aber was ich meine ...

vielleicht verhält sich der Fechtner ähnlich und er wusste wirklich nichts von den Fotos in seinem Sekretär.«

Oliver dachte nach und schüttelte den Kopf. »Im Gegensatz zu dir lenkte er den Verdacht sofort auf jemand anderen, seine Tochter und den Schwiegersohn. Außerdem bleibt er darauf bestehen, dass er das Gemälde geerbt hat und es wird wohl kaum zwei gleiche Bilder gegeben haben.«

Antonia zog eine frustrierte Schnute. »Ach ja, der Lutz Iffland, der von Rosalie des Mordes verdächtigt wurde und dann ist da ja auch noch dieses vermutliche Schweigegeld, das der Fechtner dem Georg bezahlt.« Sie erzählte, was sie von Maria erfahren hatte und von ihrer Kartenlegung, die darauf hinwies, dass das Gift, das Edwin Glaser umgebracht hatte, in Fechtners Garten hergestellt worden war.

»Dann könnte Georg den Giftmörder kennen. Vielleicht hat er gesehen, wie das Zeug zusammengebraut wurde, und er schweigt aus Angst, ebenfalls vergiftet zu werden ...« Oliver hielt Antonia die leergetrunkene Flasche hin. »Gibst du mir noch so ein Alkfreies?«

Marlene hatte still zugehört. Jetzt hob sie den Finger, fast wie in der Schule. »Also ich weiß nicht, ob es wichtig ist ... aber ich erinnere mich an etwas, das unsere Mutter mir erzählt hat.« Sie sah Antonia an. »Sie hat doch ein paar Monate lang für Fechtners Frau die Wäsche gebügelt, zur Zeit als das mit deren Krankheit anfing. Die Frau hat ihr wohl mehr als einmal das Herz ausgeschüttet. Du weißt ja, wie leicht Mutter das Vertrauen der Leute gewinnen konnte.« Sie schaute zu Oliver. »Jedenfalls erzählte sie, dass Rosalie, die damals in Berlin Kunst studierte, sich mit ihrem Vater überhaupt nicht verstand. Er war wohl sehr dominant, wie Frau Fechtner unserer Mutter gegenüber durchblicken ließ. Der Alte sah auf seine Tochter herab, obwohl Rosalie sogar Kunstpreise gewann. Für mich hörte sich Mutters Erzählung damals so an, als ob er seiner Tochter grollte, weil sie nicht der Junge war, den er sich gewünscht hatte. Als es mit Frau Fechtner zu Ende ging, kam Rosalie zurück, und aus irgendeinem Grund blieb sie. Vielleicht hing das ja mit Holger zusammen. Es muss um die Zeit gewesen sein, als er anfing den Garten anzulegen, vielleicht ein halbes Jahr vor Edwin Glasers Tod.«

Antonia nickte. »Könnte passen. Mir hat Mutter damals nur von Frau Fechtners Beerdigung erzählt. Na ja, sie hatte immer Angst, dass ich meine Nase in anderer Leute Angelegenheiten stecke.« Sie grinste. »Was ich unaufgefordert nie tun würde, außer es geht um Mord.« Sie tippte sich an die Nase. »Hm ... Rosalie hat also nicht fertig studiert und blieb hier. Warum?« Antonia kramte ihre Karten aus der Küchenschublade, fing an zu mischen und deckte dann *Turm*, *Fische* und *Mäuse* auf. »Aha! Die Finanzierung des Studiums klappte nicht mehr. Vermutlich hat ihr Vater die Zahlungen eingestellt.« Sie sah Oliver und ihre Schwester an. »Weiß jemand von euch, ob sie in der Zeit irgendwo gejobbt hat?«

Marlene schüttelte den Kopf. »Ich habe nur mitbekommen, dass sie später — eine Weile nach ihrer Hochzeit mit Lutz Iffland — in Freiburg weiterstudiert hat, allerdings Fachrichtung Grafikdesign, und jetzt seit Kurzem in einer größeren Firma angestellt ist.«

»Kann man rauskriegen«, warf Oliver ein. »Aber worauf willst du hinaus?«

Antonia hob die Schultern und ließ sie wieder fallen. »Vielleicht ging der Fechtner pleite und hat sie zu dem Diebstahl gezwungen, oder sie wollte das Gemälde für sich, um von ihm loszukommen und es ist schiefgegangen. Oder sie wollte sich die Liebe ihres Vaters erkaufen, indem sie ihm half. Oder ... oder ... oder ... da sind ja auch noch die vermutlichen Fälschungen und Georg, der Rosalie nach der Beerdigung nachgegangen ist.«

Marlene blies die Backen auf und holte sich jetzt auch etwas zu trinken. »Da hilft wohl nur ein Geständnis des Mörders.«

Oliver nahm einen Schluck Bier. »Der Kunstdiebstahl scheint schon mal sicher. Alles deutet auf die Fechtners, und der Alte hatte vor der Versteigerung tatsächlich viel Geld an der Börse verloren. Es wurde schon für weniger gemordet.«

Antonia nippte an ihrem Glas und schob es dann nachdenklich auf dem Tisch hin und her. »Glaubst du, dass Georg unschuldig sein könnte?«

Oliver atmete tief ein, hielt die Luft an und blies sie geräuschvoll wieder aus. »Die Fingerabdrücke könnte man zur Not erklären, obwohl keine anderen gefunden wurden.«

Antonia spielte noch immer mit ihrem Glas. »Ich denke gerade an meine Kartenlegung, als ich fragte, warum Fotos und Gemälde gestohlen wurden. Ursache: eine tickende Zeitbombe. Es gab keinen Hinweis, dass der Wert beziehungsweise Geld eine Rolle spielt.«

Oliver trank aus und stellte die leere Flasche auf den Tisch. »Wenn wir den ehrenwerten Herrn Fechtner als Dieb und Mörder überführen, wird das im Dorf wie eine Bombe wirken.«

Antonia ließ ihr Glas los und schlug mit der flachen Hand auf den Tisch. »Aber ... es würde bedeuten, dass jemand ihn gezielt dazu getrieben hat, um genau das zu erreichen.«

Am nächsten Tag stattete Antonia Frau Kamp einen Kondolenzbesuch ab. Als sie bei ihr eintrat, fühlte sie sich von der traurigen Atmosphäre im Haus fast überwältigt. Seit dem Krankenhausaufenthalt nahm Frau Kamp Medikamente, die sie zwar stabil hielten, aber auch ein wenig apathisch wirken ließen. Ihre Hündin Shari passte sich an. Sie lag trübsinnig in ihrem Körbchen, eine Socke ihres toten Herrchens neben sich und hob nicht einmal den Kopf als Antonia eintrat.

Antonia nahm Frau Kamp spontan in den Arm. »Es tut mir so leid.«

Brunella Kamp nickte. »Am Freitag wird mein Mann beerdigt.«

Später saßen sie bei einer Tasse Kaffee in Frau Kamps Wohnzimmer. Antonias Anwesenheit schien ihr gut zu tun. Frau Kamp erzählte, ohne dass sie fragen musste. Am meisten machte es ihr zu schaffen, dass sie sich jetzt aufgrund der Lebensversicherung ihres Mannes keine finanziellen Sorgen mehr machen musste. Lieber würde sie sparen müssen, wenn er dafür noch bei ihr wäre. Sie wies auf ein Bild an der Wand.

»Das ist die Ursache allen Übels. Ein falscher Picasso. Ich wusste lange nichts. Mein Mann hatte das Bild nach der Versteigerung unserer Kunstsammlung vor mir versteckt. Am Abend, bevor er ... also Freitag vor einer Woche, da erzählte er mir alles. Das mit der Fälschung kam heraus, weil ein Sammler in der Auktion saß, dem das Original gehörte. Die Prüfung zuvor durch Fachleute hatte das Gemälde sogar bestanden. Wenn es echt gewesen wäre, wie wir glaubten ... der Erlös, zusammen mit den anderen Bildern, hätte uns trotz Schulden noch ein sorgenfreies Leben garantiert.«

»Vermutete ihr Mann den Fälscher hier in der Gegend?«

Frau Kamp nickte. »Er hat heimlich geforscht, weil er wusste, dass ich ihn abhalten würde, und das hätte ich auch getan.« Ein bisschen kam bei den letzten Worten ihre resolute Art wieder zum Vorschein. »Die Polizei war ja informiert. Aber er traute wohl nach unserem Fiasko niemandem mehr außer sich selbst.« Sie fiel wieder in sich zusammen. »Er wusste nichts Genaues. Nur, dass der Galerist, bei dem er das Gemälde gekauft hatte, Kontakte aus dieser Umgebung hatte. Er sagte mir, dass bei der Übergabe ein angeblicher Vermittler des anonymen Vorbesitzers zugegen gewesen sei und er sich einen Teil des Autokennzeichens gemerkt hatte. Als er dann an diesem Freitag das Haus anschaute, das er für Frau Iffland verkaufen sollte, da fand er im Keller eine ganze Reihe von Gemälden. In einem Rahmen steckte eine Visitenkarte des Galeristen.« Ein paar Tränen kullerten aus Frau Kamps Augen. »Mein Mann schien wie erlöst. Er holte das Gemälde aus dem Versteck und hängte es hier auf. Dann stieß er mit mir auf den Erfolg an. Er glaubte fest, dass ihm jetzt Gerechtigkeit widerfahren würde und rief am Abend noch unseren langjährigen Anwalt an, der sich mit der Polizei von unserem früheren Wohnort in Verbindung setzen sollte.«

Antonia streichelte beruhigend ihren Arm. »Wissen Sie, wieso er zu dem Waldparkplatz fuhr?«

»Frau Kamp wischte sich mit einem Taschentuch über die Augen. »Er bekam einen Anruf. Sollte dort Kaufinteressenten für eines der Objekte abholen, die er in der Zeitung inseriert hatte.«

»Hat er gesagt, wer ihn anrief?«

Frau Kamp schüttelte den Kopf. »Muss eine Frau gewesen sein. Aber ich erinnere mich nicht mehr, wie er sie ansprach.«

Sie redeten noch eine ganze Weile, auch über die Alltagsdinge, die jetzt für Frau Kamp wohl eine ganz neue Bedeutung bekamen. Antonia bestärkte sie darin, ihren Job im Süßwarenladen von Frau Ritter beizubehalten. Das konnte ihr vielleicht helfen, die schlimme Zeit besser zu überstehen.

Antonia erfuhr noch, dass der Kommissar Frau Kamp im Krankenhaus besucht hatte. Eine Aussage konnte sie zu dem Zeitpunkt jedoch aufgrund ihres labilen Zustands nicht machen. Er wollte nach der Beerdigung noch einmal zu ihr kommen. Antonia bot ihr an, ihm die Informationen aus ihrem Gespräch weiterzuleiten.

Als Antonia wieder zuhause ankam, war es bereits eine viertel Stunde vor zwanzig Uhr. Ein Wagen hielt vor dem Haus und Polizeimeister Siegfried Maier stieg aus.

»Nanu«, sagte Antonia. »Gibt es was Neues?«

Er lüpfte seinen Hut. »Ich soll ihre Schwester zur Singstunde abholen und danach wieder heimbringen. Befehl vom Chef. Mache ich aber gern, bin ja auch Chormitglied.«

»Stehen wir jetzt unter Bewachung?«

Der Polizeimeister ging mit ihr zur Haustüre. »Er wird sauer werden, wenn er erfährt, dass Sie abends noch alleine durch die Gegend stiefeln.«

Antonia schloss auf und rief nach Marlene. Dann sah sie den Polizisten an. »Ist ja noch nicht mal dunkel und unter dem Bett verkriechen werde ich mich bestimmt nicht!«

»Ja.« Siegfried Maier senkte unter ihrem herausfordernden Blick die Lider. »Ich soll übrigens sagen, dass das Glaserhaus wieder frei ist. Herr Thiel kann den Schlüssel beim Kommissar holen.«

»Das heißt dann wohl, dass kein belastendes Dokument oder Schriftstück dort gefunden wurde.«

Der Polizeimeister straffte seine Haltung. »Wenn es da war, wird es der Einbrecher mitgenommen haben.«

Antonia schüttelte den Kopf. »Meine Karten lügen nicht. Es ist noch dort.«

Marlene kam mit grimmiger Mine herbeigeeilt. »Ich hab mir Sorgen gemacht!« Als sie Siegfried Maier sah, entspannte sich ihr Gesicht. »Danke fürs Abholen.«

Antonia grinste die beiden an und ging in die Küche. Das Abendessen stand noch für sie auf dem Tisch. Aber etwas schien anders. Dann sah sie die geschlossene Tür zum Garten. Was sollte das denn? Die stand in der warmen Jahreszeit doch immer auf, Tag und Nacht. Schließlich konnte man sie vom Feldweg aus sowieso nicht sehen und wenn jemand hier eindringen wollte, dann brauchte es auch bei geschlossener Tür nicht viel Anstrengung. Entschlossen machte sie die Gartentüre wieder weit auf. So nicht, dachte sie. Sie atmete den Duft der Blumen und Kräuter tief ein und setzte sich dann zufrieden an den Tisch.

19. Kapitel

Am späten Nachmittag des nächsten Tages saß Antonia vor ihrem Computer und druckte ein Stundenhoroskop aus. Datum und Uhrzeit für ihre Frage hatte sie sich an dem Abend bei Oliver bereits notiert. Für die Suche nach einem Dokument in Edwin Glasers Haus schien ihr das geeigneter, als eine Legung mit ihren Karten. Die konnte sie immer noch als Ergänzung hinzuziehen.

Als sie das Blatt mit der Horoskopzeichnung vor sich liegen hatte, holte sie ihre Ephemeriden und begann die Konstellationen auszuwerten. Bald zeigte ihr Gesicht einen zufriedenen Ausdruck. Bestimmt würde sie das Schriftstück finden, vermutlich ziemlich überraschend sogar. Allerdings — mit ein paar Schwierigkeiten bei der Suche musste sie wohl auch rechnen. Antonia machte sich deshalb jedoch keine Sorgen. Wenn es so einfach wäre, hätte die Polizei längst etwas gefunden. Sie faltete den Horoskopausdruck zusammen, auf dem sie die relevanten Aspekte und ein paar Stichworte dazu notiert hatte. Es würde sich vor Ort zeigen, wie sie die Suche gestalten musste. Sie packte das Blatt Papier in ihre Handtasche und ging in die Küche.

Marlene kam zur gleichen Zeit aus dem Garten herein. Mit Nachdruck schloss sie die Tür hinter sich. Antonia sagte nichts. Sie hatten heute Morgen wegen der Gartentür schon einen Disput gehabt, und Antonia war zu dem Entschluss gekommen, dass sich ein Streit deswegen nicht lohnte. Zumindest vorläufig nicht. So sagte sie nur, dass sie sich noch ein halbe Stunde in den Liegestuhl legen wollte und zog draußen brav die Tür hinter sich zu.

Oliver kam pünktlich zur vereinbarten Zeit. Er aß noch Abendbrot mit den Schwestern. Marlene ging danach zu einer

Nachbarin, mit der zusammen sie an einer Patchworkdecke für den Kirchenbasar arbeiten wollte. Antonia und Oliver versprachen, sie später von dort abzuholen und fuhren dann zum Haus der Glasers.

Unterwegs bereitete Oliver sie darauf vor, dass Hannes anwesend sein würde. Der Kommissar wollte vor dem Haus auf sie warten. Antonia blieb seit langem zum ersten Mal für einen Moment die Sprache weg. Wollte er sie kontrollieren? Befürchtete er, dass sie etwas ins Haus schmuggeln würde, um dann so zu tun als ob? Sie verzog frustriert das Gesicht. »Deswegen ist im Suchhoroskop das Tierkreiszeichen Steinbock im ersten Haus eingeschlossen! Mit dem rückläufigen Pluto darin. Ich muss die Polizeikontrolle mit mir rumschleppen, damit mir dein Hannes auf die Finger sehen kann. Aber der wird sich wundern. Die Kontrolle habe ich! Eingeschlossen ... Hoffentlich gibt es dort drinnen eine Besenkammer, wo ich deinen Kommissar abstellen kann.«

Oliver beruhigte sie und meinte, sie solle einfach tun, was sie vorhatte. Er bog mit dem Auto bereits in die Gartenstraße ein und parkte wenig später am Straßenrand vor dem Haus.

Kommissar Schmidt hob mit vorwurfsvollem Gesicht die Hände. »Ein bisschen pünktlicher hättet ihr schon sein können.« Er nickte Antonia zu und schloss die Haustüre auf. Als sie eintrat, griff er an seine Mütze und setzte sie verkehrt herum auf. »In Gottes Namen.«

Antonia verzog den Mund zu einem breiten Grinsen. »Ach so! Ich sehe aber kein Weihwasser. Haben Sie das Fläschchen in der Hosentasche versteckt?«

»Werden Sie nicht frech!« Der Kommissar schloss die Tür.

Sie standen jetzt im Flur des Erdgeschosses. Rechts ging es in die Küche, geradeaus ins Wohnzimmer und angrenzende Schlafzimmer. Links führte eine Treppe ins obere Stockwerk.

Antonia öffnete ihre Handtasche, zog den Horoskopausdruck heraus und faltete das Blatt Papier auseinander.

Der Kommissar warf einen Blick darauf. »Ziemlich bunt.«

Antonia sah ihn an. »Ein aufschlussreiches Bild. Natürlich nur für den, der es zu lesen weiß.« Sie gab ihm ihre Handtasche. »Hier, Sie wollen die Tasche doch sicher durchsuchen. Aber wehe, es fehlt nachher was.« Sie ging zur Treppe. Oliver und der Kommissar tappten hinterher.

Hannes sah seinen Freund an. »Die will mich loswerden, stimmt's?«

Antonia drehte sich zu ihm um. »Wenn Sie brav tun, was ich sage, dann nicht. Wir fangen hier oben an. Der Signifikator des Gesuchten steht im Tierkreiszeichen Widder. Das ist ein Feuerzeichen und weist auf obere beziehungsweise mittlere Stockwerke und Zimmer.«

»Hä?« Der Kommissar schaute wieder zu Oliver.

»Fachsprache.«

Sie erreichten das Obergeschoss und hatten nun drei Zimmer zur Auswahl. Antonia gab Oliver den Horoskopausdruck in die Hand und ließ sich vom Kommissar die Tasche geben.

Sie kramte darin. »Ich brauche meinen Kompass. Der Signifikator steht im dritten Haus. Das weist in die Himmelsrichtung Nord-Nord-Ost.«

Die beiden Männer warfen sich einen Blick zu und zuckten mit den Schultern.

»Ich habe Antonia bei so was auch noch nicht erlebt«, sagte Oliver.

»Dann schaut und lernt.« Antonia drehte sich mit dem Kompass, bis sie genau in Richtung Norden blickte. Dann ging sie zielstrebig auf das Zimmer rechts vom Flur zu. »Das passt ziemlich gut.« Sie drückte die Klinke herunter. »Abgeschlossen.«

Der Kommissar zog überrascht die Augenbrauen hoch. »Ich habe nur den Hausschlüssel mitgenommen. Weiß gar nicht, ob es extra Zimmerschlüssel gab.«

Antonia lehnte sich neben der Tür an die Wand. »Aha, das angekündigte Problem.« Sie ließ sich von Oliver den Horoskopausdruck geben. »Quadrat zum Tierkreiszeichen Krebs. Schaut in der Küche nach. Dort müssen Schlüssel sein.«

Oliver und der Kommissar marschierten gehorsam nach unten. Schranktüren klapperten und Schubladen quietschten. Nach einer Weile fing Kommissar Schmidt an zu nörgeln.

Oliver rief zu Antonia herauf. »Da ist nichts!«

Sie seufzte und ging zu ihnen hinunter. »Der Schlüssel muss hier sein.« Sie schaute noch einmal auf das Horoskop und ließ dann den Blick schweifen. »Quadrat Venus im Krebs ist über dem Horizont. Die müssen hier einfach irgendwo hingeworfen worden sein. Der Bequemlichkeit halber. Venus! Vielleicht bei den Blumen auf der Fensterbank? Haus sieben — bedeutet im dem Fall wohl den Ausblick nach draußen.« Sie schaute über die Spüle hinweg auf den Blumentopf mit dem verdorrten Alpenveilchen. »Na wer sagt's denn?« Triumphierend griff Antonia einen angerosteten Schlüssel aus dem Untersetzer des Topfs, nahm ein Papier-Taschentuch und wischte ihn sauber.

Zu dritt marschierten sie wieder nach oben.

Der Schlüssel passte, auch wenn er sich nur schwer im Schloss drehen ließ. Aber mit vereinten Kräften schafften es die Männer, die Tür zu öffnen, ohne dass dabei der Schlüssel abbrach.

Oliver schaute sich um. »Das muss Holgers Zimmer gewesen sein.«

Hannes nickte. »Vorher war das wohl das Zimmer seines Großvaters, der Form nach … und dort steht sogar noch das Bücherregal, das auf einen der Fotos abgebildet war.«

»Das Gemälde hing hier.« Antonia deutete auf eine eckige Stelle, die minimal blasser schien als der Rest der Tapete.

»Und jetzt?« Der Kommissar schaute sie an.

»Das gleiche Spiel von vorne. Feuerzeichen deutet auf mittlere Höhe, vielleicht in der Nähe der Heizung oder einer sonstigen Wärmequelle wie Lampen oder so. Richtung Nord-Nord-Ost. Sie drehte sich wieder mitsamt ihrem Kompass. »Hier.« Sie deutete auf ein wuchtiges, fast antik anmutendes Sideboard.«

Der Kommissar stützte die Arme in die Seiten. »Na schön, den Schlüssel haben Sie gefunden. Zufällig. Aber das hier hat keine Logik.« Er deutete unterhalb des Fensters. »Die Heizung ist hier, Süden, eindeutig. Da kann man nichts verstecken. Die Wand ist völlig intakt. Auf dem Sideboard gibt es keine Lampen, auch nicht daneben. Die ganze Suche ist Zeitverschwendung.«

»Nicht so voreilig, Hannes. Lass ihr doch Zeit.« Oliver klopfte ihm auf die Schulter.

Antonia zog sich einen Stuhl in die Mitte des Zimmers und setzte sich. Sie deutete auf einen quadratischen Mauervorsprung in der Wand neben dem Möbel. »Wonach sieht das aus?«

»Ein alter Kamin vielleicht. Er wird sich wohl vom Erdgeschoss bis nach oben durchziehen.« Oliver tastete bereits die Wände ab.

»Gut! Ich nehme an, du hast keine Verschlusskappe getastet?« Als Oliver verneinte, sah Antonia grinsend zum Kommissar. »Kamin bedeutet Hitze. Ähnlich wie eine Heizung. Alles klar? Irgendwo muss eine verschlossene Öffnung sein, in die früher das Ofenrohr eingeschoben wurde.« Sie schwenkte die Horoskopzeichnung. »Sonne und Mond stehen unter dem Horizont. Das heißt: das was wir suchen liegt nicht offen da.

Versteckt. Dunkel. Ich vermute im Kamin. Also krempeln Sie die Ärmel hoch und helfen Sie Oliver das Sideboard wegzuschieben.«

Hannes griff sich voll Verzweiflung an seine verkehrt herum aufgesetzte Mütze. Doch Oliver zog ihm einfach das Jackett aus und schob ihn zu dem Möbel. Unter Ächzen und Stöhnen bewegten sie es vom Kamin weg. Antonia sah ihnen zu.

Als das Sideboard endlich weit genug entfernt stand, suchte Oliver die Seitenwand des Kamins ab. Etwa ein Meter vom Boden entfernt, sah er über der Tapete eine eckige Verschlusskappe. Er hockte sich hin, nahm sein Taschenmesser und fuhr an den Seitenrändern entlang darunter. Die Kappe ließ sich jedoch nicht so leicht anheben. Er stocherte geduldig unter den Rändern, um sie weiter zu lockern. Endlich konnte er sie greifen. Er zog mit beiden Händen daran, vorsichtig erst, doch dann mit roher Gewalt. Die Kappe löste sich mit einem Ruck aus der Wand. Oliver kippte nach hinten, knallte mit dem Kopf gegen das Sidebord. Aus dem Kamin wehte eine Rußwolke und bestäubte ihn von oben bis unten. Etwas klatschte heftig gegen seine Brust.

Antonia bog sich vor Lachen. »Typisch Uranus. Der gibt dir das Gesuchte nicht in die Hand. Der schmeißt es dir nach.« Die beiden Männer schauten sie verständnislos an. Sie erklärte. »Der Planet Uranus. Symbol für unerwartete Ereignisse. Befreiungsschläge. Ich wusste, dass das Gesuchte ganz plötzlich zum Vorschein kommen wird.« Sie brachte die Worte vor lauter Lachen kaum heraus.

»Du hättest mich warnen können.« Oliver stöhnte und rieb sich über den Hinterkopf. Er sah aus wie ein Kaminfeger.

Hannes beugte sich zu ihm herunter. »Alles in Ordnung?«

Er nickte. »Auf der Innenseite des Stopfens ist ein Haken angebracht.« Oliver hob die Verschlusskappe hoch und in

Plastik eingepackte und verschnürte Briefe. »Das Päckchen hing an der Schnur. Ist abgerissen.« Er griff mit spitzen Fingern in seine Hosentasche und beförderte Gummihandschuhe zu Tage. Er hielt sie Hannes hin. »Nimm mir mal ab.«

Hannes zog sich die Handschuhe über und griff nach dem Päckchen. »Gehen wir in die Küche. Vielleicht läuft das Wasser noch, damit du wieder einen Menschen aus dir machen kannst.« Er warf Antonia einen Blick zu. »Noch wissen wir nicht, ob uns der Fund weiterbringt.«

Sie grinste ihn an. »Geben Sie es doch zu.«

»Nie im Leben!«

Das Wasser lief natürlich nicht mehr. Das Haus stand ja seit langem leer. Oliver suchte sich ein Tuch und säuberte sich notdürftig. Er sah jetzt aus wie ein Kaminfeger, der sich den Schweiß vom Gesicht gewischt hatte.

Von hinten näherte er sich Antonia mit leisen Schritten und rieb sich an ihrer Wange. »Damit du auch was davon hast.«

»Na warte! Sie warf ihm einen herausfordernden Blick zu. Aber in Anbetracht dessen, dass der Kommissar da war, ließ sie es dabei bewenden. Sie setzte sich an den Küchentisch und deutete auf die Briefe, die er bereits ausgepackt hatte. »Von wem sind die?«

»Als Absender steht R. F. auf den Umschlägen. Sie sind an Holger Glaser gerichtet.«

Antonia nickte. »Rosalie Fechtner. Damals war sie ja noch nicht verheiratet.«

Kommissar Schmidt las bereits einen der Briefe. Er schmunzelte ein wenig. »Das sind Liebesbriefe. Die beweisen nur, dass sie Kontakt hatten und das wissen wir schon.«

Antonia zog die von Oliver mitgebrachten Handschuhe an und griff sich auch einen Umschlag. »Irgendeiner dieser Briefe wird uns etwas verraten.« Oliver ließ sich von Antonia die

Handschuhe überziehen und las auch. Eine Weile sagte niemand etwas. Doch als Antonia sich den dritten Umschlag griff, das Blatt Papier herauszog und anfing zu lesen, richtete sie sich auf. »Der hier ist es. Er wurde fünf Tage bevor ihr Edwin Glaser ermordet aufgefunden habt geschrieben. Hört zu.« Sie las den Brief vor:

Lieber Holger,
wie sehr ich dich liebe, weißt du und ich hoffe sehr, dass du nicht wankend wirst in deinem Vertrauen zu mir. Dein Vater hat Unrecht. Ich habe weder das Gemälde noch seine Fotoalben gestohlen. Nicht für mich, nicht im Auftrag meines Vaters. Das schwöre ich dir. Aber ich habe große Angst, dass der Streit zwischen unseren Vätern eskaliert. Mein Vater schäumt über vor Wut. Er ist zu allem fähig und er hat gedroht, deinen Vater umzubringen. Mehr als einmal in den letzten Tagen. Jetzt sagt er plötzlich gar nichts mehr. Das ist ein schlechtes Zeichen.
Mein Liebster, ich bitte dich, bringe deinen Vater zur Vernunft. Er muss meine Familie in Ruhe lassen, sofort, sonst geschieht ein großes Unglück. Ich weiß es, ich fühle es.
Bitte komm wie immer am Dienstag zur Müllkippe im Wald hinter unserem Haus, damit wir reden können.
In Liebe, deine Rosalie

Oliver blies laut den Atem aus. »Edwin Glaser wurde donnerstags gefunden. Nach diesem Brief müssen wir annehmen, dass sein Sohn Holger zwei Tage davor ermordet wurde. Die Müllkippe hat sich eindeutig als sein Grab herausgestellt.«

»Die Frage ist, ob sie ihn wirklich geliebt oder nur ausgenutzt hat. Ihre rote Rose auf dem Friedhof spricht für ersteres, aber sie hat ziemlich schnell danach einen anderen geheiratet.« Antonias Stimme klang bedrückt.

Kommissar Schmidt sammelte die Briefe zusammen und tat sie in den Plastiksack zurück. »Ich beantrage Untersuchungshaft für den Fechtner.«

Draußen auf der Straße polterte und klapperte es. Antonia sah auf. »Sperrmüll. Das wird Maria mit Georg sein. Sie wollten Sachen rausstellen.«

Oliver stand auf. »Trifft sich gut. Wir könnten ihn mit dem Brief konfrontieren. Vielleicht redet er.«

Der Kommissar winkte ab. »Glaubst du an Wunder?«

Das entfernte Geräusch eines fahrenden Motorrads klang zu ihnen herauf. Es kam näher, schien an der Kreuzung zur Hauptstraße zu halten. Ungewöhnlich lange. Der knatternde Motor begann Antonia zu nerven. Dann drehte der Fahrer den Hahn auch noch voll auf und raste die Gartenstraße entlang. Das Geräusch klang ohrenbetäubend. Antonia schüttelte den Kopf. Sie stand auf, ging zur Spüle und öffnete das Fenster dahinter, um nach dem Motorradfahrer zu sehen. Antonia streckte gerade den Kopf hinaus, als es unter ihr auf der Straße plötzlich krachte und schepperte. Eine Frau schrie auf. Der Ton erstarb abrupt. Der Motorradfahrer drosselte kurz den Motor und ließ ihn gleich darauf wieder aufheulen. Eilige Schritte klangen auf dem Straßenpflaster. Ein Mann brüllte entsetzt auf. Der Motorradfahrer gab Gas und entfernte sich so rasend schnell wie er gekommen war.

20. Kapitel

Antonia knallte das Fenster zu und drehte sich um. Ihr Gesicht wirkte plötzlich blass. »Es hat Maria erwischt!«

Kommissar Schmidt lief sofort hinaus auf die Straße. Antonia eilte zum Tisch, griff ihre Handtasche und wollte ihm hinterherlaufen. Oliver packte jedoch ihre Hand. »Ruhig! Hast du das Kennzeichen gesehen?«

Sie nickte. Er schrieb es sich auf und gleich darauf verließen sie zusammen das Haus. Draußen bot sich ihnen ein Bild des Grauens. Der Sperrmüll lag über der ganzen Fahrbahn verstreut auf der Straße bis hinüber zum gegenüberliegenden Gehweg. Hannes kniete neben Maria, die reglos auf dem Boden vor der Einfahrt ihres Hauses lag. Er telefonierte mit lauter Stimme nach dem Krankenwagen und hielt dabei den völlig aufgelösten Georg umklammert, der seine Mutter anflehte, doch die Augen zu öffnen.

Oliver trat auf den verzweifelten jungen Mann zu, zog ihn von der Verletzten zurück und ging mit ihm in die Toreinfahrt. »Es kommt gleich Hilfe. Komm, erzähl mir was passiert ist.«

Der Kommissar reichte Antonia ein altmodisches Stofftaschentuch. »Drücken Sie das auf die Kopfwunde von Maria. Aber Vorsicht, sie darf nicht bewegt werden. Vielleicht haben die Halswirbel was abgekommen.«

Während sie sich über die bewusstlose Maria beugte und leise auf sie einsprach, fotografierte er mit seinem Handy den Tatort aus allen Richtungen. Danach räumte er den Sperrmüll von der Straße, damit der Krankenwagen freie Bahn hatte.

Aus der Einfahrt hörte Antonia die aufgeregte Stimme von Georg. Er schrie und ließ sich von Oliver kaum beruhigen.

Antonia verstand nicht viel. Nur Georgs hasserfüllte Schreie hallten in ihrem Kopf nach: »Er hat es getan! Er hat es getan! Er hat seine Drohung wahr gemacht.«

Antonia warf einen Blick hinter sich. Oliver führte Georg resolut in den hinteren Teil der Einfahrt und setzte sich mit ihm auf die Stufen vor dem Wohnungseingang. Sie seufzte und schaute dann die Straße hinunter. Wo blieb denn der Krankenwagen?

Endlich, nach gut zehn Minuten, hörte sie das Martinshorn. Mit Blaulicht bog der Wagen in die Gartenstraße ein. Der Kommissar gab dem Fahrer Zeichen. Kurze Zeit später traf auch ein Wagen der Verkehrspolizei ein. Hannes sprach kurz mit ihnen und ging dann zu den Sanitätern, die Antonia bereits abgelöst hatten. Da sie hier nicht mehr helfen konnte, ging sie zu Oliver und Georg.

Als Georg sie sah, fingen seine Lippen an zu zittern. Er ballte die Fäuste. »Du hättest in deinen Karten sehen müssen, dass ich unschuldig bin! Wenn meine Mutter stirbt, dann stirbt sie jetzt in dem Glauben, dass ich ein Mörder bin.« Georg vergrub den Kopf in seinen Händen und schluchzte dumpf auf.

Antonia biss sich auf die Lippen. Sein Vorwurf traf sie tief. Er kratzte an ihrer Kartenlegerehre, aber es war nicht nur das. Auch sie hatte Angst um Maria. Georgs Mutter hatte die Augen kein einziges Mal aufgeschlagen, nicht einmal gestöhnt. Hätte sie diesen Anschlag vorhersehen können? Denn ein Mordanschlag war es, ohne Zweifel. Was hatte Georg vorhin gesagt? *Er hat es getan!* Antonia rief sich das Kartenbild in Erinnerung. Zum Zeitpunkt der Legung gab es noch so vieles, das im Dunkeln lag. *Das Buch!* Es hatte sein Geheimnis nicht preisgegeben. Sie hatte Georg damals in Gefahr gesehen, nicht seine Mutter. Aber er hatte nur geschwiegen um ihretwillen. Das wurde ihr jetzt mit einem Male klar.

Sie schaute zu Oliver.

»Er glaubt, dass es Lutz Iffland war. Hat sein Motorrad erkannt«, sagte er.

Georg stöhnte auf. »Ich glaube es nicht, ich weiß es! Er hat ja auch gedroht, meiner Mutter etwas anzutun, wenn ich rede. Hat seine Stimme am Telefon verstellt, aber ich weiß, dass er es war. Niemand sonst kommt dafür infrage.«

»Georg, du musst uns jetzt alles sagen, was du weißt.« Oliver legte ihm den Arm um die Schultern.

»Wenn meine Mutter stirbt, bringe ich ihn um! Ich muss zu ihr.« Georg wollte aufspringen.

Oliver hielt ihn zurück. »Wir fahren dich nachher ins Krankenhaus. Versprochen! Jetzt lass die da draußen erst für sie sorgen. Wir wären nur im Weg.«

Olivers freundliches, aber bestimmtes Auftreten zeigte Wirkung. Georg schien Vertrauen zu ihm zu fassen und begann zu erzählen. Antonia holte einen der alten Stühle vom Hof und setzte sich zu ihnen.

Georg deutete nach vorne in die Einfahrt. »Es hängt mit diesen Müllsäcken zusammen. Ich zeichne sie mit gelben Totenköpfen. Zuerst habe ich das nur gemacht, um den Fechtner zu warnen. Ich legte sie regelmäßig auf die Abfallhalde im Wald hinter seinem Haus. Es hat ihn mordsmäßig geärgert, aber er hat nichts unternommen. Im Gegenteil — er bezahlte mich noch besser als zu Anfang.«

Oliver legte seine Hand auf Georgs Arm. »Moment! Wolltest du dem Fechtner damit sagen, dass du etwas weißt und es jederzeit ausplaudern kannst?«

Georg nickte. »Ein paar Tage vor Edwins Ermordung hab ich seine Hexenküche entdeckt, in der er das Gift aus den Samen extrahierte. Mitten in seinem Garten. Im Gewächshaus, vor aller Augen!« Er schüttelte den Kopf. »Ich hab den Fechtner sogar noch vor seinen Experimenten gewarnt und ihm gesagt, wie giftig das Zeug sei. Aber er hat mich nur angesehen und so getan, als ob er von nichts wüsste. Ich wollte dann mit Holger reden. Aber der durfte zu der Zeit das Fechtner-Anwesen schon eine Weile nicht mehr betreten. Wegen irgendeinem Streit, den der Alte mit seinem Vater hatte. Also habe ich so eine Pflanze mitgenommen. Als ich Holger zuhause nicht antraf, stellte ich sie bei ihm in den Hinterhof und warf einen Zettel in den Briefkasten, dass er mich anrufen soll. Hat er auch getan. Er kam dann zu mir herüber und regte sich über meine Entdeckung furchtbar auf. Sagte, dass der Fechtner seinen Vater wohl vergiften wolle.« Er schüttelte wieder den Kopf. »Ich habe es ihm damals noch ausreden wollen.«

Antonia beugte sich zu ihm vor. »Dann hat die Frau Anderer von gegenüber damals dich mit der Pflanze gesehen und nicht den Holger?«

Georg presste die Lippen zusammen. »Die alte Tratsche. Vermutlich ja. Holger und ich waren etwa gleich groß und wir trugen ja immer dieselben T-Shirts von der Gärtnerei.«

»Und wie ging es dann weiter?«, fragte Oliver.

Georg seufzte. »An dem Tag, als Holger zu mir kam, habe ich ihn zum letzten Mal gesehen und drei Tage später entdeckte die Polizei die Leiche seines Vaters. Das Gewächshaus sowie die giftigen Samen und Pflanzen verschwanden zur selben Zeit. Der Fechtner schob alles Holger in die Schuhe und meinte, wenn ich auch nur ein Wort sage und seinen Ruf ruiniere, dann würde er dafür sorgen, dass die Gärtnerei mich feuert.« Er zuckte die Schultern. »Ich hab's ihm zugetraut, und ehrlich gesagt hab ich Angst gehabt, auch vergiftet zu werden. Also hielt ich den Mund.«

Draußen vor dem Tor ruckten die Türen des Krankenwagens und kurz darauf fuhren Notarzt und Sanitäter los.

Kommissar Schmidt eilte zu ihnen. Seine Mütze trug er wieder richtig herum auf dem Kopf. Er sah Georg an. »Sie bringen ihre Mutter in die Universitätsklinik nach Freiburg. Es besteht gute Hoffnung, dass sie durchkommt.«

Georg atmete erleichtert auf. »Danke.«

Der Kommissar machte ein ernstes Gesicht. »Ich hoffe, dass Sie jetzt den Mund aufmachen.«

Georg schlug die Augen nieder. »Ich bin schon dabei.« Er stand auf und sah zu Oliver. »Sie wollten mich fahren ...«

Oliver nickte und wandte sich dann an seinen Freund Hannes. »Ich schreibe dir bis morgen einen ausführlichen Bericht.«

Georg ließ Oliver noch ins Haus hinein, damit er sich waschen konnte. Antonia brachte in der Zwischenzeit den Stuhl an seinen Platz zurück. Als Georg mit Oliver dann wiederkam und die Haustüre abschloss, holte sie erschrocken Luft. »Meine Schwester!«

Oliver wandte sich an den Kommissar und der versprach, seinen Polizeimeister zu schicken. Er würde Marlene bei der Nachbarin abholen und dann bei ihr bleiben, bis Antonia wieder zu Hause war. Oliver gab ihm noch den Zettel mit dem Kennzeichen des Motorrads samt Hinweis auf den vermutlichen Halter.

Als sie dann alle zusammen vor auf die Straße liefen, sah Antonia, wie sich gegenüber der Fenstervorhang bewegte. Frau Anderer würde ihre Version des Unglücks bestimmt gleich morgen herumerzählen. *Freundin*, dachte sie. Nein! Marias Freundin war sie sicher nicht mehr. Sie wäre sonst herübergekommen, statt zu spionieren.

Während der Kommissar nun noch einmal ins Glaserhaus hinüberging — danach wollte er noch in sein Büro — fuhr Antonia mit Oliver und Georg ins Krankenhaus. Unterwegs nahm Oliver den Gesprächsfaden wieder auf. »Nachdem

Edwin gefunden wurde und das Gewächshaus verschwand, wie ging es da weiter, Georg?«

Georg sammelte sich. »Holger tauchte nicht mehr auf. Ich machte mir große Sorgen. Er war mein Freund und ich dachte, Lutz auch. Er hatte damals schon bei dem Alten eine Anstellung als Förster und ging ab und zu mit uns aus. Wie eifersüchtig Lutz auf Holger war, begriff ich aber erst, als wir uns auf die Suche nach ihm machten. Er redete wie irr. Stritt mit mir und immer wieder ging es dabei um Rosalie. Ich glaube, er war der Meinung, dass Holger ihm Rosalie ausgespannt hätte, um sie dann ins Unglück zu stürzen. Dabei dachte ich immer, Lutz und Rosalie wären auch vorher nur befreundet gewesen. Holger liebte Rosalie aber wirklich, obwohl sie erst kurz zusammen waren und sie ihn wohl auch. Aber wegen ihrer tobenden Väter konnten sie sich bald nur noch heimlich sehen. Diese wilde Müllkippe war ihr Treffpunkt. Ausgerechnet! In der Nähe hatten die beiden ein Liebesnest. Lutz wusste davon genauso wie ich und der Fechtner hat es am Ende wohl herausgefunden, ob mit oder ohne Lutz' Tipp.«

Antonia beugte sich vom Rücksitz aus vor zwischen die Vordersitze. »Du meinst, Lutz hätte Grund gehabt, Holger aus dem Weg zu räumen?«

Georg nickte. »Ja, und er stand ja auch damals schon deutlich unter dem Einfluss vom Fechtner. Ich glaube nicht, dass er den Giftmord verübt hat. Für so grausam halte ich ihn nicht. Aber ein gezielter Schuss, um einen Konkurrenten loszuwerden und dem Fechtner seine Loyalität zu beweisen ... Damals hätte ich ihm das zwar nicht zugetraut, trotz aller Wut, die aus ihm sprach. Aber jetzt schon, nachdem er meine Mutter ...«

Oliver warf ihm einen raschen Blick zu. »Hast du ihn erkannt?«

Er schüttelte den Kopf. »Vermummt, aber es war sein Motorrad, da bin ich ganz sicher.«

»Deine Mutter hat mir erzählt, dass er in der Woche bevor wir Holger im Keller fanden bei dir war.«

Georg drehte sich zu Antonia um. »Ja. Das erste Mal seit Jahren wieder. Spielte sich auf, als sei er Fechtners Anwalt.« Er schaute zu Oliver. »Lutz hatte mich gesehen, wie ich wieder so einen Totenkopfsack voller Grasabfälle in Fechtners Wald entsorgte. Er drohte mir an dem Tag ganz offen. Er würde dafür sorgen, dass diese Anspielungen aufhören. Lutz wusste, dass ich dem Alten damit andeutete, dass ich ihn für den Mörder von Edwin Glaser hielt und bei einer falschen Bewegung den Mund aufmachen würde. Es klingt verrückt, aber ich glaube, der Alte hatte genauso viel Angst vor mir wie ich vor ihm. Als Holger dann gefunden wurde und Mutter mir erzählte, dass der Sack, in dem er eingepackt war, mein Zeichen trug, da wusste ich gleich, dass ich ausgeschaltet werden sollte. Er hat dann noch gewartet, bis die Identität öffentlich wurde und mich angerufen. Er sprach mit verstellter Stimme und sagte, dass meiner Mutter etwas Schlimmes zustoßen würde, wenn ich rede.« Georg sprudelte in seiner Aufregung geradezu über. Seine Unruhe nahm mit jedem Kilometer, den sie zurücklegten, zu. Jetzt schaute er angestrengt durch die Windschutzscheibe. »Sind wir bald da?«

Die Strecke des Höllentals lag bereits hinter ihnen und Oliver steuerte seinen Wagen nun auf der B3 in Richtung Friedrichsring.

»Da vorne müssen wir links abbiegen und dann sind wir in fünf Minuten da.«

Sie parkten auf dem Gelände des Krankenhauses. Sie stiegen aus und eilten in das große Gebäude hinein. In der Notaufnahme herrschte Hochbetrieb. Oliver wandte sich an die Auskunft und fragte dort nach Maria Wolf. Die Schwester bat sie, im Aufenthaltsraum zu warten. Man würde ihnen Bescheid geben. Georg nahm das als schlechtes Zeichen. Seine Angst um die Mutter wuchs und er stieß wilde Drohungen gegen Lutz Iffland aus.

Antonia bewunderte Oliver für seine Art mit dem aufgeregten jungen Mann umzugehen. Er gab ihm Zuversicht, ohne ihm zuviel zu versprechen. Als die beiden sich im Warteraum gesetzt hatten, holte sie am Automat für alle Kaffee. Mit dem Becher in der Hand gab Georg weitere Einzelheiten preis. Hartmut Fechtner hatte ihn nicht von Anfang an für sein Schweigen bezahlt. Das kam erst später, nachdem Lutz ganz überraschend Rosalie geheiratet hatte. Georg wurde damals von Lutz zu der Feier eingeladen, vermutlich auf Drängen Rosalies. Er ging nicht hin, schickte ihm stattdessen eine Karte. »MORD*mäßig Glück*« hatte er darauf geschrieben und eine Fotografie von der Müllkippe im Wald beigelegt, auf die er obenauf erstmalig einen Sack Grasabfälle gelegt hatte, gezeichnet mit einem großen, gelben Totenkopf. In der Woche nach der Hochzeit erhielt Georg zum ersten Mal einen Anruf von Hartmut Fechtner. Lutz hatte ihm die Karte wohl gezeigt. Als Georg ihm sagte, dass er alle seine Beobachtungen aufgeschrieben hätte und damit zur Polizei gehen würde, bot Fechtner ihm viel Geld gegen die Gefälligkeit, ab und zu seinen Garten zu pflegen. Georg nahm an, in der Hoffnung, dadurch mehr herauszufinden. Von da an legte er auch immer wieder seine Müllsäcke im Wald ab, als Warnung, und wenn der Alte einen fand, lagen in seinem Umschlag ein paar Hunderter mehr.

Oliver sah Georg forschend an. »Warum hast du dich für das Geld entschieden und nicht für die Polizei?«

Georg lachte bitter auf. »Sie kennen den Fechtner nicht. Außen hui und innen pfui. Der kann alles so drehen, dass es zu seinem Vorteil ist. Manipuliert die Menschen, ohne dass sie es merken. Selbst sein Lächeln ist eine Drohung und sogar sein Schweigegeld. Wem hätte man wohl geglaubt? Dem von allen geachteten Herrn Fechtner oder mir, dem vorbestraften, ehemaligen Junkie? Er wird auch jetzt wieder davon kommen, und falls der Lutz mit seiner Hilfe rechnet ...« Er lachte wieder, »... er wird ihn ohne mit der Wimper zu zucken ins Messer laufen lassen.« Georg sah auf seine Füße. Mit den Schuhen rieb er automatisch über den Boden. »Die Hälfte des Geldes habe ich immer gespendet, an Einrichtungen, die sich um schwierige Jugendliche kümmern. Damit wenigstens etwas Gutes daraus entsteht.«

»Und warum bist du auf dem Friedhof der Rosalie nachgegangen?«, fragte Antonia.

Er sah sie an und hob die Schultern. »Ich wollte sie fragen, warum sie den Lutz geheiratet hat. Sie liebte doch Holger.«

Zwei Stunden lang redeten und warteten sie. Georg sprang immer wieder auf und lief im Raum hin und her. Dann kam endlich der Arzt. Er betreute Georgs Mutter auf der Intensivstation, wo sie vor wenigen Minuten aus der Bewusstlosigkeit erwacht war. Neben mehreren Knochenbrüchen, Platzwunden und Prellungen wurde ein besorgniserregendes Schädel-Hirn-Trauma festgestellt. Der Arzt beschönigte nichts. Erst in zwei bis drei Tagen konnte er genaueres sagen und bis dahin blieb nur zu hoffen.

Georg durfte für wenige Minuten zu ihr. Als er wiederkam standen Tränen in seinen Augen. Er presste die Lippen zusammen und seine Hände ballten sich zu Fäusten. Wie ein Roboter lief er an Antonia und Oliver vorbei. Antonia wurde sofort klar, dass sie ihn heute Nacht nicht allein lassen durften. Oliver sah es wohl genauso. Er bot nicht an, er ordnete an, dass Georg heute bei ihm übernachtete.

Auf der Heimfahrt sprachen sie wenig. Falls Georg noch etwas auszusagen hatte, konnte er das später mit Oliver besprechen. Er musste jetzt erst einmal zur Ruhe kommen, damit er sich nicht am Ende doch noch zu einer Dummheit hinreißen ließ.

21. Kapitel

Als Antonia zuhause ankam, saß Marlene mit Polizeimeister Siegfried Maier in der Küche.

Ihre Schwester sprang auf. »Und?«

Antonia erzählte von Marias schweren Verletzungen und dass man noch nicht wusste, wie alles ausgehen würde. Marlenes Lippen fingen an zu zittern und sie sah den Polizeimeister an. Der blies laut den Atem aus.

»Was ist los?« Antonia sah die beiden misstrauisch an. »Ist noch etwas passiert?«

»Ihre Schwester meint, dass jemand hier eingebrochen ist«, erklärte der Polizist. »Ich konnte allerdings keine verdächtigen Spuren an den Türen oder Fenstern finden.«

Marlene sprudelte los. »Als wir hierher kamen, stand die Gartentüre offen, und ich weiß genau, dass ich sie zugemacht habe. Vermutlich sollten wir als Nächste dran glauben. Auf der Treppe zu unseren Schlafzimmern habe ich einen Brocken Erde gefunden. Himmel, wir sind hier nicht mehr sicher … ein Dieb war es nicht. Es ist nichts durchwühlt worden. Aber in deine Schubladen habe ich natürlich nicht geguckt …« Sie drängte Antonia ins Wohnzimmer. »Schau nach, ob alles an seinem Platz ist. Vielleicht findest du irgendwo Spuren.«

Antonia blieb im Türrahmen stehen und ließ ihren Blick durchs Zimmer schweifen.

Es sah alles wie immer aus. Sie drehte sich zu ihrer Schwester um. »Die Erde auf der Treppe werden wir selbst hereingeschleift haben.«

Marlene widersprach vehement. »Das wäre mir aufgefallen, als wir heute Abend weggingen. Du weißt, für so was habe ich einen Blick.«

Das wusste Antonia allerdings. Aber sie glaubte trotzdem nicht gleich an das Schlimmste. »Es ging heute Abend doch kurzzeitig ein heftiger Wind. Vielleicht wurde die Gartentür dadurch aufgedrückt.«

Marlene schüttelte den Kopf. »Ich hatte abgeschlossen.«

Siegfried Maier kam von der Küche her zu ihnen und meldete sich zu Wort. »Ihr habt kein Sicherheitsschloss an der Tür. Mit einer Scheckkarte geht die leicht auf.«

Antonia kniff die Augen zusammen und sah ihn an. »Nur nicht gleich in Panik fallen.« Sie ging langsam durch das Zimmer und betrachte alles. »Sie haben doch selbst gesagt, dass keine Einbruchsspuren an der Tür waren.«

»Schon, aber ich werde trotzdem den Kommissar informieren. Mit eurer Taschenlampe haben wir nichts entdeckt, aber es könnten trotzdem Fußabdrücke im Garten sein. Morgen sieht man das besser.«

Marlene trat ein paar Schritte in den Raum hinein und beobachtete Antonia, wie sie alles betrachtete. »Du kannst mir ruhig auch was glauben. Ich hatte abgeschlossen.«

Antonia sagte nichts. Sie blieb vor ihrem Kartenlegetisch stehen und schaute auf die Engelsfigur. Sie stand an ihrem Platz. Aber ihr Gesicht schaute auf die Seite, an der die Klienten saßen und nicht dahin, wo Antonia immer saß. Die Figur war zweifelsfrei gedreht worden. Aber nicht von ihr. Oder? Sie ging an ihren Platz und zog die Schublade auf. Alles wie immer: ihre Reservekarten, das Blatt Papier mit Marias Kartenlegung und ihr Notizbuch. Ihr Handy lag auf dem seitlichen Tisch neben dem Computer. Sie vergaß so oft, es mitzunehmen. Antonia legte es in die Schublade und schloss sie. Ihr Blick ruhte wieder auf der Engelsfigur. Sollte sie doch unbewusst mit ihr gespielt haben, ohne darauf zu achten wohin sie am Ende blickte? Oder hatte Marlene hier sauber gewischt und die Engelsfigur danach anders hingestellt? Fragen wollte Antonia nicht, ihre Schwester schien so schon aufgeregt genug. Es war besser, sie zu beruhigen und morgen erst einmal Oliver anzurufen. Bis dahin fasste sie die Engelsfigur am besten nicht mehr an.

»Hier ist alles in Ordnung.« Antonia gab Marlene und dem Polizisten einen Wink, dass sie hinausgehen sollten und schloss dann die Tür hinter sich. In der Küche nahm sie Marlene in den Arm und drückte sie. »Es ist viel passiert in den letzten Tagen. Mach dich deswegen nicht verrückt, Leni. Vermutlich hast du nur abschließen wollen und es dann vergessen. So wie ich laufend vergesse, mein Handy mitzunehmen und du manchmal deinen Hausschlüssel.«

»Du willst mich nur beruhigen.« Marlene schüttelte den Kopf. Ihre Stimme verriet jedoch bereits ihre leisen Zweifel.

Der Polizeimeister Siegfried Maier ging bald darauf nach Hause. Als korrekter Beamter vergewisserte er sich zuvor noch einmal, dass die Gartentüre jetzt wirklich abgeschlossen war. Antonia und Marlene tranken zur Beruhigung gemeinsam noch eine Flasche alkoholfreies Bier und gingen dann ins Bett. Antonia konnte lange nicht einschlafen und als sie dann doch schlief, träumte sie von einer wilden Verfolgungsjagd mit dem Schatten des Mörders.

Am nächsten Morgen fiel Antonia das Aufstehen sehr schwer. Aber es half nichts. Die Klienten warteten. In der Mittagspause, nach dem Essen, suchten sie den Garten nach Fußspuren ab. Sie fanden nichts. Marlene beruhigte das. Antonia dachte, dass es nichts zu besagen hatte. Die schmalen Wege waren mit Steinplatten belegt und die Erde daneben und draußen auf dem Feld ausgetrocknet, wie auch die Erdbrösel gestern Abend auf der Treppe zum oberen Stock. Es hatte schon länger nicht mehr geregnet. Falls auf den Steinplatten gestern noch etwas anhaftete, so hatte der Wind es in der Zwischenzeit weggeweht. Sie sagte das natürlich nicht. Aber Oliver wollte am späten Nachmittag oder gegen Abend vorbeikommen und dann würde sie ihn unter einem Vorwand ins Wohnzimmer schicken, damit er die Engelsfigur auf Fingerabdrücke untersuchte.

Ein paar Minuten nach sechzehn Uhr verließ die letzte Klientin des heutigen Tages das Haus. Antonia fühlte sich ausgelaugt wie lange nicht mehr. Mit müden Schritten ging sie in die Küche, um mit ihrer Schwester Kaffee zu trinken. Kaffee Solo! Marlene hatte heute versäumt, einen frischen Kuchen zu backen und der vorige war schon lange aufgegessen. Trotzdem gab das gewohnte Kaffeeritual Antonia wieder neue Energie. Das Koffein tat ein Übriges dazu und putschte sie wieder soweit auf, dass sie in ihrem Tagesplan weitermachen konnte. Sie ging ins Wohnzimmer, um dort in aller Ruhe die Aussagen von Georg mit ihren Karten zu überprüfen.

Als sie an ihrem Kartenlegetisch saß, schweiften ihre Gedanken jedoch zunächst ab. Maria! Wie es ihr jetzt wohl ging? Noch war Georgs Mutter nicht über dem Berg und selbst wenn sie die kritische Zeit gut überstand, konnten Schäden zurückbleiben. Lähmungen, Sprachstörungen ... Der Arzt hatte einiges angedeutet. Antonia seufzte. Sie griff nach ihren Lenormandkarten, die aufeinander gestapelt auf dem Tisch lagen. Sie nahm sie auf und hielt sie mit beiden Händen fest. Ihre Arme hoben sich. Ihre Stirn sank auf die wie zum Gebet gefalteten Hände, zwischen denen die Karten ruhten. Sie konnte nicht nach Maria fragen! Nicht zum jetzigen Zeitpunkt, wo sie um das Leben ihrer Jugendfreundin bangte.

Der Tod hatte so viele Gesichter wie das Leben. Sogar die schönste Kartenkombination konnte Marias Überleben deshalb nicht garantieren.

Antonia hob den Kopf und legte die Karten wieder auf den Tisch. Sie stand auf. Aus einem Schrank holte sie ein Teelicht und ein Feuerzeug. Sie ging damit zu dem Platz, auf dem ihre Klienten immer saßen. Sie setzte sich, beugte sich vor und sah den Engel an.

»Hilf ihr! Ich kann es im Augenblick nicht.« Sie zündete die Kerze an und stellte sie vor die Figur. »Wenn es Maria besser geht, dann übernehme ich wieder. So wie ich es damals bei Oliver getan habe. Versprochen!«

Antonia atmete hörbar aus und ging an ihren eigenen Platz zurück. Wenn Maria das Schlimmste überstanden hatte, dann konnte sie ihr mit den Karten wieder zur Seite stehen. Ihr helfen, das Richtige zu tun, um nach Möglichkeit gesund zu werden. Da sie ihre Sorgen nun an eine höhere, spirituelle Macht abgegeben hatte, konnte sie loslassen. Es würde geschehen, was für Maria gut war. Und für Georg. Ob sie das aus irdischer Sicht dann nachvollziehen konnte oder nicht, spielte dabei für Antonia die geringste Rolle.

Sie nahm ihre Karten wieder auf und rief sich alles in Erinnerung, was sie gestern erfahren hatte. Vieles davon bestätigte Fakten, die sie bereits vorher zusammengetragen hatten. Das Gift war in Hartmut Fechtners Garten hergestellt worden. Durch Georgs Aussage wurde dies zur Tatsache. Rosalies Brief an Holger sowie Georgs Einschätzung von Lutz Iffland lenkten den Verdacht auf Hartmut Fechtner. Er schien derjenige zu sein, der Edwin Glaser vergiftet hatte. Grund genug dazu hatte er, da Edwin wegen dem Diebstahl seines Gemäldes keine Ruhe gab. Während sie nachdachte, schichtete Antonia automatisch die Karten umeinander. Langsam, und immer wieder hielt sie inne. Rosalie! Inwieweit hing die Tochter vom Fechtner da mit drinnen? Holgers Vater hatte sie damals wohl auch im Verdacht. Rosalies Brief sprach von ihrer Liebe zu Holger und sie beteuerte darin ihre Unschuld. Aber das konnte auch vorgetäuscht gewesen sein. Antonia grübelte. Bei der Beerdigung warf sie ihm eine rote Rose ins Grab. Weil sie ihn noch immer liebte oder vielleicht nur um ihre Familie zu ärgern? Antonia starrte auf die Engelsfigur mit dem von ihr abgewandten Gesicht.

»Keine Sorge, ich komme schon klar«, flüsterte sie. Antonia rief sich den Tag ins Gedächtnis, an dem sie Rosalie heimlich beobachtet hatte. Damals stritt sie mit ihrem Mann Lutz, verdächtigte ihn sogar des Mordes. An Holgers Grab weinte sie Tränen der Verzweiflung. Konnte eine so traurige Frau einen Diebstahl begehen? Eigentlich traute Antonia ihr das nicht zu. Sie hätte gerne die Karten befragt. Aber es war eine Ja-Nein-Frage. Die blieben immer kritisch. Sie würde keine eindeutige Antwort darauf bekommen, genauso wenig wie auf die Frage, ob Rosalie die anonymen Fotos geschickt hatte. Antonia hörte auf zu mischen und legte das Kartenpäckchen entschlossen auf den Tisch. Sie stützte den Kopf in eine Hand. Nach wenigen Sekunden begann sie das Päckchen hin und her zu schieben. Sie musste es anders angehen. Ihr fiel ein, warum Georg Rosalie auf dem Friedhof nachgegangen war. Er wollte sie fragen, warum sie Lutz geheiratet hatte. Das gab einen Ansatzpunkt. Sie nahm die Karten wieder auf und fing an zu mischen. Dann behielt sie das Päckchen in der linken Hand und deckte auf: *Lilien, Störche, Kind.* »Hoppla!«, sagte sie überrascht und deutete spaßeshalber der Reihe nach. »Sexualität bringt Kind.«

Sollte Rosalie schwanger gewesen sein? Vielleicht von Holger? Eigentlich gehörte für die sichere Deutung einer Schwangerschaft noch eine weitere Karte dazu. Erst die Viererkombination beseitigte alle Zweifel. Sie sorgte im großen Kartenbild regelmäßig für Freude und manchmal auch für Bestürzung. Wenn Antonia es jetzt bei diesen drei Karten beließ, dann konnte es auch heißen, dass Rosalie durch die Heirat ihr altes Leben zurücklassen wollte, um noch einmal ganz von vorne zu beginnen. *Lilien* – Hingabe, Leidenschaft; *Störche* und *Kind* – der Neuanfang. Lutz musste es in dem Fall ähnlich ergangen sein. Wenn sie aber daran dachte, was Georg über Lutz gesagt hatte, über seine Wut auf Holger, weil er Rosalie angeblich ins Unglück gestürzt hätte … Nein! Antonia schüttelte den Kopf. Es musste die erstere Version sein. Sie nahm noch eine Karte vom Deck: *der Schlüssel.*

Antonia nickte zufrieden. Sie hatte es geahnt. Jetzt war es sicher. Der Schlüssel aktivierte das Thema, schloss es quasi auf. Rosalie trug zum Zeitpunkt ihrer Hochzeit ein Kind. Deshalb hatte sie so schnell nach Holgers Verschwinden einen anderen geheiratet. Vermutlich, damit ihr Vater nichts merkte. Nach allem, was Antonia bis jetzt über Hartmut Fechtner wusste, hätte er Holgers Kind nicht akzeptiert.

Antonia schob die Karten zusammen. Das warf ein neues Licht auf Lutz Iffland. Er liebte Rosalie wohl tatsächlich. Sie erinnerte sich an sein Verhalten, als seine Frau ihn des Mordes verdächtigt hatte. Wie ein gebrochener Mann war er damals von ihr weggegangen. Als ob sie ihm mit ihren Worten den Todesstoß versetzt hätte. Irgendwie schien dieses Verhalten nicht zu einem Mann zu passen, der kaltblütig einen Nebenbuhler erschoss und absichtlich eine Frau mit dem Motorrad niederfuhr.

Antonia schlug mit der Faust auf den Tisch. Sie kam nicht vorwärts. Jede neue Erkenntnis warf hundert weitere Fragen auf. Was, zum Beispiel, war aus dem Kind geworden? Hatte

Rosalie es weggegeben oder wurde es nie geboren? Spielte die Schwangerschaft damals überhaupt eine Rolle bei den Morden? Und sollte die Beweislast nicht längst ausreichen, um Fechtner des Mordes zumindest an Edwin Glaser zu überführen? Nein, korrigierte sie sich sofort. Alles wies nur auf ihn als *wahrscheinlichen* Täter. Zumindest in ihren eigenen Augen.

Antonia trommelte mit den Fingern auf dem Tisch. Hoffentlich kam Oliver bald. Er und der Kommissar mussten unbedingt noch einmal nach Zeugen fahnden, die den alten Fechtner beim Betreten oder Verlassen des Glaserhauses gesehen hatten. Irgendjemand musste doch etwas bemerkt haben! Frau Anderer! Oliver musste Frau Anderer befragen. Unbedingt! Die passte doch in der Straße auf wie ein Luchs. Antonia schnaufte erleichtert aus. Die Idee erschien ihr vielversprechend. Sie sah auf ihre Armbanduhr. Fast achtzehn Uhr. Bald gab es Abendessen.

Antonia nahm ihre Lenormandkarten wieder in die Hände und stützte die Ellbogen auf. Ob sie den Motorradhalter schon ermittelt hatten? Wenn es tatsächlich Lutz Iffland war, wüsste sie zu gern, wie er auf die Anschuldigung reagierte. Und seine Frau — Rosalie. Was sie wohl dazu sagte? Vielleicht hatte Rosalie doch die anonymen Fotos geschickt. Vielleicht wollte sie endlich reinen Tisch haben. Automatisch begann sie zu mischen. Wer? Wer hat die Fotos geschickt? Sie hielt inne und deckte drei Karten auf: *Haus, Hund, Kreuz*.

Verdammt! Das war nicht Rosalie. Haus und Hund deutete auf einen jüngeren Mann, der in Fechtners Haus ein und aus ging, vermutlich dort lebte. In den meisten Fällen bezeichnete das einen Sohn oder engen Verwandten. Manchmal auch einen Freund des Hauses. Letzteres schied in Antonias Augen sofort aus. Kreuz wies auf karmisch bedingte Schwierigkeiten hin, beziehungsweise auf eine Lebenslernaufgabe und schwierige Familienverhältnisse. Im ersten Moment dachte Antonia an den Jäger Leo Heckert. Aber er wohnte nicht mit im Haus und er war zudem nur ein Angestellter. Hartmut Fechtner hatte auch keinen Sohn, also musste es der Schwiegersohn, Lutz Iffland, sein. Dass er im Hause Fechtner keinen einfachen Stand hatte, schien mittlerweile auch klar. Trotzdem, dass er die Fotos geschickt haben sollte, ergab keinen logischen Sinn. Vielleicht war sie heute einfach zu müde zum Kartenlegen. So etwas hatte Einfluss. Antonia schob die drei Bilder in das Kartendeck zurück, konnte sich aber nicht entschließen, Schluss zu machen. Gebt mir einen Hinweis auf Hartmut Fechtner«, flüsterte sie und mischte noch einmal. »*Wolken, Vögel, Fuchs.*«

Als sie die Bezeichnungen der Karten aussprach, schüttelte sie den Kopf. *Wolken* und *Vögel* sprachen von fehlendem Durchblick. *Vögel* und *Fuchs* zeigten eine Gefahr auf durch Gerede. Verleumdungen. Wer sollte hier vernichtet werden, ohne dass er es mitbekam? Wenn sie diese Karten neutral betrachtete, ohne ihr Hintergrundwissen, dann würde sie glatt den Fechtner als Opfer sehen. Unwillkürlich dachte Antonia an ihre Legung mit der Frage nach dem »Warum« des Diebstahls. Die Karten hatten auf eine geplante Explosion hingedeutet, natürlich nicht im wörtlichen Sinne. Himmel, Kreuz und Donnerwetter! Antonia fluchte. Das war ja nicht zum Aushalten. Anstatt durchsichtiger wurde alles immer mysteriöser. Sie schob die Karten zusammen und legte sie als Päckchen zur Seite. Schluss für heute!

Antonia stand auf und verließ das Wohnzimmer. Ihre Schwester Marlene deckte in der Küche bereits den Abendbrottisch. Sie ging zu ihr und half ein bisschen. Wenig später klingelte es an der Haustüre. Oliver kam, und zu aller Überraschung brachte er Georg mit.

Der junge Mann grinste entschuldigend. »Ich stehe unter seiner Bewachung. Herr Thiel meint, ich könnte in Gefahr sein, aber ich glaube eher, er will sichergehen, dass ich keine Selbstjustiz übe.«

Marlene legte umgehend noch ein Gedeck auf. Während sie aßen, erzählten die beiden. Georg war heute im Krankenhaus gewesen. Der Zustand seiner Mutter hatte sich zwar leicht gebessert, aber die Gefahr von unerwarteten Komplikationen blieb noch bestehen. Dieser Gedanke schien Georg den Hals zuzuschnüren.

Marlene hielt ihm die Schüssel mit Tomaten hin. »Hier, greif zu! Du musst Vertrauen haben. Deine Mutter ist eine starke Frau. Sie wird es schaffen.« Als Georg abwehrend die Hand hob, tat sie ihm zwei der roten Früchte auf den Teller und hielt ihm den Brotkorb unter die Nase. »Du musst essen, Georg! Siehst ja schon so dünn aus wie eine Bohnenstange. Deine Mutter wird dich brauchen, also sieh zu, dass du bei Kräften bleibst.«

Zögernd bestrich Georg seine Brotscheibe mit Butter und nahm dann seufzend von der Wurst und dem Käse, die Marlene ihm mit strengem Blick anbot.

Er aß einen Bissen und sah dann zu Antonia. »Ich hab das gestern nicht so gemeint ... als meine Mutter zu dir kam, wollte sie sicher so einiges verschweigen, und ich weiß noch, dass du mir einmal gesagt hast, dass sich die Karten dann auch bedeckt halten.« Er seufzte. »Ich habe selbst in den letzten Wochen gelegt. Hatte ja Zeit dazu. Aber immer wenn ich nach den Fechtners gefragt habe, dann kam dieses verdammte *Buch* oder die *Wolken*. Nichts zu machen.«

»Wir sind schon ein ganzes Stück vorangekommen, nicht zuletzt durch Antonias Hilfe. Für dich geht es jetzt erst einmal darum, dass deine Unschuld zweifelsfrei nachgewiesen wird.« Oliver wandte sich an Antonia. »Georg hat heute beim Kommissar seine Aussage unterschrieben und versprochen, alle Fragen, die vielleicht noch kommen, offen zu beantworten. Das ist schon einmal eine gute Voraussetzung.«

Antonia nickte. »Da wird sich deine Mutter freuen, Georg. Ich habe ihr damals gesagt, dass alles gut werden kann, wenn du auspackst.« Sie sah Oliver an. »Gibt es schon Neuigkeiten vom Motorradfahrer?«

»Das Fahrzeug wurde im Fuhrpark der Fechtners gefunden. Der Halter ist Lutz Iffland. Allerdings wurde er zuhause nicht angetroffen. Seine Frau sagte, dass er sich vor zwei Tagen in eine der Jagdhütten zurückgezogen hätte, um nachzudenken. Welche, wüsste sie nicht. Aber Hannes wird ihn schon finden.«

Alle hatten gegessen, nur Antonia kaute noch an ihrem Brot. Sie aß bewusst langsam, um Oliver eine Gelegenheit zu geben, alleine ins Wohnzimmer zu gehen und den Engel auf Spuren zu untersuchen.

Sie grinste zu Marlene hinüber. »Hab mir vorgenommen, gründlicher zu kauen.« Ihr Blick flog zu Oliver und sie stieß ihn in die Seite. »Geh doch schon mal vor ins Wohnzimmer und schalte den Computer an. Ich will dir nachher was zeigen.« Als er aufstand, um ihrer Bitte Folge zu leisten, wandte sie sich an Georg. »Es wird nicht lange dauern. Vielleicht magst du mit Marlene ja solange den Garten anschauen. Unsere Rosen blühen heuer ganz fantastisch.«

Antonia kaute jetzt deutlich schneller. Sie gab Marlene, die bereits den Tisch abdeckte, ihren Teller und verschwand im Wohnzimmer.

Oliver fand auf der Engelsfigur nichts, das auch nur ansatzweise an Fingerabdrücke erinnerte. Es entsetzte ihn. Zumindest Spuren von Antonias Fingern hätten darauf sein müssen, oder die von Marlene, falls sie die Figur abgestaubt hätte. Er nahm es als Indiz, dass jemand hier gewesen war. Jemand, der den Engel nach dem Anfassen sorgfältig abgewischt hatte.

Oliver schlug Antonia vor, für ein paar Tage mit Marlene wegzugehen. Sie weigerte sich. Marlene konnte gehen, sie nicht. Sie hatte Klienten und die brauchten sie. Sie begannen zu streiten. Ein Wort gab das andere, und dann tat Oliver etwas, das Antonia vollends auf die Palme brachte. Er ging zu Marlene, schenkte ihr in deutlichen Worten reinen Wein ein und suchte sie auf seine Seite zu ziehen. Doch bevor Antonia ihm in drastischer Manier seine mangelnde Sensibilität um die Ohren hauen konnte, geschah das Unvorstellbare: Marlene glaubte ihm nicht. Sie zuckte nicht einmal zusammen.

Sie tätschelte Oliver den Arm. »Beruhige dich! Ich hatte mich geirrt. Es war niemand hier. Der Wind hat gestern Abend die Tür aufgedrückt, anders kann es nicht sein. Es gab nirgends Spuren, weder im Garten, noch im Haus. Na ja, die Erdkrümel ... aber ich kann auch mal was übersehen. Ich bin schließlich kein Putzteufel. Was den Engel betrifft ...« Sie biss sich auf die Lippen und sah zu Antonia, »... als du dich gestern, bevor Oliver kam, im Garten ausgeruht hast, da hab ich deinen Arbeitstisch geputzt und den Engel anschließend in Spüliwasser getaucht und abgeschrubbt. Ich trug Haushaltshandschuhe, diese milchig-weißen Dinger. Der kann also keine Fingerspuren haben.«

Antonia gab sich entsetzt. »Meinen hölzernen Engel? Den ersäufst du in Spüliwasser? Bist du des Wahnsinns, der könnte jetzt eine aufgequollene Wasserleiche sein!«

»Ja, mein Gott, der brauchte auch mal ein Bad. Außerdem ... lupenrein ist der jetzt.«

Der Disput entlockte Georg den ersten heiteren Laut des Abends. Oliver jedoch war mit der Entwicklung nicht zufrieden. Er fragte Marlene, womit sie die hölzerne Figur abgetrocknet hatte und ließ sich dann den Lappen geben. Er wollte ihn mit den Fasern vergleichen lassen, die er mittels Klebeband von der Engelsfigur abgenommen hatte.

Als Antonia am nächsten Morgen zum Frühstück herunterkam, stand Marlene schon in der Küche und brühte den Kaffee auf. Die Gartentüre stand weit offen. »Es ist sicher besser, sich nicht verrückt zu machen. Wir schließen die Tür abends ab und tagsüber bleibt alles wie gehabt«, sagte sie.

Antonia nickte und gab ihr einen Kuss auf die Wange. Es waren ihre Worte, mit denen Leni sprach. Sie begriff, dass Ihre Schwester wohl doch wieder Zweifel hatte, obwohl sie gestern Oliver eine Erklärung geliefert hatte. Marlene kämpfte ihre Angst nieder, indem sie so tat, als sei alles in Ordnung.

Während sie frühstückten schob Marlene den Terminplan zu Antonia. »Hast du gesehen? Lisa Weber kommt heute als zweite, um zehn.«

»Hm ...« Antonia warf einen Blick auf die Seiten und griff nach der Himbeermarmelade.

Marlene zog das Buch wieder zu sich. »Diesmal klang sie nicht bedrückt, als sie am Telefon den Termin mit mir besprach. Vielleicht macht sie Fortschritte.«

Antonia sagte nichts. Aber im Stillen dachte sie, dass es für Lisa wirklich Zeit wurde, dass sie das selbstständige Laufen wieder lernte. Nun, sie würde sehen, ob ihre Mühe tatsächlich allmählich fruchtete.

Wie üblich ging Antonia nach dem Frühstück gleich ins Wohnzimmer, um sich in Ruhe auf die erste Sitzung vorzubereiten. Sie setzte sich auf ihren Stuhl vor dem Kartenlegetisch, rollte sich herum zu dem seitlich quer angrenzenden Tisch vor dem Fenster und schaltete wie jeden Morgen den Computer an. Dies tat sie für den Fall, dass sie neben ihren Karten noch ein Horoskop zu Rate ziehen wollte.

Ihr Blick erfasste die große Birkenfeige, die das freie Viereck zwischen den beiden Möbeln ausfüllte. Antonia beugte sich vor, befühlte mit einem Finger die Erde im Topf, stand auf und holte das Gießkännchen. Als sie die Pflanze gegossen hatte, setzte sie sich wieder an ihren Platz. Ihre Karten lagen da, wo sie sein sollten. Aber der Engel hatte nicht die richtige Position. Sie schob ihn so, wie sie ihn haben wollte. Dann lehnte sie sich über den Tisch und stützte das Kinn in die Hand.

Antonia schaute die Engelsfigur an. »Ich weiß, dass ich dich schon zu Maria geschickt habe, mein lieber Michael. Aber für dich ist Multitasking ja kein Problem, nicht wahr?« Sie schaute kurz zur Tür, legte dann ihre Hand um den Engel und hob ihn ein wenig hoch. »Also!« Sie flüsterte. »Falls dich vorgestern doch jemand angefasst hat, der dazu kein Recht hatte, dann lass ihn nicht mehr herein! Sollte dir das aus irgendeinem unverständlichen, höheren Ratschluss heraus nicht möglich sein ... bei euch weiß man ja nie ... dann erwarte ich dich auf jeden Fall an meiner Seite. Hast du mich verstanden? Halte dein Schwert bereit ... ach ja, und Marlene schickst du in so einem Fall besser weg.« Sie stellte den Engel an seinen Platz, ließ ihn aber noch nicht los. »Ansonsten nur das Übliche. Kraft für meine Klienten. Danke, mein Lieber.«

Wenige Minuten später öffnete Marlene die Tür und ließ den ersten Klienten herein, einen Mann, der wegen einer beruflichen Neuorientierung Rat suchte. Antonias Hinweise bestätigten sein eigenes Bauchgefühl und so ging er zufrieden am

Ende der Sitzung von dannen. Lisa Weber saß derweil schon draußen auf dem Flur und wartete. Aber Marlene gönnte Antonia noch ein paar Minuten, ehe sie die junge Frau zu ihr hineinführte.

Lisa ging auf sie zu und streckte ihr die Hand hin. »Hallo Antonia, da bin ich mal wieder.«

»Lisa! Sie sehen ja richtig gut aus heute.«

Antonia betrachtete ihre Klientin. Mit ihr schien ein Wunder geschehen zu sein. Nichts in ihrer Haltung erinnerte mehr an die verzweifelte Frau der letzten zwei Jahre. Lisa trug sogar dezentes Make-up. Ihre Augen strahlten.

Die junge Frau setzte sich. »Ja, ich bin ein völlig anderer Mensch geworden. Antonia, stellen sie sich vor! Ich bin verliebt! Und so glücklich! Sie haben es mir beim letzten Mal vorausgesagt und ich konnte es nicht glauben. Wegen Tobias, meinem Ex. Weil ich doch nur ihn wollte. Aber es ist einfach passiert.« Lisa Weber atmete aus, als ob die Last eines ganzen Lebens von ihr abfallen würde.

Antonia lächelte. »Das ist wirklich eine gute Nachricht. Ich freue mich für Sie.«

Lisa sog den Atem durch die Nase. Ihre Schultern hoben sich dabei und die Sehnen an ihrem Hals wurden sichtbar. Als sie ausatmete, ließ sie sich gegen die Stuhllehne fallen. Doch gleich darauf beugte sie sich wieder vor. »Sie hatten mir Übungen aufgegeben. Die habe ich auch gemacht und dann, schon zwei Tage später ... es war an dem schrecklichen Tag, als Sie Holger Glasers Leiche gefunden haben ... da hat er mich gesehen. Sie standen damals bei ihm und winkten mir zu. Wissen Sie noch, Antonia? Das war der Moment, zumindest bei ihm.« Lisa lachte und redete gleich weiter. »Leo hat mir das gesagt. Eigentlich kannten wir uns schon, von der Metzgerei in der ich arbeite. Er bringt ja regelmäßig Wild, wenn Saison ist.

Aber ich hätte nie gedacht, dass ich mich in ihn verlieben könnte.«

»Also der Jäger Leo Heckert ist der Glückspilz.« Es überraschte Antonia einigermaßen.

Lisa nickte. »Ja und er ist so einfühlsam. Hätte ich nie gedacht, aber es ist so. Er hat mich so romantisch umworben, mir Komplimente gemacht und Blumensträuße aus Waldblumen und Kräutern mitgebracht.« Sie wurde euphorisch. »Ich liebe diese Wildpflanzen.« Lisa holte wieder ein wenig übertrieben Atem. »Erst wollte ich ja nicht mit ihm ausgehen, weil ich immer noch so an Tobias hing. Aber er hat zum Glück nicht locker gelassen, und seit dreieinhalb Wochen sind wir jetzt zusammen. Sehen uns jeden Tag. Und stellen Sie sich vor, er hat sogar Interesse an Esoterik. Würde mich nicht wundern, wenn er auch mal zu Ihnen kommt. Aber das ist noch lange nicht alles!« Sie beugte sich zu Antonia vor, hob die Hand seitlich an den Mund und dämpfte ihre Stimme. »Der Sex mit ihm ... viel besser als damals mit Tobias.« Lisa lehnte sich wieder zurück. »Erst hatte ich ja Angst, weil ich schon so lange nicht mehr ... na ja, Sie wissen schon. War aber unnötig. Leo weiß einfach, wie er mich anfassen muss. Es ist aufregend, einfach toll mit ihm.«

»Das ist was wert.« Antonia lächelte Lisa an. »Und was kann ich jetzt für Sie tun?«

Lisa beugte sich vor. »Also ich bin überzeugt, dass Leo der Richtige für mich ist. Aber ich will sicher gehen. Noch so eine Enttäuschung wie mit Tobias würde ich nicht verkraften.« Ihre Stimme klang plötzlich ein wenig nervös.

»Na gut, dann schauen wir mal, was die Karten dazu sagen.« Antonia reichte Lisa die Lenormandkarten und die junge Frau begann zu mischen. Dann atmete sie laut aus und reichte den Packen zurück. Antonia begann auszulegen. Als die Karten in der Anordnung des großen Bildes auf dem Tisch lagen, betrachtete sie die vier Eckkarten. Gegenüber von der ersten Karte, dem *Ring*, lag am Ende der vierten Reihe das *Haus*. Das andere Kartenpaar spiegelte in der Diagonalen die *Störche* und *Vögel*.

»Wollen Sie mit Leo zusammenziehen?«

Lisa nickte. »Meine Wohnung ist größer als seine und dann könnte er die Miete sparen. Er will ja einmal ein eigenes Haus haben, für uns, wenn es weiter so gut läuft. Wir wollten uns sogar schon eines ansehen, aber dann hat sein Chef ihn nicht weggelassen.«

»Trotzdem haben Sie Angst vor einer negativen Veränderung.« Antonia deutete auf *Störche* und *Vögel*.

Lisa seufzte. »Es hängt noch mit Tobias zusammen. Mit ihm war ich zu Anfang auch glücklich, bis er heimlich fremdging.« Sie lachte bitter auf. »Dieser Mistkerl. Zwei Wochen nachdem wir zusammengezogen waren.«

Antonia sah Lisa an. »Was veranlasst Sie, zu denken, dass Leo genauso handeln könnte?«

Lisa verschränkte die Arme vor der Brust und zuckte mit den Schultern. »Nichts!« Sie schwieg, hob dann die Arme und ließ sie in ihren Schoß fallen. »Leo ist ganz anders als Tobias. Er weiß, was er will, und er sagt es offen. Hat Erfahrung. Durch ihn lerne ich mich jetzt erst richtig kennen.« Sie atmete tief durch. »Doch, ich kann ihm vertrauen.«

»Leo ist ein ganzes Stück älter als Sie, nicht wahr?« Antonia suchte im Kartenbild die Personenkarte für Lisa.

»Ja, ich bin jetzt 26 und er ist 37 Jahre alt. Mir tut das gut. Ich lasse mich gern ein bisschen führen und der Romantik tut das keinen Abbruch. Im Gegenteil. Er ist so einfallsreich, bringt mir oft eine Überraschung mit.« Lisa kam wieder ins Schwärmen.

Antonia betrachtete im Kartenbild Lisas Personenkarte. Die Partnerkarte lag ein ganzes Stück davon entfernt in einer Zukunftsreihe. Zum jetzigen Zeitpunkt war das jedenfalls nicht Leo. Ob er es werden konnte, musste sie erst noch sehen. Links von Lisas Karte lag das *Herz* und rechts anschließend *Lilien* und *Schlüssel*. Es irritierte Antonia, denn sie hätte die Karte *Herz* nicht an der Schnittstelle zur Vergangenheit vermutet, sondern als Auftakt in der Zukunftsreihe. Dort aber lagen nur *Lilien* und *Schlüssel*. Sie sah Lisa an. »Sie haben vorhin die Sexualität angesprochen. Das scheint in eurer Beziehung eine ganz wesentliche Rolle zu spielen …«

»Das stimmt«, erwiderte Lisa sofort. »Zu Ihnen kann ich ja offen sein.« Sie schlug die Augen nieder. »Damals mit Tobias, das war, na ja … nicht so prickelnd. Halt nur Vanilla.« Sie sah auf und atmete durch. »Leo hat gleich gespürt, was ich brauche. Hat mehr über mich gewusst als ich. Aber er war vorsichtig und hat mich langsam herangeführt.« Lisa biss sich auf die Lippen. »Aber mehr will ich jetzt doch nicht dazu sagen.«

Antonias Stirn hob sich und schlug Falten. Aber nur kurz. Die sexuellen Vorlieben ihrer Klienten gingen sie schließlich nichts an. Außer … Sie vertiefte sich wieder in das Kartenbild. Konnte es sein, dass Lisa bereits dabei war, in eine Abhängigkeit hineinzurutschen? An die *Lilien* und den *Schlüssel* grenzte rechts die Karte *Fuchs*, dann folgte der *Bär* als Symbol für Leo als dem Älteren der beiden und danach kam nur noch die Karte *Sense*. Antonia erschrak. Das sprach nicht von Liebe, nicht einmal von Zuneigung. Nun ja, von Lisas Seite aus schon. Das *Herz* lag bei ihr. Aber nicht aus Leos Sicht. Wenn sie die Karten von ihm, dem *Bären* ausgehend nach links las, dann hatte er Lisas Liebesbedürftigkeit ausgenutzt. Außerdem, der *Fuchs* lag links von ihm angrenzend. Das war kein gutes Zeichen, eher eine Warnung für Lisa.

Verdammt! Antonias Blick fiel auf die Engelsfigur. Sie schalt in Gedanken mit ihr. Fein gemacht, Michael, wälze nur alles auf mich ab! Sie saß in der Zwickmühle und sie hasste solche Situationen. Da saß endlich eine glückliche Lisa vor ihr und sie hatte keine guten Nachrichten. Wie sollte sie ihr das beibringen, ohne dass die Gute gleich wieder in ihre alte Depression stürzte.

Antonia sah die junge Frau an. »Also, Lisa. Die Karten raten davon ab, jetzt schon zusammenzuziehen. Es ist zu früh. Ihr habt zwar eine starke sexuelle Bindung, aber tiefe Gefühle sehe ich noch nicht.«

»Aber er liebt mich doch?«

Antonias Blick flog noch einmal über die Kartenreihe. »Wie gesagt, tiefe Gefühle sehe ich nicht in den Karten. Die Sexualität steht sehr stark im Vordergrund und was mir Sorgen macht …« Sie legte ihre gespreizte Hand auf Fuchs, Bär und Sense. »Leo scheint ziemlich dominant zu sein, um es mal vorsichtig auszudrücken.«

Lisa Weber entspannte sich und lächelte geheimnisvoll. »Aber doch nur in gewissen Situationen.«

Antonia verstand, was sie meinte. Aber es beruhigte sie keineswegs. Sie betrachtete die restlichen Bilder, die rund um die Karte *Bär* lagen. Über ihm sah sie *Sterne*, *Kreuz* und *Wege*.

»Einfühlsamkeit und Sensibilität will ich ihm nicht absprechen. Aber es sieht so aus, als ob er das wie mit einem Schalter ein- und ausschaltet, gerade wie es ihm passt.« Antonia schnipste mit den Fingern. Lisa gab einen zustimmenden Laut von sich und grinste. Antonia verstand die Welt nicht mehr. »Das gefällt ihnen?«

»Es ist ein Spiel.«

Antonia lächelte sie an, obwohl ihr nicht danach zumute war. Das war nicht die Lisa, die sie kannte. Die junge Frau schien nur noch mit dem Unterleib zu denken. Wollte sie die Wahrheit überhaupt wissen? Die Karten rund um den Bären zeigten Leo als einen Menschen, mit dem nicht einfach umzugehen war. Seine seelischen Schwierigkeiten, auf die das Bild hinwies, kompensierte Leo mit Kälte und radikalen Methoden. *Sterne*, *Kreuz*, *Wege* und darunter *Fuchs*, *Bär* und *Sense*. Dann lagen unter dem Bären noch *Wolken*, *Ruten* und *Haus*. Natürlich, Antonia wusste um seine schwierige Kindheit. Er selbst hatte ihr vor kurzem von seiner Mutter erzählt, von ihrem Selbstmord, und solche Dinge konnte man nicht einfach abschütteln. Auch als Erwachsener nicht. Sie überschatteten oft das ganze Leben. Aber das sah sie auch nicht als Problem. Antonia sorgte sich wegen dem *Fuchs*, der vor dem *Bären* lag. Diese Karte betraf Lisa direkt. Im Allgemeinen sprach das von Unehrlichkeit und Falschheit. Vermutlich nahm es Leo mit der Wahrheit nicht so genau. Sicher, im Sexuellen konnte der *Fuchs* auch Raffinesse bedeuten, zumal bei den Neigungen, die Lisa beschrieb. Ein Glück, dass wenigstens nicht der *Sarg* mit in der Reihe lag. In Gefahr befand sich Lisa nicht und die *Sense* am Ende der Reihe deutete darauf hin, dass die Beziehung irgendwann ganz plötzlich zu Ende gehen würde.

Antonia entspannte sich. »Also Lisa. Ich merke schon, Sie haben für alles, was ich Ihnen sagen kann, eine Erklärung. Trotzdem möchte ich Ihnen empfehlen, nichts zu überstürzen. Ihr Leo ist kein einfacher Charakter. Er könnte sich nach Außen anders geben als ihm innerlich zumute ist. Das zeigen die Karten deutlich. Testen Sie sich und ihn. Ihre Liebe. Nehmen Sie sich auch Zeit für sich allein. Lassen Sie sich nicht zu einem Teil von ihm machen, sondern bleiben Sie selbstständig. Schauen Sie, wie er reagiert, wenn Sie einmal nicht gleich parat sind oder andere Wünsche haben als er.«

»Wir bleiben also zusammen?«

»Leo ist möglicherweise nur das Sprungbrett für eine noch bessere Beziehung. Lisa, Sie stehen am Anfang. Liebe braucht Nahrung und Ehrlichkeit, um wachsen zu können. Beide müssen dazu tun. Idealisieren Sie ihn nicht, sondern bleiben Sie in der Realität. Horchen Sie immer wieder in sich hinein, ob sie sich wohl fühlen mit Leo.«

Lisa lächelte. »Ich fühle mich wohl.«

Antonia nickte. Eine andere Antwort hatte sie von ihr nicht erwartet. Lisa war eine Meisterin im Verdrängen dessen, was sie nicht hören wollte. Beinahe hätte sie das vergessen.

Als Lisa gegangen war, ließ Antonia das Gespräch noch einmal Revue passieren. Sie fragte sich, ob sie dabei war ihre Neutralität zu verlieren, weil Lisa in den letzten zwei Jahren so häufig gekommen war. Heute schien die junge Frau fast euphorisch. Aber Antonia wusste nur zu gut, wie leicht sie abstürzen konnte. Sah sie deshalb Probleme in ihrer neuen Beziehung, die gar nicht da waren? Lisa lenkte alles in die sexuelle Richtung. Dominanz und Unterwerfung. War das tatsächlich nur ein Spiel, aus dem beide einen Lustgewinn zogen? Oder steckte doch mehr dahinter? Sie dachte an die Fechtners, für die Leo als Jäger arbeitete. Die Atmosphäre dort nach der Hausdurchsuchung musste schrecklich sein und sicher machte Leo das ziemlich zu schaffen. Vielleicht lag auch darin die Ursache für seine Kälte und die unterschwelligen Aggressionen, die sie in den Karten sah. Antonia dachte an den Tag, als sie den Jäger auf der Straße mit Schokolade bekleckert hatte. Damals gab er einiges von sich preis. Aber als unangenehm hatte sie Leo Heckert nicht empfunden.

Marlene streckte den Kopf zur Tür herein. »Was ist los? Soll ich dir heute dein Mittagessen etwa an den Arbeitsplatz bringen?«

Antonia sah auf die Uhr. »Entschuldige, Leni.« Sie schob die Karten zusammen. »Ich komme schon.«

Als sie in der Küche auf dem Tisch den dampfenden Zucchiniauflauf sah, fing sie an zu murren. Sie konnte das grüne Zeug nicht mehr sehen.

Marlene blieb gelassen. »Was die Natur uns gibt, wird gegessen. Im Garten liegen übrigens noch etliche Keulen. Die wachsen munter weiter. Stelle dich darauf ein. Die restlichen Einweckgläser brauche ich nämlich für die Zwetschgen, und die Kühltruhen sind auch schon voll.«

Antonia fing missmutig an zu essen. Sie kaute und stutzte. »Ein neues Gewürz?«

Marlene grinste. »Nicht nur eines. Zucchini exotisch, bissel arabisch-indischer Mix. Mit pürierten Rosinen.«

»Hm. Ich muss zugeben, mit Zucchini hat das nichts mehr zu tun.« Antonia aß langsam, schmeckte immer wieder nach. »Willst du meine ehrliche Meinung hören?« Als Marlene nickte, legte sie die Gabel weg. »Back mir einen Kuchen.« Sie aß dann doch ihren Teller leer, aber nur weil sie Hunger hatte. Für später versprach Marlene einen Zwetschgenkuchen und das versöhnte sie. Während sie gemeinsam den Tisch abräumten und das Geschirr spülten, dachte Antonia wieder an Leo Heckert. »Sag mal, Leni. Wie schätzt du unserem Jäger ein, den Leo?«

Marlene sah sie überrascht an. »Meinst du, der könnte auch was mit den Morden zu tun haben?«

Antonia schüttelte den Kopf. »Der hat kein Motiv. Nein, ich wollte es nur so wissen.«

»Intelligent, bisschen kühl. Raucht zu viel. Aber sonst ganz sympathisch.«

Antonia nickte. Vielleicht brauchte sie sich um Lisa Weber doch keine Sorgen zu machen.

22. Kapitel

Am frühen Nachmittag rief Oliver bei Antonia an und fragte, ob sie für den nächsten Tag Klienten erwartete. Als er hörte, dass sie an diesen Samstag frei hatte, kündigte er seinen Besuch samt einer Überraschung an.

Als er eine Weile später ins Haus der Schwestern eintrat, eilte Antonia auf ihn zu. »Also, was gibt es Neues?«

»Packt eure Koffer!«

»Was?«

Oliver gab ihr einen Kuss auf die Nasenspitze. »Wir verreisen übers Wochenende. Ich lade euch ein.«

Antonia starrte ihn an. »Das ist nicht dein Ernst!«

Oliver schob sie in Richtung Treppe. »Doch! Und um jeder Diskussion vorzubeugen ... wenn du wissen willst, was ich weiß, dann gehst du jetzt mit deiner Schwester nach oben und stehst in zehn Minuten reisefertig wieder vor mir.« Er schaute in die Küche. »Marlene ... hopp, hopp!«

Marlene trat zögernd in den Flur. »Ich muss noch putzen und eigentlich ...«

Oliver schaute sie streng an und machte eine auffordernde Handbewegung zur Treppe hin. »Putzen kannst du nächste Woche noch.«

Antonia stand bereits auf der untersten Treppenstufe, regte sich aber nicht von der Stelle. »Was ist mit Georg?«

»Kein Kommentar. Die Stoppuhr läuft.«

Eine Stunde später saßen sie tatsächlich in Olivers Auto. Er fuhr mit ihnen zum Titisee, der nicht weit von Rabenhofen entfernt lag. Oliver hatte im *Trescher's-Schwarzwald-Romantikhotel* Zimmer reservieren lassen und wollte noch vor dem Abendessen dort sein. Sein Magen knurrte, wenn er daran dachte.

Ein Glück, dass er die Mädels so konsequent auf Trab gebracht hatte. Antonia verstand natürlich durchaus, warum er zu dem Trick mit der Einladung griff. Oliver hielt sie noch immer für eine wandelnde Zielscheibe. Sie hatte versucht, mit ihm zu diskutieren. Aber da biss Antonia diesmal auf Granit. Außerdem — so ganz uneigennützig war seine Einladung nicht. Das Einzelzimmer hatte er nicht für sich, sondern für Marlene bestellt. Zwei Nächte im Doppelzimmer mit Antonia! Das versprach heiß zu werden ...

Antonia sah ihn von der Seite her an. »Du führst etwas im Schilde.«

Er grinste. »Ich stelle mir gerade vor, in welche Farbe die Nachspeise eingepackt ist.«

»Braun, Sommerwolle. Klassische Liebestöter. Erbstück von Oma. Macht dich das an?«

Marlene beugte sich vom Rücksitz aus vor. »Was habt ihr gesagt?«

Antonia drehte sich zu ihr. »Ich hab gesagt, dass er endlich sagen soll, was mit Georg ist.«

Marlene tippte Oliver auf die Schulter. »Ja, was ist mit ihm? Jetzt kannst du es ja raus lassen!«

»Ihr gebt wohl keine Ruhe. Also gut! Georg hat darauf bestanden, wieder nach Hause zu gehen. Ich konnte es ihm nicht verweigern, nachdem er versprach, keine Dummheiten zu machen. Der Verdacht gegen ihn ist weitgehend vom Tisch.«

»Und Maria?« Marlene beugte sie noch ein wenig weiter vor.

»Der Arzt erwartet keine lebensbedrohlichen Komplikationen mehr. Sie wird es schaffen. Allerdings wird sich die Genesungsphase wohl lange hinziehen.«

»Wenigstens eine Sorge weniger.« Antonia atmete aus und ließ ihren Blick dann forschend auf Oliver ruhen. »Wenn der Verdacht gegen Georg so gut wie ausgeräumt ist, dann gibt es neue Informationen zu dem Fall! Was hast du von deinem Kommissar erfahren?«

Oliver steuerte sein Auto mit sichtlichem Vergnügen durch die kurvenreiche Strecke des Höllentals. Er grinste. »Ich muss mich auf die Straße konzentrieren.«

»Ja, ja!« Antonia klammerte sich an die Türgriffleiste und schwieg. Die schaukelnden Bewegungen ihres Körpers, wenn der Wagen sich in die engen Kurven legte, und das immer wieder leise an- und abschwellende Motorengeräusch lenkten sie bald von ihren Fragen ab. Sie betrachtete die hohen Felswände aus Urgestein, welche rechts und links der Bundesstraße in immer neuen Formationen aufragten. Namen von Ortschaften aus der Umgebung blitzen in ihrem Kopf auf. Antonia lächelte und wandte sich dann nach hinten zu ihrer Schwester. »Himmelreich und Höllental … gib es zu! Unsere Gegend ist sehr spirituell.«

Als sie das Hotel am Titisee erreichten und aus dem Wagen stiegen streckte sich Antonia, als ob sie stundenlang gefahren wären. Marlene sah sich um. Auf ihrem Gesicht lag ein seliges Lächeln. Oliver lud die Reisetaschen aus und sie marschierten ins Hotel hinein. Marlenes Lächeln wurde noch verzückter, als sie feststellte, dass sogar ihr Einzelzimmer Seeblick und Balkon hatte. Für eine ausgiebige Besichtigung ließ Oliver ihr jedoch keine Zeit. Er erinnerte sie an seinen Hunger. Also stellte sie nur ihre Tasche hinein und ging neugierig mit zu dem Doppelzimmer, das Antonia und Oliver bewohnen wollten. Es unterschied sich im Grunde nur von der Größe.

Zehn Minuten später betraten sie bereits das Panoramarestaurant. Sie setzten sich dort an die Plätze vor den Fenstern, die einen herrlichen Ausblick auf den See gewährten. Antonia teilte die allgemeine Begeisterung nur verhalten. Sie wollte endlich wissen, was es in Bezug auf die Mordermittlungen Neues gab. Aber erst als die Vorspeise gebracht wurde, gebeizter Lachs mit Limonenrahm und kleinem Kartoffelpuffer, gab Oliver ihrem Drängen nach.

Er ließ sich die ersten Bissen genüsslich auf der Zunge zergehen und grinste sie dann an. »Also, bevor du mir noch vor allen Leuten an die Gurgel springst ... Lutz Ifflands Motorrad wurde mittlerweile kriminaltechnisch untersucht und es ist eindeutig dasjenige, das Maria umgefahren hat.« Oliver aß mit großem Appetit weiter. »Lutz hatte sich in eine Jägerhütte in Fechtners Wald verkrochen. Er wurde vorläufig festgenommen und verhört. Bestreitet die Tat, hat aber kein Alibi beziehungsweise ein schlechtes. Angeblich ist er seit Dienstag in der Jagdhütte, um nachzudenken: über seine Ehe, die Anschuldigungen gegen Fechtner und überhaupt. Niemand hat ihn gesehen.« Oliver widmete sich dem Rest seiner Vorspeise. »Mhm, also mir schmeckt das und euch?«

»Sehr gut!«, sagte Marlene.

»Mir ist alles recht, Hauptsache, keine Zucchini.« Antonia stupste Marlene an, die neben ihr saß. »Hoffentlich sind die Monsterkeulen im Garten verfault, bis wir wieder daheim sind.«

»Du bist undankbar.«

»Bin ich nicht.« Antonia schob das letzte Stückchen Lachs auf die Gabel und schaute Oliver an. »Was hat Lutz denn zu Georgs Anschuldigung gesagt?«

Oliver ließ sein übrig gebliebenes Stückchen Kartoffelpuffer im Mund verschwinden. Er kaute, schluckte und tupfte sich dann mit der Serviette den Mund. »Wie gesagt, er bestreitet — auch den Telefonanruf. Aber seine frühere Aussage, dass er Georg im Wald gesehen hat, wurde auch noch einmal unter die Lupe genommen.« Oliver lehnte sich zurück und schwieg, weil die Bedienung die Teller abräumte. Als sie gegangen war, sprach er weiter. »Lutz differenzierte diese Aussage. Hannes hatte ihn beim ersten Mal so verstanden, dass er Georgs Auto — das zwar seiner Mutter gehört, aber oft von ihm gefahren wird — auf dem Waldparkplatz gesehen hat und ihn selbst auf dem Weg heraus aus dem Wald.« Er schwieg wieder, weil bereits der nächste Gang, aufgeschlagenes Brunnenkressesüppchen, aufgetragen wurde. Er beugte sich über die Terrine und schnupperte. »Mhm, das riecht gut!« Er nahm seinen Löffel in die Hand und probierte. »Nicht übel ... also jedenfalls stellte sich bei seiner Vernehmung heute heraus, dass Georgs Wagen nicht auf diesem Parkplatz stand, sondern auf dem Fuhrpark am Waldrand hinter dem Haus vom Fechtner. Er hatte vorher in dessen Garten gearbeitet. Und ... er kam auch nicht mit seinem Sack auf dem Rücken aus dem Wald heraus, sondern ging hinein. Wie wir jetzt wissen, in Richtung Müllkippe.«

Marlene rührte ihre Suppe um. »Dann ist Georg jetzt also raus aus der Geschichte?«

Oliver schüttelte den Kopf. »Nicht ganz. Obwohl Lutz den Georg mit dieser Aussage unwissentlich entlastet hat, drehte er den Spieß um. Er stellte Georg als denjenigen hin, der gedroht hat. Lutz beschuldigte ihn, Fechtner die Morde unterschieben zu wollen. Das Gewächshaus sei seine Idee gewesen. Angeblich zur Arbeitserleichterung.«

Antonia schüttelte den Kopf. »Was hätte der Georg denn von den Morden gehabt. Das Gemälde ist doch der springende Punkt und das viele Geld dafür hat nun mal der Fechtner eingeheimst.«

Oliver tauchte seinen Löffel in die Suppe und nickte. »Genau. Aber ein Satz von Lutz hat Hannes stutzig gemacht: »Warum hasst Georg uns so, dass er die ganze Familie vernichten will?« Als er das sagte, soll er sogar geweint haben.«

»Vielleicht hat der Fechtner dem Lutz eine Gehirnwäsche verpasst, sodass er die Realität nicht mehr sieht.« Marlene löffelte ihr Brunnenkressesüppchen mit Genuss. »Mhm ... ob die mir das Rezept geben?«

»Nach allem was ich mittlerweile über den Fechtner weiß, könnte das schon sein. Nur mal angenommen — wenn nicht Lutz, wer hat dann Maria umgefahren, mit seinem Motorrad? Zu dumm, dass der Kerl eine Maske trug.« Antonia kratzte den Rest ihrer Suppe aus und legte dann den Löffel beiseite. »Eigenartig ist die Sache schon, obwohl alles so klar scheint. Meine Kartenlegung letztens ... heilloses Durcheinander.«

Oliver hob seine Terrine schräg und schüttete den Suppenrest auf seinen Löffel. »Wer hat dir vom Fechtner erzählt?«

»Maria.« Als Oliver sie mit hochgezogenen Brauen ansah, hob Antonia abwehrend die Hand. »Der Georg hätte nie den Auftrag gegeben, seine Mutter zu töten. Die beiden hängen aneinander und sein Kummer ist nicht gespielt.« Sie lächelte das Servierfräulein an, das die leeren Schüsseln vom Tisch nahm und bestätigte, dass es ihr geschmeckt hatte.

»Ich traue dem Georg das auch nicht zu. Aber Hannes hat zu mir gesagt, dass es für ihn kaum vorstellbar ist, wie ein solches Wrack ... so hat er den Lutz genannt ... fähig sein sollte, kaltblütig eine Frau halbtot zu fahren.« Oliver schaute sich um, ob die Hauptspeise schon kam. Dann sah er die beiden Frauen an. »Ich persönlich meine ja, dass gerade das ihn so mitgenommen haben könnte. Ein spontaner Anschlag. Nur hätte ich dann mit einem Geständnis gerechnet.«

»Schaut mal, am Himmel gehen schon die ersten Sterne auf. Das wird sicher eine wunderschöne Nacht.« Marlene sah mit träumerischem Blick zum Fenster hinaus und wandte sich dann wieder an Oliver und Antonia. »Warum wollt ihr euch den schönen Abend mit Grübeleien verderben?«

Antonia sah nach draußen, auf den vom Gebirge eingerahmten See. »Ja, es ist schön hier. Aber ich kann das erst genießen, wenn sich der Knoten in meinem Kopf gelöst hat. Die Mordfälle sind verwickelter, als es den Anschein hat.«

Der Hauptgang wurde aufgetragen, Tranchen von der Barbarieentenbrust auf einer Holundersauce mit Marktgemüsen und gratinierten Kartoffeln. Es roch köstlich.

Während sie aßen, nahm Oliver den Gesprächsfaden wieder auf. »Vielleicht gehen wir das Ganze noch einmal von Anfang an durch … Edwin Glaser wurde ein van Gogh Gemälde gestohlen und Fotos, die seinen Besitzanspruch beweisen. Das steht fest. Er fand heraus, dass Hartmut Fechtner sein Gemälde für viel Geld verkauft hat und ging zu ihm.«

Antonia benutzte ihre Gabel wie einen verlängerten Zeigefinger. »Danach hat jemand den Edwin auf grausame Weise vergiftet. Um ihn zum Schweigen zu bringen, oder eher ein Racheakt? Hass? Alles deutet auf den Fechtner. Ist er so emotional? Er hätte Edwin Glaser doch auch erschießen können. Und warum wurde Edwins Sohn Holger nicht auch vergiftet, sondern erschossen?«

Oliver nickte. »Hartmut Fechtner stellt sich nach außen hin beherrscht dar. Bei den Verhören mit ihm zeigte sich aber doch, dass er sehr heftiger Emotionen fähig ist. Er hat meinen lieben Kommissar beschimpft und versucht, ihn auf massive Weise einzuschüchtern.«

Marlene spießte mit ihrer Gabel ein Gemüse auf. »Dann war Marias Einschätzung korrekt.«

Antonia hörte auf zu essen und legte ihr Besteck am Tellerrand ab. »Ja. Nur … das Gemälde wurde gestohlen, um eine

Bombe platzen zu lassen. So stand es in meinen Karten. Gestern, als ich über Georgs Aussagen grübelte, stellte sich der Fechtner sogar als mögliches Opfer dar.« Sie nahm ihr Besteck wieder in die Hand. »Ich weiß, das klingt völlig unlogisch, nach dem was wir wissen. Aber es irritiert mich.«

Oliver sah kaum von seinem Teller auf. »Mehrere Millionen Euro klingen für mich durchaus explosiv und vergiss Herrn Kamp nicht. Der Mord an ihm führt uns zu Fechtners Tochter Rosalie, die der Kunstfälschung verdächtigt wird.«

»Hm, Rosalie gibt Herrn Kamp also zuerst einen Verkaufsauftrag für das Haus. Dann lässt sie ihn in dem besagten Haus in aller Ruhe ihr Geheimnis entdecken, damit es einen Grund gibt, ihn auch zu ermorden?«

»Was willst du damit sagen, Antonia? Glaubst du, ihr macht einen Denkfehler?« Marlene sah ihre Schwester erstaunt an.

Oliver hieb seine Gabel in ein Stück Entenbrust. »Oh nein … komm mir jetzt nicht auch noch mit dem großen Unbekannten!«

Antonia aß ungerührt weiter. »Nehmen wir mal an, der Diebstahl ist schief gelaufen und das Bild sollte nur im Haus von Fechtners verstorbenem Vater für eine gewisse Zeit versteckt werden. So könnte es unter sein Erbe gerutscht sein. Der Dieb guckt in die Röhre und rächt sich am Fechtner.«

Oliver schüttelte den Kopf. »Die Morde stehen in unmittelbarem Zusammenhang mit dem Diebstahl *und* mit Edwin Glasers Anschuldigungen gegen den Fechtner. Selbst wenn es so wäre wie du sagst, als Mörder kommt trotzdem nur er und seine Familie infrage. Vielleicht, um seinen Ruf zu schützen oder — was wahrscheinlicher ist, weil er das Geld behalten will. Ein Auftragsmord vielleicht. Ich habe Hannes geraten, einmal in dieser Richtung zu forschen, weil der Fechtner bislang noch nichts zugibt.«

Marlene schob ihren Teller zurück und rieb sich den Bauch. »Hoffentlich geht der Nachtisch noch rein.« Sie schaute von Antonia zu Oliver. »Vielleicht sucht ihr nach jemandem, der einen Hass auf die Fechtners als auch auf die Glasers hatte. Jemand, der den Streit zwischen den Familien provozieren wollte und vielleicht gar nicht wusste, wie wertvoll das Gemälde ist.«

Antonia schob den letzten Bissen in den Mund und legte hastig das Besteck ab. »Das ist gar nicht so verkehrt! Die platzende Bombe. Derjenige könnte beide Familien so aufgestachelt haben, dass es in Mord gipfelte. Wenn der Fechtner tatsächlich auch ein Opfer ist, wie die Karten es als Möglichkeit angedeutet haben, dann hätte dieser Unbekannte die Morde begangen, um die Fechtners damit zu belasten.«

Oliver tupfte sich mit der Serviette die Lippen ab und warf das gefaltete Tuch neben dem Teller auf den Tisch. »Das ist jetzt wirklich abenteuerlich!

Antonia zuckte die Schultern. »Vielleicht. Aber wer weiß schon, was in menschlichen Gehirnen so alles vor sich geht.« Sie dachte dabei an ihre Beratung mit Lisa Weber. Die junge Frau hatte am Vormittag Neigungen offenbart, die sie ihr nie zugetraut hätte. »Hast du schon mit Frau Anderer gesprochen? Vielleicht ist ihr etwas aufgefallen, das wir bisher noch nicht berücksichtigt haben.«

Oliver nickte. »Ja. Heute Morgen. Sie hat den Anschlag auf Maria von ihrem Wohnzimmerfenster aus beobachtet. Sie erkannte das Motorrad vom Lutz und seinen Helm, aber nicht ihn selbst. Sie meinte, die Haltung des Fahrers hätte sie stutzig gemacht und wenn er's war, dann müsste er in den letzten Tagen abgenommen haben. Also keine eindeutige Identifizierung.« Er seufzte. »Ich bat sie, alle Personen aufzuzählen, die sie früher bei Edwin Glaser ein- und ausgehen sah. Den alten

Fechtner hat sie nie drüben hineingehen gesehen. Sie nannte Georg, als ersten übrigens. Dann Lutz, Rosalie und Leo Heckert.«

»Den Leo?« Antonia überraschte das.

»Ja. Er soll dem Alten ab und zu einen Hasen gebracht haben. Edwin mochte ihn nach den Aussagen der Frau Anderer sehr gern. Es beruhte wohl auf Gegenseitigkeit.«

»Gehörte er zu Holgers Freundeskreis?«

»Er ging nicht oft mit ihnen aus. Aber in gewisser Weise gehörte er dazu. Georg hat mir das bestätigt. Die Freundschaften gingen nach Holgers Verschwinden alle auseinander. Leo ist der einzige, mit dem sich Georg auch heute noch ab und zu auf ein Bier trifft.«

Antonia dachte nach. Leo war etwas schlanker als Lutz. Konnte er der Motorradfahrer sein? Seit heute wusste sie um Leo Heckerts sexuelle Neigungen. Er bevorzugte das Spiel von Dominanz und Unterwerfung. Aber hatte das etwas zu sagen? So wie sie Leo aus persönlichen Begegnungen kannte, schien er ein eher unauffälliges Leben zu führen. Sein Engagement in der Auffangstation für verwaiste Wildtiere brachte ihm überall Pluspunkte ein. Außerdem hätte Leo nur Nachteile davon, wenn sein Arbeitgeber und dessen Schwiegersohn Lutz eingesperrt wurden. Er müsste sich eine neue Arbeit suchen, noch einmal von vorne anfangen. Und dass er sich vom Fechner würde benutzen lassen, um unliebsame Leute aus dem Weg zu räumen, schien erst recht ausgeschlossen zu sein.

Antonia sah Oliver an. »Könnte Leo etwas mit der Sache zu tun haben?«

Oliver wartete mit der Antwort, bis die Bedienung die Teller abgeräumt hatte. »Nach den Vernehmungsprotokollen zu urteilen, hat er sich bei allen Befragungen kooperativ gezeigt, ohne mehr zu sagen als verlangt wurde. Aus seinen Differenzen mit Lutz macht er keinen Hehl, wirbt aber andererseits um Verständnis für ihn. Der Alte schikaniert wohl jeden, wo er nur kann. An Leo prallt das allerdings ab. Er scheint der Einzige zu sein, den der alte Fechtner einigermaßen respektiert.« Er schüttelte den Kopf. »Nein. Der hat nichts damit zu tun. Macht bei den Fechtners seine Arbeit und hält sich ansonsten heraus.«

»Wie steht er zu Rosalie? Hat er da auch was darüber gesagt?« Antonia ließ nicht locker.

»Er hat nichts mit ihr, wenn du das meinst. Leo nannte sie ein empfindliches Kätzchen, mit dem er nicht viel anzufangen wüsste.«

»Oh!« Antonia dachte nach. Vermutlich betrachtete Leo alle Frauen durch eine spezielle, sexuelle Brille. Aber wie es aussah, beschränkte er sich auf solche, die willig waren. Es beruhigte sie irgendwie. Plötzlich kam ihr eine Idee. »Was ist denn mit dem Typ, der mit Holgers Pass in Brasilien geschnappt wurde?«

»Der sitzt dort drüben erst noch eine Weile ein. Aber er konnte befragt werden. Behauptet, den Pass gefunden zu haben, im Wald. Glaube ich aber nicht! Stefan Melzer ... so heißt er ... ist nämlich der Sohn von Hartmut Fechtners Cousine, und der Alte hat ihm Geld gegeben, damit er aus seinem Umfeld verschwindet.«

Marlene horchte auf. »Ich wusste gar nicht, dass der Fechtner noch Verwandte hat.«

»Außer Stefan Melzer hat er keine Verwandten mehr. Die Cousine, Stefans Mutter, ist schon vor acht Jahren gestorben. Mit ihrem missratenen Sohn — wie er sich ausdrückte, wollte der Fechtner angeblich nichts zu tun haben. Das war jedenfalls seine Begründung, weshalb er ihm Geld gab, damit dieser nach Brasilien abhauen konnte.« Oliver schaute zu Antonia. »Ich weiß das alles auch erst seit zwei Tagen und gestern konnte ich wegen Georg nicht darüber reden.«

Über Antonias Gesicht flog ein Lächeln, als das Servierfräulein den Nachtisch brachte, Mousse au chocolat, umlegt mit frischen Früchten.

Sie stieß ihre Schwester mit dem Ellbogen an. »Na, das ist doch noch was für uns Leckermäuler.« Antonia nahm ihren Löffel in die Hand, wartete aber noch, bis auch Oliver sein Dessert bekommen hatte. »Weißt du, ob Georg zum Zeitpunkt der Morde mit diesem Stefan in Kontakt stand? Die beiden waren doch früher mal zusammen in einer Motorradgang.«

»Hannes hat nachgeforscht und es scheint so, als ob Georg tatsächlich mit seinem früheren Leben vollkommen gebrochen hat. Keine Hinweise auf irgendwelche Kontakte. Dieser Stefan kam erst kurz vor den Morden aus dem Knast, wo er wegen Drogenhandels einsaß, und Hartmut Fechtner hat dann sehr schnell dafür gesorgt, dass er von der Bildfläche verschwand.«

Antonia nickte und widmete sich ihrem Dessert. Vielleicht sollte sie wirklich erst einmal loslassen. Denn wie sie es auch drehte und wendete, alles wies darauf hin, dass die Familie Fechtner für die Morde verantwortlich war. Sie nahm sich vor, das Wochenende ab jetzt zu genießen. Antonia beobachtete unter gesenkten Lidern, wie Oliver seinen Nachtisch aß. Sie atmete ein. Zwei lange Nächte …

Nach dem Essen gingen sie noch ein wenig spazieren und beschlossen dann den Abend in der Hotelbar. Oliver erzählte noch, was er von den Ergebnissen der Hausdurchsuchung in Hartmut Fechtners Anwesen wusste. In seinem reich bestückten Waffenschrank befand sich auch das Gewehr, mit dem Herr Kamp erschossen worden war. Möglicherweise hatte dieselbe Waffe Holger Glaser getötet. Die Spurensicherung fand in der Nähe der Müllkippe eine alte Patronenhülse, die derzeit verglichen wurde. Kriminalkommissar Schmidt hatte trotzdem noch keinen Haftbefehl für den Fechtner bekommen. Der Haftrichter befand sich im verlängertem Wochenendurlaub und seine Vertretung wollte es sich mit Fechtners einflussreichen Freunden nicht verderben. Antonia dachte nach. Seltsam, der Alte hatte so viel Macht. Er hätte doch auch für seinen Schwiegersohn Lutz alle Hebel in Bewegung setzen können, um desen Verhaftung zu verhindern. Er hatte es nicht getan.

Am nächsten Morgen trafen sich Antonia und Oliver mit Marlene zum Frühstück auf der Seeterrasse des Hotels. Marlene bestritt die Unterhaltung fast allein.

Nach der dritten Tasse Kaffee sah Oliver sie an. »Sag mal, Leni ... redest du morgens immer soviel?«

»Ich versuche nur, euch wach zu halten.«

»Da bin ich zuversichtlich«, brummte er.

Antonia gähnte hinter vorgehaltener Hand. »Die Nacht war einfach zu kurz.«

Marlene entrüstete sich. »Soll das heißen, ihr wollt mich hier allein lassen?«

Oliver grinste. »Antonia lügt. Es war eine lange Nacht und jetzt brauchen wir halt mehr Kaffee und weniger Lärm.«

Marlene beugte sich zu ihm vor. »Was fällt dir ein? Ich bin nicht laut! Schon mal auf die Idee gekommen, dass Betten auch zum Schlafen da sind.«

»Wir haben doch geschlafen. Sogar miteinander.«

»Keine Details, bitte!«

Marlene kniff die Lippen zusammen und klatschte Butter auf ihre Brötchenhälfte. Oliver beobachtete sie. Er wusste, dass sie seit ihrer Scheidung konsequent jeden Mann abwies. Seine Augen begannen zu funkeln. Aber da Marlene jetzt den Mund hielt, verbot er sich eine Anspielung darauf. Auch Antonia schwieg. Sie hatte in ihrer Müdigkeit gar nicht alles mitbekommen.

Nach einer Weile zeigte der Kaffee Wirkung. Oliver schlug die Hände zusammen. »Also ... was haltet ihr von einer Schiffsrundfahrt auf dem See?« Antonia stimmte zu, aber Marlene zeigte keine Regung. Über dem Tisch hinweg griff er nach ihrer Hand. »Leni, du mein liebstes Mädchen auf der Welt nach Antonia ... schmoll nicht!« Er sah sie mit einem Hundeblick an, dem sie nicht widerstehen konnte.

»Meinetwegen.« Sie lachte. »Gehen wir aufs Wasser, aber guckt bloß nicht in die Tiefe. Sonst holt euch der Wassergeist und ich muss am Ende allein heimfahren.«

Sie standen auf und gingen los. Oliver nahm die beiden Frauen rechts und links in den Arm. »Ergründest du mich, so ersaufe ich dich.« Er sprach mit pathetischer Stimme.

»Genau«, sagte Marlene. »Der Geist vom Titisee macht da kurzen Prozess.«

Antonia grinste. »Wer weiß, vielleicht spricht der See heute mit uns. Aber wir haben sicher nichts zu befürchten. Er frisst nur die, die ihn ausmessen wollen.«

Als sie an der Anlegestelle ankamen, mussten sie nicht lange warten. Das Fahrgastschiff legte ab, kaum dass sie an Bord waren. Antonia wäre gerne auf das Oberdeck gegangen. Aber Marlene war so windempfindlich und sie hatten kein Tuch mitgenommen, mit dem sie ihre Ohren schützen konnte. Also entschieden sie sich für den geschlossenen Fahrgastraum. Oliver ergatterte die letzten drei nebeneinander liegenden Plätze.

Der Blick auf das Wasser, auf die dunkelgrünen Wälder und Berge ringsum tat Antonias Augen gut. Das gleichmäßige

Schaukeln des Schiffs gab ihr innere Ruhe. Sie lehnte ihren Kopf an Olivers Schulter. Die Stimmen der anderen Fahrgäste plätscherten leise an ihrem Ohr vorbei wie die Wellen des Wassers. Sie dachte an Rabenhofen und die Morde dort. Aber es schien plötzlich so weit weg. Sie spürte Olivers Arm um ihre Schulter. Er drückte sie sanft an sich. Antonia lächelte ihn an. Doch bald mischte sich ein Wermutstropfen in den schönen Augenblick. In der Nähe trug jemand ein ziemlich aufdringliches Parfüm. Antonia bekam den Geruch nicht aus der Nase, und hinter ihrer Stirn begann leise der Kopfschmerz zu pochen. Nach einer Weile hatte sie das Gefühl, unbedingt mehr Luft zu brauchen. Sie entschloss sich, ein paar Minuten auf das Oberdeck zu gehen. Oliver blieb bei Marlene.

Als Antonia die Treppe zum Oberdeck hinaufstieg, blies der Wind in ihr Gesicht und schob ihr Haar nach hinten. Sie empfand das angenehm belebend. Auf der obersten Treppenstufe blieb sie stehen und schaute sich um. Die Sitzplätze waren alle besetzt, bis auf zwei, die nebeneinander lagen. Sie ging dorthin und setzte sich auf den Platz ganz außen. Ihr Blick flog zu den zwei Frauen, die in der Reihe neben dem noch freien Sitz saßen. Die beiden logierten im gleichen Hotel wie sie. Antonia hatte sie gestern Abend schon in der Bar gesehen. Die Frauen unterhielten sich, sahen nicht auf. Antonia lehnte sich zurück und schloss die Augen. Sie genoss die Wärme der Sonne und das Streicheln des Windes. Es vergingen jedoch kaum zwei Minuten, da horchte sie auf. Im Gespräch der beiden fiel der Name: Fechtner. Sie spitzte die Ohren. Eine der Frauen hatte wohl eine Nichte in Rabenhofen, durch die sie von den Mordanschuldigungen gegen ihn wusste. Antonia vermied jede Bewegung, um nur ja kein Wort von dem Gespräch zu verpassen. Die Frau nannte Hartmut Fechtner einen Verbrecher, der die Morde garantiert begangen hätte.

»Der war schon als junger Mann ein Schwein. Erinnerst du dich noch an die Irmgard?«, fragte sie.

»Ja — hat der ihr das Kind angehängt? Das wusste ich gar nicht.«

Die Andere nickte. »Doch, es ist wahr. Ich verstand mich gut mit der Irmgard, und sie schüttete mir mal ihr Herz aus. Der Fechtner war damals schon verheiratet und hat es ihr verschwiegen. Erst als sie ihm von ihrer Schwangerschaft erzählte, rückte er damit raus und hat sie dann fallen lassen. Aber wie!«

»Damals wurde viel über die Irmgard getuschelt und es hieß, sie hätte das Kind abtreiben lassen«, erwiderte ihre Freundin.

»Ja, weil er sie dazu gezwungen hat. Er hat ihr das Geld für die Abtreibung gegeben, sie nach Holland gebracht und ist heim zu seiner Frau. Es hat ihr das Herz gebrochen. Verschmähte Liebe und Schuldgefühle, dazu das Gerede der Leute. Das hielt sie nicht aus. Nachdem Irmgard von Holland zurückkam, brach sie deshalb alle Kontakte ab und zog fort. Keine Ahnung, was aus ihr geworden ist. Vom Fechtner weiß ich aber, dass er danach einen Haufen Geld gemacht hat. Das Schwein spielt in seinem Dorf den Ehrenmann, hat sich Kontakte zu wichtigen Leuten aufgebaut. Würde mich nicht wundern, wenn er sich deshalb wieder rauswinden kann!« Die Frau spuckte vor Entrüstung ins Wasser. »An die Irmgard denkt der bestimmt nicht mehr ... ich habe ihm ja gewünscht, dass er nie Kinder bekommt. Aber ein paar Jahre später wurde seine Frau schwanger. Statt des ersehnten Sohnes hat sie ihm allerdings eine Tochter geboren. Könnte mir vorstellen, dass er sie das auch hat spüren lassen.« Sie schlug auf die Reling. »Die Irmgard hätte ihn damals ausnehmen sollen. Wenigstens das! Geld war das Einzige, das ihm was bedeutet hat. Aber dazu war sie ja viel zu lieb.«

Die beiden Frauen schwiegen eine Weile und sprachen dann über andere Dinge.

In Antonias Bauch kribbelte es. War das, was sie eben belauscht hatte, von Bedeutung für die Lösung der Mordfälle?

Sie stand auf und ging wieder unter Deck zu Oliver und Marlene. Der Parfümduft lag noch immer in der Luft. Das Fahrgastschiff tuckerte jedoch bereits wieder in Richtung Anlegestelle. Solange würde sie es aushalten. Sie kuschelte sich an Oliver und ließ sich von ihm wärmen, da sie durch den Wind auf dem Oberdeck eiskalte Arme bekommen hatte. Im ersten Impuls wollte sie ihm von dem belauschten Gespräch erzählen. Aber dann ließ sie es. Sie würde nur wieder anfangen zu grübeln. Es erschien ihr besser, ihrem Kopf eine Denkpause zu gönnen. Immerhin hatte sie eine neue Information und falls sie von Bedeutung war, dann würden sich die Verbindungsstücke zur rechten Zeit zusammenfügen.

So ganz abschalten konnte sie dann aber doch nicht. Sie brauchte wenigstens noch die Namen und Wohnorte der Frauen. Nach der Schiffsrundfahrt ging sie deshalb auf die beiden zu und verwickelte sie in ein unverfängliches Gespräch, in dessen Verlauf sie diese Angaben auch problemlos bekam.

Viel zu schnell ging das Wochenende vorüber. Als Oliver mit Antonia und Marlene am späten Sonntagabend wieder in Rabenhofen ankam, ging er mit ihnen ins Haus. So unauffällig wie möglich sah er sich um, ob noch alles in Ordnung war. Antonia bekam es natürlich trotzdem mit. Aber da er nichts Verdächtiges fand, das auf das Eindringen eines Fremden hindeutete, verloren sie beide darüber kein Wort. Sie nahmen noch einen Abschiedstrunk und bei der Gelegenheit erzählte Antonia ihm dann von dem belauschten Gespräch.

Oliver glaubte jedoch nicht, dass diese alte Liebschaft für den Mord eine Rolle spielte. Sie warf nur ein weiteres schlechtes Licht auf Fechtners Doppelmoral. Selbst wenn diese bedauernswerte Irmgard an ihm eine späte Rache üben wollte, so hätte sie deswegen sicher nicht unschuldige Menschen ermordet. Antonia empfahl ihm, nach dem Kind zu forschen. Nun, das konnte er tun. Aber allem Anschein nach war es nie geboren worden. Und wenn doch … dann hätte es höchstens den Vater ermordet. Nein! Das van Gogh Gemälde war der Dreh- und Angelpunkt. Hartmut Fechtner oder sein Schwiegersohn Lutz hatten es gestohlen und dafür gemordet. Es gab genügend Indizien. Die ganze Familie steckte da mit drinnen, und wer wussste schon, was wegen der Kunstfälschungen noch so alles ans Licht kommen würde. Nein! Antonia hatte maßgeblich zur Aufdeckung der Hintergründe beigetragen. Aber jetzt lag sie falsch.

Am nächsten Vormittag rief Hannes an. Der Kriminalkommissar hatte endlich einen Haftbefehl für Hartmut Fechtner erhalten. Zwei Beamte befanden sich schon auf dem Weg zu ihm. Hannes wollte ihn noch einmal verhören, und er bat Oliver deshalb um seine Anwesenheit.

Als Oliver in Hannes' Büro trat, sprang dieser auf. »Der Fechtner sitzt mit seinem Anwalt schon drüben im Vernehmungsraum. Er spuckt Gift und Galle.« Der Kommissar atmete kurz, aber heftig aus. »Also!« Er sah Oliver an. »Du weißt, dass ich schon lange versucht habe, dich wieder in den aktiven Dienst zu bringen. Ab heute bist du höchst offiziell freier Mitarbeiter meiner Dienststelle. Ehrenamtlich, beratend, aber wenigstens mit der Erlaubnis eine Waffe zu tragen. Ich habe das nur arrangieren können, weil deine Erfolge im

Kampf gegen diese verdammten Verbrecher so bekannt sind wie die Tatsache, dass du dich sowieso nicht zurückhältst und du dem Staat kein Extrageld kostest. So, und jetzt will ich, dass du nachher beim Verhör einfach zuhörst und den Fechtner beobachtest.«

Oliver freute sich. Seit er nach Rabenhofen gezogen war, hatte er sich das gewünscht. Auf Hannes war eben Verlass. Trotzdem tat er entrüstet. »Was? Du hast das nicht einmal als Ein-Euro-Job für mich durchsetzen können?«

Hannes schob ihn zur Tür. »Sei mit deiner Rente zufrieden. Mehr ist bei der augenblicklichen Finanzlage nicht drin.«

Gemeinsam gingen sie den Flur entlang und die Treppe hoch in den zweiten Stock zum Verhörzimmer.

Als der Kommissar die Tür öffnete, atmete Polizeimeister Siegfried Maier sichtlich auf. Eilig verließ er den Raum. Hannes und Oliver setzten sich Hartmut Fechtner und seinem Anwalt gegenüber. Kaum dass sie beide saßen, sprang der Alte auf, stützte sich mit beiden Händen am Tisch ab und starrte Oliver an. »Was will der hier? Der ist nicht autorisiert!«

»Setzen!« Der Kommissar sprach in knappem Befehlston.

Hartmut Fechtners Mund öffnete sich in maßlosem Staunen und er ließ sich auf den Stuhl zurücksinken. »Das werden Sie bereuen. Ich sorge dafür, dass Sie aus dem Polizeidienst entlassen werden.«

Sein Anwalt legte ihm die Hand auf den Arm. »Bleiben Sie ruhig, Herr Fechtner. Sie schaden sich nur.«

Hartmut Fechtner schüttelte die Hand des Anwalts ab, verschränkte die Arme vor der Brust und presste die Lippen zusammen. Seine Augen funkelten wütend, aber er sagte kein Wort mehr.

Der Kommissar schaltete das Tonbandgerät auf dem Tisch ein und besprach es mit Datum, Uhrzeit und den Namen der

Anwesenden. Dann sah er den alten Mann an. »Herr Fechtner, Sie wissen, welche Anschuldigungen gegen Sie erhoben wurden. Kunstdiebstahl und in diesem Zusammenhang die Morde an Edwin und Holger Glaser.«

»Mein Mandant erklärt sich in allen Anklagepunkten für nicht schuldig«, antwortete sein Anwalt.

Hannes schaute ihn mitleidig an. »Die Fakten sprechen eine andere Sprache. Das Gemälde, das Sie, Herr Fechtner, für etliche Millionen Euro versteigern ließen, stammt aus dem Besitz von Edwin Glaser. Die Fotos, die sie versteckt haben, beweisen das.«

»Ich habe den van Gogh von meinem Vater geerbt. Dafür gibt es Zeugen.« Hartmut Fechtner plusterte sich auf. Seine Stimme wurde höhnisch. »Denken Sie doch mal nach, wenn Sie Hirn haben. Wie sollte so ein ungebildeter Schlucker wie der Edwin Glaser an ein so kostbares Gemälde gekommen sein?«

Der Kommissar blieb ruhig. »Sie wissen sehr gut, dass sich das Bild niemals im Besitz ihres Vaters befand. Sie haben es gestohlen und unter ihr Erbe geschmuggelt, das ansonsten lediglich aus einfachen Erinnerungsstücken bestand, die Ihnen kein Geld eingebracht haben. Es erschien ihnen wohl der einfachste Weg. Allmählich sollten Sie begreifen, dass Ihnen nur noch ein Geständnis hilft.«

Herr Fechtner bekam einen hochroten Kopf. Er schrie. »Was fällt Ihnen ein? Glauben Sie, nur weil mein Vater ein einfacher Mann war, hätte er nichts von Wert besitzen können? Er hat es vielleicht auf dem Flohmarkt erstanden, wie vieles andere auch. Was weiß ich!«

Kommissar Hannes Schmidt schaute ihn an. »Sie meinen, Ihr Vater war ein einfacher Mann wie Edwin Glaser, den Sie bestohlen und umgebracht haben?«

Hartmut Fechtner griff sich ans Herz. »Das ist eine Lüge! Sie haben sich gegen mich verschworen. Sie wollen meinen Ruf ruinieren.« Er drehte sich zu seinen Anwalt. »Nun hocken Sie nicht wie ein Trottel hier rum. Tun Sie was für ihr Geld!«

»Mäßigen Sie sich!« Der Anwalt gab dem Kommissar ein Zeichen, dass er sich mit seinem Mandanten besprechen wollte. Er flüsterte mit ihm.

Hartmut Fechtner sog den Atem ein und wandte sich kurz darauf mit harter Stimme an den Kommissar. »Wenn Sie einen Schuldigen suchen, wenden Sie sich an meinen Schwiegersohn. Der Kerl hat nie was getaugt.«

»Wollen Sie damit sagen, dass Lutz Iffland Ihnen half, das Gemälde zu stehlen und danach die Morde beging?« Hannes sah kurz zu Oliver und konzentrierte sich dann wieder auf Hartmut Fechtner.

Fechtner schlug mit der Faust auf den Tisch. »Ich habe das Gemälde auf legalem Weg in meine Hände bekommen. Es gehörte mir, und mit meinem Besitz kann ich tun was ich will.«

Der Kommissar seufzte. »Herr Fechtner, es ist Ihnen scheinbar nicht bewusst, dass Sie für den Rest ihres Lebens ins Gefängnis wandern. Wegen Kunstdiebstahls und wegen Handels mit Kunstfälschungen gemeinsam mit ihrer Tochter.« Das letztere war bislang nur eine Vermutung, aber Hannes wollte wohl wissen, welche Wirkung diese Anschuldigung auf den Fechtner haben würde. Er ließ ihn jedenfalls nicht aus den Augen. »Für diese Straftaten haben wir Beweise und wenn Sie jetzt den Mund aufmachen, ist das nur zu ihrem Vorteil. Edwin und Holger Glaser, Otto Kamp — drei Tote. Wollen Sie allein dafür büßen und ihre Mittäter davonkommen lassen?«

Hartmut Fechtner stützte sich am Tisch ab und erhob sich halb vom Stuhl. Sein Anwalt legte ihm schnell die Hand auf die Schulter, um ihn vor unbedachten Schritten zu bewahren.

Der Alte warf Hannes einen bösen Blick zu. »Ich werde für gar nichts büßen. Eine Klage kriegen Sie an den Hals, die sich gewaschen hat! Sie … Sie armseliger Wicht!« An seinen Schläfen traten die Adern vor. »Ich bin ein unschuldiger Mann und was meine missratene Tochter tut, geht mich nichts an. Das Miststück hat damals mit dem Holger Glaser poussiert, obwohl ich es ihr verboten hatte. Die Rosalie ist für mich gestorben und wenn sie gegen das Gesetz verstoßen hat, dann wird sie das alleine ausbaden.«

Hartmut Fechtner gab nichts zu, außer dass er vor fünf Jahren das Gartengewächshaus hatte verschwinden lassen, um nicht in Verruf zu geraten. Die Giftküche darin schob er Georg Wolf und Holger Glaser zu, die dort wohl gemeinsam den Mord an Edwin Glaser geplant hätten. Als der Kommissar einwarf, dass Holger Glaser zum Zeitpunkt des Mordes an seinem Vater Edwin gar nicht mehr lebte, lud Fechtner die Schuld allein auf Georg Wolf. Das Schweigegeld, das er ihm zahlte, stritt er ab. Es sei nichts weiter als eine großzügige, private Unterstützung, die er aus purer Menschenfreundlichkeit leistete.

Auch für das sichergestellte Gewehr, mit dem Otto Kamp erschossen worden war, fand er einen Alleinschuldigen: seinen Schwiegersohn Lutz Iffland, der wie er Zugang zum Waffenschrank hatte.

Kommissar Hannes Schmidt beendete sein Verhör ohne einen wesentlichen Schritt weiterzukommen. Oliver, der wie vereinbart still zugehört und beobachtet hatte, wollte jedoch noch etwas wissen.

Er gab Hannes ein Zeichen, das Tonband noch nicht auszuschalten. »Beantworten Sie uns noch eine Frage, Herr Fechtner. Erinnern Sie sich an Irmgard, die Frau, mit der Sie kurz nach ihrer Eheschließung eine Liebesaffäre hatten?«

Hartmut Fechtner brauste auf. »Was fällt Ihnen ein? Sie haben kein Recht, in meinem Privatleben zu schnüffeln.«
»Doch, das haben wir!«
»Die Sache ist längst verjährt!« Der Blick, den der Alte Oliver zuwarf, hätte jeden anderen unter den Tisch getrieben.
»Dann ist Ihnen also bewusst, dass Sie Ihre Geliebte damals mit der Forderung nach einem Schwangerschaftsabbruch zu einer Straftat genötigt haben?« Olivers Stimme klang eisig.
Hartmut Fechtner verschränkte die Arme vor der Brust. »Die dumme Gans hätte ja verhüten können.«
»Danke, das genügt mir im Augenblick.«

Hartmut Fechtner blieb gegen Kaution auf freiem Fuß und so musste der Kommissar ihn nach dem Verhör gehen lassen. Es passte Hannes nicht, aber er konnte es nicht ändern. Mit Oliver ging er zurück in sein Büro. Dort sprachen sie über ihre Eindrücke. Hannes befürchtete, dass sie dem Fechtner eine Beteiligung an den Morden nicht nachweisen konnten und dass es in einem Indizienprozess möglicherweise nur zu einer Verurteilung wegen Diebstahls kommen würde. Oliver hielt dagegen, dass die Kenntnis über den erzwungenen Schwangerschaftsabbruch Fechtners Glaubwürdigkeit zumindest stark ankratzen würde, auch wenn es rechtlich gesehen keine Relevanz mehr hatte. Am Ende der Debatte kamen sie überein, dass sie noch einmal Lutz Iffland verhören sollten und auch seine Frau Rosalie. Vielleicht kamen sie über die Aussagen dieser beiden endlich an Hartmut Fechtner heran.

Am Abend erfuhr Antonia von Oliver die Neuigkeiten. Sie freute sich für ihn, dass er nun höchst offiziell im Büro des

Kommissars ein- und ausgehen durfte. Sogar einen kleinen Schreibtisch bekam er dort zugewiesen. Klein deshalb, weil er ja nicht ständig anwesend war. So hatte es sein Freund Hannes zumindest begründet. Oliver meinte jedoch, dass es wohl eher am Raummangel lag. Es war ihm gleich. Für ihn bedeutete vor allem die Polizeimarke etwas und der Umstand, dass er während seines ehrenamtlichen Dienstes zum Tragen seiner Waffe berechtigt war. Wie in alten Zeiten. Es nahm ihm den Stempel des Invaliden und machte ihn wieder zu einem vollwertig arbeitenden Menschen. Fähig zur Verbrechensbekämpfung, die ihm im Laufe des Lebens zur Berufung geworden war.

Olivers Äußerungen machten Antonia bewusst, wie sehr er unter seiner frühzeitigen Pensionierung gelitten hatte. Sie bewunderte ihn jetzt umso mehr, da er seinem Schicksal trotzte und aus allem das Beste machte.

Von Fechtners Vernehmung erzählte Oliver nur soviel, dass er noch kein Geständnis abgelegt hatte. Antonia bezweifelte, dass er das jemals tun würde. Sie nahm sich vor, noch einmal alle Fakten und Personen mit ihren Karten zu überprüfen. Vielleicht fand sie ja noch etwas heraus. Sie kam allerdings erst am folgenden Nachmittag dazu, ihren Vorsatz in die Tat umzusetzen.

23. Kapitel

Kurz nach siebzehn Uhr ging Antonias letzter Kunde aus dem Haus. Sie blieb im Wohnzimmer sitzen und rieb sich müde über die Augen. Der Tag war anstrengend gewesen. Langsam und bedächtig schob sie ihre Lenormandkarten zusammen. Mit dem Stuhl rollte sie nach rechts zum Computer und schaltete ihn aus. Ein paar Sekunden lang blieb sie reglos sitzen. Dann griff sie hinüber zu der großen Birkenfeige, die in der Ecke zwischen dem Computer und dem Arbeitstisch stand, und streichelte die Blätter. Sie glänzten wie frisch gewaschen. Sollte sie jetzt tatsächlich gleich weitermachen und ihre eigenen Fragen aus den Karten beantworten? Nein, entschied sie, erst einen Kaffee! Sie rollte sich mit dem Stuhl zurück, stand auf und ging hinaus in die Küche.

Die Kaffeekanne befand sich auf dem Tisch und daneben eine Tasse. Von Marlene keine Spur. Nur die Gartentüre stand offen. Antonia schenkte sich ein und marschierte mit ihrer Tasse hinaus in den Garten.

Am Pflaumenbaum stand eine Leiter. Sie sah Marlenes Beine und in den Blättern der Zweige raschelte es heftig. Antonia stellte sich unter den Baum.

Marlene sah zu ihr herunter. »Sag bloß, du willst helfen.«

»Nein!« Antonia nahm einen Schluck Kaffee. »Ich bin nur hier, um meine Augen zu entspannen. Grüne Blätter sind ideal dafür geeignet ... wenn nicht gerade ein roter Rock dazwischen durchblitzt.« Sie nahm noch einen Schluck, grinste und wandte sich um.

»Halt!« Marlene wackelte bedenklich auf der Leiter. »Nimm mir wenigstens den Korb ab ... bevor ich die Zwetschgen auf dem Boden noch mal einsammeln muss.«

Antonia schüttelte den Kopf und grinste noch ein bisschen breiter. »Geht nicht. Ich hab schon eine Tasse in der Hand.«

»Tonia! Bleib hier!«

Antonia stellte schnell ihre Tasse ins Gras und hielt die Leiter. »Vorsicht! Die Trittleiter ist altersschwach. Wenn du aufstampfst, brechen womöglich die Sprossen.« Sie nahm Marlene den Korb ab. »Warum machst du die eigentlich jetzt schon ab. Ich denke, du hast Singstunde heut.«

»Morgen soll's regnen.« Marlene kletterte nach unten. »Und die Zwetschgen sind schon überreif.« Sie ging mit Antonia ins Haus. »Wenn ich nicht rechtzeitig fertig werde, musst du heute Abend den Einkochautomaten abschalten. Keine Sorge.« Ihre Stimme klang etwas spitz. »Das wirst du schaffen. Brauchst bloß den Stecker zu ziehen.«

Sie ließen die Gartentüre offen stehen.

Marlene machte sich gleich an die Vorbereitung der Früchte und Antonia verzog sich ins Wohnzimmer, um noch einmal die Fakten zu den drei Morden zu hinterfragen.

Sie setzte sich an den Tisch, nahm den Kartenstapel in die Hand und dachte nach. Der Liebesbrief von Rosalie mit ihrer Warnung vor drohendem Unheil sowie der Zeitpunkt, zu dem Holger Glaser zum letzten Mal gesehen wurde, deuteten darauf hin, dass er noch vor seinem Vater ermordet worden war. Der Mörder hatte damit den einzigen Menschen aus dem Weg geräumt, der Edwin Glaser noch hätte lebend finden können. Es erschien Antonia sehr logisch. Denn wäre Edwin früher gefunden worden, dann hätte er vermutlich seinen Mörder noch benennen können. Antonia begann automatisch die Karten umzuschichten. Plötzlich hielt sie die Luft an. Ein Täter oder zwei? Diese Frage konnte bislang auch noch nicht geklärt werden. Vielleicht bekam sie einen Hinweis. Antonia atmete aus und konzentrierte sich auf das Mischen.

Die Frage konnte nur durch das Bild einer einzelnen Karte beantwortet werden. Sie deckte den *Berg* auf, das Symbol der Begrenzungen und Hindernisse. Das schien eindeutig auf einen Einzeltäter hinzuweisen. Aber warum hatte er den einen erschossen und den anderen so überaus grausam vergiftet? Antonia dachte daran, dass Edwin Glaser gefesselt und mit durch Klebeband verschlossenem Mund gefunden worden war. Weshalb hatte der Täter gewollt, dass dieser Mann so qualvoll starb? Sie steckte die Karte wieder unter das Deck und mischte erneut.

Haus, Bär, Vögel. Antonia starrte die Karten an und sprach flüsternd die Bedeutung der Reihe aus: Probleme mit dem Vater. Ein schwieriger Vater. Was sollte das? Edwins Sohn Holger starb vor ihm. Auch wenn er vielleicht Differenzen mit seinem Vater gehabt hatte, so konnte sie ihn als Täter für den grausamen Mord doch ausschließen. Auch Rosalie schied aus. Es ging bei ihr zwar auch um Probleme mit dem Vater. Ihr Brief an Holger zeugte davon. Aber sie hätte nicht die Kraft gehabt, Edwin zu fesseln. Der Mann hatte sich sicher dagegen gewehrt. Lutz Iffland? Probleme mit dem Schwiegervater konnte sie ebenfalls aus dieser Kartenreihe deuten. Ein schwieriger Schwiegervater! Aber das wurde der Fechtner für Lutz erst später. Antonia stützte den Kopf in die Hände, zog die Schultern hoch und ließ sie wieder fallen. Solche Feinheiten mussten bei einer Antwort aus lediglich drei Karten nichts zu besagen haben. Sie überlegte weiter. Georg? Nein! Antonia schüttelte den Kopf. Ihrer Meinung nach war er aus der Geschichte draußen.

Antonia nahm die Karten wieder auf und mischte automatisch erneut. Ihre Gedanken rotierten. Sie hatte eine klare Frage gestellt und die Karten gaben ebenso klar Antwort. Edwin Glaser musste aufgrund einer Vaterproblematik mit einem besonders grausamen Tod büßen. Antonias Bauch fing heftig an zu kribbeln. Sie begriff plötzlich, dass diese Antwort eine tief verborgene Wahrheit enthielt, die weit über die Fakten hinausging, die sie bisher gesammelt hatten. Diese Antwort war der Schlüssel zum Mörder.

Sie machte die Gegenprobe. Warum wurde Holger Glaser erschossen und nicht auch vergiftet? Antonia mischte die Karten, nahm drei davon von oben her ab und legte sie nebeneinander. *Reiter*, *Blumen*, *Hund*. Der Mörder stand also in freundschaftlichem Kontakt zu ihm. Schöne Freundschaft, dachte Antonia, und so tödlich! Aber Hartmut Fechtner schied damit als Mörder eigentlich aus. Er hasste Holger Glaser genauso wie dessen Vater Edwin. Noch etwas wurde ihr damit klar. Georg war neben Lutz Iffland nun auch wieder im Rennen.

Antonia stand auf und ging im Raum auf und ab. Was wusste sie jetzt? Edwin und Holger Glaser wurden von ein und derselben Person ermordet. Otto Kamp ging vermutlich auf das Konto des gleichen Täters. Aber das ließ sie jetzt erst einmal außen vor, um es nicht wieder komplizierter zu machen. Rosalie Iffland schied aus. Sie hätte den Giftmord nicht ohne Hilfe verüben können. Blieben Lutz und Georg.

Draußen in der Küche klapperte es. Bald darauf rauschte das Wasser in den Leitungsrohren der Wände. Marlene bestückte wohl den Einkochtopf. Sicher würde sie schon in wenigen Minuten zum Abendessen rufen. Antonia beschleunigte ihre Schritte, mit denen sie im Zimmer auf und abtigerte. Sie trieb sich an. Los jetzt! Lös den Fall! Vor ihrem Kartenlegetisch blieb sie stehen und schaute auf den hölzernen Egel. Sie nahm ihn in die Hand. »Denkschärfe, bitte!« Sie stellte die Figur auf den Platz zurück und setzte sich.

Antonia überlegte, was über Lutz Iffland bekannt war. Seine Frau, Rosalie, hatte ihn des Mordes verdächtigt. Es traf diesen

Mann so tief, dass er voller Verzweiflung in die Einsamkeit einer Jagdhütte floh. Reagierte so ein Mörder? Im Verhör mit Kommissar Schmidt hatte er sogar geweint. Echt? Oder Schauspielerei? Antonia griff wieder automatisch nach ihren Karten. Das belauschte Gespräch der beiden Frauen fiel ihr ein. Was, wenn die Abtreibung gar nicht stattgefunden hatte oder schiefgelaufen war? Vielleicht lebte das Kind. Georg war Marias Adoptivsohn. Aber sie wusste nicht, wer seine leiblichen Eltern waren. Konnte er in Wirklichkeit Fechtners Sohn sein? Dann hätte er eine doppelte Vaterproblematik, denn Marias geschiedener Mann hatte ihn schon in jungen Jahren im Stich gelassen. Antonia warf die Karten auf den Tisch und vergrub den Kopf in ihre Hände. Bitte nicht Georg, flehte sie still. Sie sog den Atem ein und ließ die Luft mit einem Seufzer wieder entweichen.

Die Wohnzimmertür wurde aufgerissen und Marlene streckte den Kopf herein. »Komm Essen, ich werde gleich abgeholt.«

Antonia stand auf und ging mit ihr in die Küche. Die Tür zum Garten stand noch immer offen, aber kein Luftzug wehte herein. Die Schwüle der letzten Tage näherte sich dem Höhepunkt und der Einkochtopf verbreitete im Raum zusätzliche Hitze. Draußen, am Himmel über dem Feld, bildeten sich erste Quellwolken. Aber das angekündigte Gewitter würde wohl am Ort vorüberziehen und woanders niedergehen.

Während sie ihr Abendessen verspeisten, gab Marlene Instruktionen. Sie wies auf den Kurzzeitwecker und mahnte Antonia, die Ohren aufzusperren und bei Klingelton den Stecker des Einkochautomaten zu ziehen sowie den Deckel zu öffnen. »Wenn die Küche wieder einigermaßen dampffrei ist, dann schließe bitte die Gartentür. Versprich es mir!« Marlene seufzte schwer auf. »Vielleicht sollte ich doch besser dableiben.«

Antonia schaute sie entrüstet an. »Ich werde deinen Topf schon nicht schrotten!«

Marlene winkte ab. »Deswegen doch nicht! Der Mörder läuft immer noch frei rum ...«

»Glaub mir, ich bin hier so sicher wie in Abrahams Schoß.«

Draußen an der Haustüre klingelte es. Marlene schob den letzten Bissen in den Mund, stand auf und seufzte wieder. »Das ist Siegfried.«

Antonia grinste. »Viel Spaß!«

»Lass mich mit deinen schmutzigen Gedanken in Ruh. Der ist nur mein Bodyguard, mehr nicht.« Marlene ging dem Polizeimeister öffnen und fünf Minuten später verließ sie mit ihm das Haus.

Antonia erhob sich von ihrem Platz und räumte den Tisch ab. Dann starrte sie auf den Kurzzeitwecker, als ob sie ihn mit ihrem Blick antreiben könnte. Aber nicht dieses kleine Gerät klingelte, sondern das Telefon.

Sie drückte die Hörertaste. Am anderen Ende der Leitung meldete sich Oliver. Er wollte wissen, ob alles in Ordnung war und ob sie in ihren Karten schon neue Anhaltspunkte gefunden hatte. Antonia bestätigte ihm das. Morgen würde sie ihm den wahren Mörder präsentieren und wenn sie dafür die ganze Nacht Karten legen musste. Hartmut Fechtner war es jedenfalls ihren letzten Erkenntnissen zufolge nicht. Als Oliver davon sprach, zu ihr zu kommen, lehnte sie ab. Er sollte mit seinem Kommissar Dart spielen gehen, so wie er es vereinbart hatte. Nach einigem Hin und Her rang Oliver ihr das Versprechen ab, ihn anzurufen, sobald sie im Laufe des Abends neue Hinweise in den Karten fand. Antonia fragte ihn noch nach den Eltern von Lutz und erfuhr, dass sie angeblich in Australien lebten. Überprüft hatte Hannes das nicht, da es für den Fall bislang nicht wichtig schien.

Kurz nach dem Ende des Telefongesprächs klingelte der Wecker. Antonia zog den Stecker des Einkochautomaten, griff nach einem Geschirrtuch und hob den Deckel ab. Den legte sie auf die Spüle und ging danach ins Wohnzimmer an ihren Kartenlegetisch.

Antonia setzte sich. In Gedanken versuchte sie wieder da anzuknüpfen, wo sie vor dem Abendessen aufgehört hatte. Die Karten wiesen im Zusammenhang mit dem Mord an Edwin Glaser auf den Konflikt mit einem Vater hin und es gab vermutlich ein Kind, das nie geboren werden sollte. Lutz schied somit doch nicht aus. Vielleicht existierten seine Eltern gar nicht. Wie auch immer. Jedenfalls musste sie sich nicht auf Georg allein als möglichen Täter konzentrieren. Antonia atmete aus, als ob ihr eine Last vom Herzen fiel. Sie nahm ihre Karten wieder in die Hand und überlegte. Am Anfang stand der Diebstahl eines wertvollen Gemäldes, jedoch nicht zum Zwecke der Bereicherung. Es sollte eine alte Geschichte auf raffinierte Weise zu Ende bringen. Antonia nickte. Ja, allmählich fügten sich die Teile zusammen. Sie legte ihre Karten aus der Hand und kramte in der Tischschublade nach dem Notizheft, in dem sie ihre früheren Legungen notiert hatte. Ihr Handy lag obenauf. Antonia schob es zur Seite und zog das Heft hervor. Sie blätterte kurz darin. Ihr Zeigefinger blieb auf der Frage nach dem Grund des Diebstahls haften. Damals wusste sie noch nicht, wie wertvoll das Gemälde war. Ein Glück, dachte sie. Es hätte womöglich ihre neutrale Herangehensweise beeinträchtigt. Antonia las die Antwort, die sie von den Karten bekommen hatte. Sie lautete: *Baum*, *Sarg* und *Fuchs* und in Abdeckung *Turm* und *Sense*. Marlene hatte damals noch wegen dem *Baum* auf die Verwandtschaft hingewiesen und sie selbst hatte von totgeschwiegenen Verwandten gesprochen. Ein Diebstahl, um ein Pulverfass zu zünden. So war ihr

Fazit gewesen. Natürlich! Jetzt ergab das alles einen Sinn. Fechtners ungewolltes Kind lebte und es tat alles, um ihn zu Fall zu bringen. Das wertvolle Gemälde war nichts weiter als der Köder dafür gewesen.

Antonia legte das Notizheft zur Seite und nahm die Karten wieder auf. Sie flüsterte. »Was sollte dem Fechtner geschehen?« Sie mischte und nahm dann die oberste Karte vom Deck: *Ruten*. Sie lachte auf, obwohl ihr nicht danach zumute war. »Bestrafung!«

Sie schob die Karte wieder zwischen die anderen Lenormandkarten und blies laut den Atem aus. Dem grausamen Giftmord an Edwin lag ein Konflikt zwischen Vater und Kind zugrunde. Musste er stellvertretend für den Fechtner leiden? Vermutlich schon, aber so genau wollte sie das jetzt gar nicht wissen. Antonia presste das Kartenpäckchen in ihren Händen und grübelte. Bestrafung! Wusste Hartmut Fechtner, dass sein uneheliches Kind doch geboren worden war? Ein Sohn vermutlich. Egal, er würde sicher nicht für ihn ins Gefängnis gehen wollen. Aber wie es auch ausging ... sein Ruf war dahin und die Millionen würde er auch zurückgeben müssen.

Die Hintergründe schienen Antonia nun klar. Jetzt musste sie nur noch die Identität des wahren Mörders lüften. Aufgrund der neuen Erkenntnisse vergrößerte sich der Kreis der Verdächtigen zunächst einmal. Sie hatte nicht nur zwei, sondern drei Personen, die sie überprüfen konnte. Nein, sogar vier! Einer von ihnen musste Hartmut Fechtners unehelicher Sohn sein. Sie grübelte. Georg Wolf, Marias Adoptivsohn, war schon früh ins Visier der Polizei geraten. Seine Totenkopfzeichnungen hatten etwas Zwanghaftes. Antonia sah die Engelsfigur auf dem Tisch an. Um Marias willen, dachte sie. Hoffentlich stellte sich seine Unschuld heraus. Sie rollte sich mit ihrem Stuhl hinüber zum Computer und griff nach dem

Notizblock, der daneben lag. Sie riss ein Blatt Papier ab. Antonia schubste sich zurück zu ihrem Platz und teilte es in vier Teile. Auf einen der Zettel schrieb sie Georgs Namen. Auf den zweiten Zettel notierte sie den Namen von Lutz Iffland. Wenn er Hartmut Fechtners heimlicher Sohn war, dann hätte er dazu noch seine Halbschwester Rosalie geheiratet. Antonia rief sich das Bild des jungen Mannes in Erinnerung. Rosalie hatte ihn des Mordes verdächtigt und Georg behauptete, dass Lutz den Mordanschlag auf seine Mutter verübt hatte. Einiges deutete darauf hin. Aber die Sache blieb zwiespältig.

Dann war da noch der Jäger Leo Heckert. Antonia schrieb auch seinen Namen auf einen der Zettel. Bislang fiel auf ihn kein Verdacht. Aber jetzt? Über seinen Vater wusste sie nichts, nur über seine Mutter. Sie hatte sich umgebracht. Ansonsten gab es an ihm nichts Auffälliges, bis auf seine sexuellen Neigungen. Ob das Gewicht hatte, würde sich zeigen.

Als letztes notierte Antonia den Namen Stefan Melzer, den Sohn von Hartmut Fechtners Cousine. War er das wirklich? Er wurde in Brasilien mit dem Pass des ermordeten Holger Glaser geschnappt. Über ihn wusste sie am wenigsten, nur dass Hartmut Fechtner ihm Geld gegeben hatte, um außer Landes zu kommen. Sollte er in Wirklichkeit sein Sohn sein, dann hatte der Alte vielleicht seine Cousine dazu überredet, ihn als ihr eigenes Kind auszugeben. Oder — seine Geliebte und die Cousine waren ein und dieselbe Person. Wie auch immer! Das konnte erklären, weshalb über Fechtners Cousine im Dorf nichts bekannt war. Eine dauernde Konfrontation mit seinem Fehltritt hätte der Fechtner sicher nicht geduldet.

Antonia schob die Zettel mit breiten Zwischenabständen in eine Reihe. Sie atmete laut aus und griff nach ihren Karten. Wenn einer dieser Männer der heimliche Sohn von Hartmut

Fechtner war, dann sollte sich jetzt ein Hinweis darauf zeigen. Sie mischte. Ihr Blick ruhte dabei abwechselnd auf den Namen, wanderte immer wieder vom ersten bis zum letzten. Als Antonia das Kartenpäckchen nach dem Mischen in die linke Hand nahm, atmete sie noch einmal tief durch. Dann legte sie unter jeden Namen eine Karte und wiederholte das noch zweimal. Unter jedem Namen lagen nun drei Karten. Antonia erfasste sie mit einem Blick und schlug dann mit der flachen Hand auf den Tisch. Sie schaute zu der hölzernen Engelsfigur.

»Ich weiß jetzt, wer der Mörder ist«, flüsterte sie.

Antonia notierte sich die Kartenbilder und schob sie dann zusammen. Die Zettel warf sie in den Papierkorb. Aber eine Sache wollte sie zur Sicherheit noch abklären. Sie kannte jetzt den Namen von Fechtners unehelichem Sohn. Aber wie stand dieses unerwünschte Kind zu ihm, welche Absichten hegte dieser Sohn mit seinen Taten?

Noch einmal mischte Antonia die Karten und legte drei davon in eine Reihe. Aber ja! Welch brennenden Hass musste dieser Mann seinem Vater gegenüber empfinden! *Schiff, Sarg, Sense.* Das konnte in diesem Fall nur eines bedeuten: Er wollte ihn vernichten, ihm den endgültigen Schlag versetzen, so dass sich der Fechtner nie wieder davon erholen würde.

Ein paar Sekunden lang blieb Antonia reglos sitzen. Dann zog sie die Tischschublade auf und legte ihr Notizheft hinein. Danach tastete sie nach ihrem Handy. Sie musste Oliver anrufen. Sie hatte es versprochen. Er würde staunen, dass sie jetzt so schnell die Wahrheit herausgefunden hatte und der Kommissar erst!

Antonias Hand umklammerte das Handy, um es aus der Schublade zu nehmen. Plötzlich hörte sie ein Geräusch. Sie sah hoch und hielt vor Schreck die Luft an. Ein Mann trat durch die offene Tür ins Zimmer. Er trug einen edlen Anzug und einen Hut. Eine gewisse Ähnlichkeit mit Hartmut Fechtner konnte er in dieser Aufmachung nicht leugnen. Er lächelte. In seiner Hand sah Antonia eine Pistole.

Er ging langsam auf sie zu und hob die Waffe. »Ich bedauere diese Entwicklung. Aber heute ist Ihr letzter Tag.«

Durch Antonias Körper lief eine schneidende Schockwelle. Ihr Herzschlag beschleunigte sich. Ihr wurde von einer Sekunde zur anderen heiß. Aufspringen und wegrennen! Der Impuls war da. Aber sie blieb sitzen und starrte den Mann nur wie gelähmt an.

Er trat noch einen Schritt näher. Auf seinem Gesicht lag noch immer dieses Lächeln. In der Mitte des Raums blieb er stehen, vielleicht drei oder vier Schritte von ihrem Tisch entfernt. Er beobachte Antonia, ihre Reaktion auf sein unerwartetes Erscheinen.

Er lachte. »Es scheint Ihnen ausnahmsweise einmal die Sprache verschlagen zu haben.«

Antonias Herzschlag raste und sie spürte, wie ihre Hand zitterte. Sie hielt in der Schublade etwas umklammert. Was war das? Antonias Gedanken setzten wieder ein. Ihr Handy. Sie musste Oliver erreichen. Irgendwie!

»Lassen Sie mich raten«, sagte sie. Ihre Stimme klang belegt. »Die Gartentür stand offen.« Sie schaute den Mann an, suchte ihn mit ihrem Blick zu bannen. Hoffentlich merkte er nicht, was sie vorhatte! Sie tastete heimlich in der Schublade mit den Fingern über ihr Handy.

Er grinste. »Ja, das war leichtsinnig. Aber morgen ist es für Sie nicht mehr von Bedeutung.«

Antonia überlegte fieberhaft. Sie musste ihn ablenken und ihr Handy aktivieren. »Weshalb wollen Sie mich töten?« In der Schublade legte sich ihr Zeigefinger auf eine Taste des Handys. Hoffentlich war es die Richtige. Olivers Kurzwahl, die eins! Sie drückte, rollte sich minimal mit dem Stuhl zurück und versuchte, einen Blick auf das Display zu erhaschen. Eine Nummer leuchtete auf. Jetzt noch die grüne Hörertaste. Schnell! Nein, halt! Was sie unter der Fingerkuppe fühlte war eher wieder die eins. Ein Stück oberhalb darüber. Sie verschob ihren Finger und drückte. Ihr Herzschlag beschleunigte noch mehr. Sie schaute den Mann an und hoffte, dass er ihre Angst nicht sah. »Was habe ich Ihnen getan?«

»Sie sind ein Risiko, das ich ausschalten muss.« Der Mann hob auffordernd seine Hand mit der Waffe. »Nehmen Sie die Hand aus der Schublade.«

Antonia zog langsam ihre Hand heraus. »Ich habe keine Pistole. Ich duelliere mich für gewöhnlich mit Worten.« Aus der Schublade drangen plötzlich verhaltene Geräusche heraus und eine Stimme meldete sich. Sie vermischte sich mit dem Motorengeräusch eines draußen vorbeifahrenden Autos. Antonia sprach umgehend lauter. »Sie wollen mich also umbringen...«

Der Mann fiel ihr ins Wort. »Was war das für ein Geräusch?«

Sie versuchte, sich nichts anmerken zu lassen. »Von der Straße, ein Auto. Fußgänger höre ich auch. Wenn Sie mich erschießen, werden das sicherlich etliche Leute mitbekommen.« Antonia schob die Schublade ein kleines Stückchen unter den Tisch. Hoffentlich hatte Oliver ihre Worte verstanden und begriffen, was los war. Sie sah den Mörder an. »Außerdem möchte ich wenigstens die ganze Wahrheit erfahren, bevor ich sterbe. Meinen Sie nicht auch, dass ich dazu ein Recht habe?«

Der Mann schaute misstrauisch zum Fenster und dann wieder auf Antonia. »Auf der Straße ist niemand mehr.« Sein Lächeln erstarb. Er hob die Pistole, zielte auf ihren Kopf. Antonia brach der kalte Schweiß aus. In ihren Ohren rauschte es. Sie sah, wie sein Finger am Abzug zuckte.

Seit einer halben Stunde spielte Oliver mit Hannes am Dartautomaten des Gasthauses *Löwen*. Bislang hatte er jedes Spiel verloren.

Hannes grinste ihn an. »Das gewinne ich auch wieder, du Schlappschwanz. Kriegst ja heute kaum den Arm hoch. Was ist los mit dir?«

Oliver zielte, verriss den Wurf, und traf mit seinem Pfeil statt Tripple-Zwanzig die einfache Eins. Er fauchte Hannes an. »Was willst du? Sei froh, dass ich dich auch einmal gewinnen lasse. Kommt selten genug vor.«

Oliver stellte sich erneut in Position. Wieder zielte er auf Tripple-Zwanzig, traf die Zahl aber nur einfach. Er sog wütend den Atem ein, drehte sich einmal um die eigene Achse und brachte sich dann wieder in Position. Diesmal traf er die Fünf. Er ging nach vorne und zog seine Pfeile aus der Scheibe. Als er zurückging, rempelte er Hannes an, der sich gerade in Positur stellen wollte.

»He, du Knochen. Kannst wohl nicht verlieren.« Mit dem linken Fuß voraus trat Hannes an die weiße Linie am Boden.

Oliver lachte auf. »Ha! Ha! ... Ich verliere heute freiwillig, weil ich die Samthandschuhe vergessen habe, mit denen ich dich Mimose anfassen müsste, falls du verlierst.«

Hannes grinste wieder, warf souverän eine Doppel-Zwanzig und gewann das Spiel mit Doppel-Siebzehn. Später, als er mit Oliver an der Bar saß und beide ihr alkoholfreies Bier tranken, sah er ihn forschend an. »Jetzt aber raus mit der Sprache. Ich weiß, dass du der bessere Dartspieler von uns beiden bist, also was ist los?«

Oliver seufzte. »Antonia — Ich habe ein ungutes Gefühl.«

»Ha! Das habe ich immer bei ihr.« Hannes griff an seine Mütze und setzte sie verkehrt herum auf.

Oliver rollte mit den Augen. »Es geht nicht um eure Spielchen.« Er sah Hannes an und seufzte. »Ich habe vorhin mit ihr telefoniert und sie sagte, dass der Fechtner die Morde nicht begangen hat.

Hannes brummte unwillig. »Hat die Hexe mal wieder Karten gelegt. Mann, das sind doch keine gesicherten Erkenntnisse. Zufallstreffer, manchmal!«

»Antonia ist als Kartenlegerin wirklich gut, auch wenn du das nicht anerkennen willst. Denk doch mal nach. Wir haben weder vom Fechtner noch von Lutz ein Geständnis bekommen und das trotz der belastenden Indizien. Was, wenn wir auf dem Holzweg sind? Dann läuft der Mörder da draußen noch immer unerkannt herum.«

Hannes schaltete schnell. »Du meinst, sie ist in Gefahr?«

Oliver rieb sich die Stirn. Dann nickte er. »Ja, das Gefühl habe ich. Es lässt mich schon den ganzen Abend nicht los.«

»Dann sieh zu, dass du verschwindest. Sie ist allein zu Hause, nicht wahr?«

Oliver nickte und trank sein Glas Bier in einem Zug aus. Er stellte es auf den Tresen und wollte bezahlen. Plötzlich vibrierte sein Telefon, das er in der Innentasche seines Jacketts trug. Er zog es heraus. »Das ist sie.« Olivers Stimme klang erleichtert. Er drückte die grüne Hörertaste und meldete sich. Gleich darauf krallten sich seine Finger um die Tresenkante. Er hielt das Telefon an seinen Körper. »Zu spät! Der Mörder ist bereits bei ihr!«

Hannes gab dem Wirt ein Zeichen, dass sie wiederkommen würden und stürmte hinter Oliver aus der Gaststätte. »Wir nehmen meinen Wagen. Der ist unauffälliger!«

Oliver hielt sein Handy weiterhin an den Körper gepresst, damit möglichst wenig Lärm übertragen wurde. Als sie zum Wagen gingen, sagte er nur ein Wort. »Feldweg!«

Hannes lief voraus und rief mit seinem eigenen Handy nach Verstärkung. In knappem Ton und so leise wie es ging, gab er seine Anweisungen. Als sie im Auto saßen und losfuhren, nahm Oliver das Handy wieder ans Ohr, doch gleich darauf sank seine Hand plötzlich herunter und sein Gesicht verlor alle Farbe.

»Was ist?« Hannes formte die Worte mit dem Mund.

»Ich habe die Stimme des Mörders erkannt.« Olivers Flüstern klang heiser. »Uns bleibt nicht viel Zeit.«

Der Mann richtete die Pistole auf Antonia und sie starrte wie betäubt in den Lauf. Warum hatte sie nur die Gartentür nicht abgeschlossen? Wie ein Film liefen frühere Szenen vor ihrem inneren Auge ab. Bilder von Marlenes Angst, ihren Ermahnungen. Erinnerungen an Olivers kraftvollen Körper, an seine Zärtlichkeit, seine Liebe. Die Leiche von Holger Glaser im Keller, der tote Herr Kamp in seinem Auto und Maria, wie sie auf dem Gehweg lag, kaltblütig umgefahren von dem Menschen, der auch ihr jetzt das Leben nehmen wollte. Nein! Das konnte sie nicht zulassen. Sie durfte nicht aufgeben. Sie musste kämpfen. Um Lenis Willen. Für Oliver. Für die Ermordeten, denen Genugtuung widerfahren sollte. Es blieb ihr jetzt nichts anderes übrig, als zu versuchen mit Leo Heckert zu reden, ihn hinzuhalten. Solange, bis Oliver kam. Das war ihre einzige Hoffnung, ihre einzige Chance. Antonia lehnte sich in ihrem Stuhl zurück und schaute Leo in die Augen. Langsam und leise atmete sie aus. Sie wurde ganz kühl, ganz sachlich.

»Sie sind Hartmut Fechtners Sohn.«

Leo ließ die Pistole sinken und starrte sie an. »Nicht sein Sohn, sein Produkt ... aber Sie sind wirklich gut. Schade, dass ich sie beseitigen muss.« Er zielte wieder auf sie.

Antonia versuchte, es zu ignorieren. Sie spannte ihre Waden an, um wenigstens etwas von sich zu spüren. »Der Fechtner weiß es nicht, stimmt's?«

Leo Heckert seufzte. »Na gut.« Seine Pistole blieb auf Antonia gerichtet. »Mein Erzeuger wird es erfahren. Auf seinem Totenbett, nachdem er die restlichen Jahre im Gefängnis verbracht hat.«

»Sie müssen ihn sehr hassen.«

»Er hat meine Mutter umgebracht!« Leo spuckte die Worte geradezu aus.

Antonia richtete sich überrascht auf. »Ich dachte, sie hat Selbstmord begangen.«

Leos freie Hand ballte sich zur Faust. Sein Finger am Abzug krampfte. »Wo ist der Unterschied. Er hat sie dazu getrieben. Sie kam nie über seinen Verrat hinweg. Sie liebte diesen Dreckskerl und verzieh sogar die erzwungene Abtreibung. Sie wurde krank. Er hat ihre Seele getötet damals. Er ist ein Mörder und wird nicht straffrei davonkommen.«

»Dann schlug die Abtreibung also fehl.«

Leos Augen verschleierten sich. »Nein, es kam gar nicht dazu. Sie lief dem Arzt weg. Immer wieder hat meine Mutter es mir erzählt. *Sie* wollte mich.« Er lachte bitter. »Sie sagte, mein Vater würde uns lieben, wenn er mich nur sehen würde. Eine Weile habe ich es sogar geglaubt. Ich war ja noch ein kleiner Junge.«

Antonia dachte: *Oh Gott!* Wie konnte eine Mutter ihrem kleinen Kind erzählen, dass es nie hätte geboren werden sollen. Sie versuchte sich ihr Entsetzen nicht anmerken zu lassen. »Aber Ihr Vater hat Sie nicht gesehen, stimmts?«

Leo schaute zum Fenster hinaus. Automatisch sank seine Hand mit der Pistole nach unten. »Es war ein Traum von ihr, nichts weiter. Ich begriff es am Tag ihrer Beerdigung.«

»Und da schworen Sie ihrer Mutter Rache.«

Leo Heckert wandte sich vom Fenster ab und streichelte seine Pistole. »Ich war neun Jahre alt und jetzt endlich ist es soweit.« Er sah auf und richtete den Lauf wieder auf Antonia. »Sie werden mich nicht hindern, meine Rache zu vollenden.«

Wie ein Blitz zuckte erneut der Schreck durch Antonias Körper. Sie hielt kurz die Luft an und sprach dann schnell weiter. »Eines verstehe ich nicht. Wieso Edwins Gemälde? Es hätte doch auch etwas anderes sein können und wenn Sie es selbst behalten hätten, dann wären Sie jetzt ein steinreicher Mann.«

Leos stahlblaue Augen funkelten. »Vergleichen Sie mich nicht mit meinem Erzeuger!« Die Pistole in seiner Hand zitterte kurz. »Ich bin nicht geldgeil wie er!« Er atmete ein. »Dieses wertvolle Gemälde war der perfekte Lockvogel. Ich wusste, dass er es um jeden Preis würde behalten wollen. Außerdem habe ich schon lange genug Geld, um ein sorgenfreies Leben zu genießen, wenn das hier vorbei ist.«

Antonia riet aufs Geradewohl. »Durch den Verkauf von Kunstfälschungen.«

»Ach, das wissen Sie auch schon? Respekt! Lassen Sie mich raten ... meine süße kleine Lisa.«

»Lisa?«

Er fuchtelte ungeduldig mit der Pistole. »Tun Sie nicht so! Lisa war am Freitag bei Ihnen. Sie hat mir alles erzählt.«

Antonia saß ganz still. Sie sah ihn mit festem Blick an und bewegte nur ihre Zehen. »Wirklich alles?«

Leo schaute sie forschend an. Sein Arm mit der Pistole in der Hand sank herunter und pendelte plötzlich schlaff neben seinem Körper. Er fing an zu lachen. »Ich würde ihr nie wehtun, auch nicht beim Sex. Verbale Reize, harmlose Fesselspielchen. Das mag sie. Nichts Hartes. Also vergessen Sie es. Lisa kann nur schwer von gewissen Vorstellungen lassen. Sie hat viel Fantasie, verwechselt sie manchmal mit der Wirklichkeit.«

»Wie ihre Mutter?« Im dem Augenblick, als Antonia das sagte, wusste sie, dass sie nichts Falscheres hätte sagen können. Das Gesicht von Leo Heckert nahm einen harten Ausdruck an und seine Augen schauten eiskalt. Er hob die Waffe erneut. Zielte auf Antonias Kopf. Ihr ohnehin viel zu schneller Puls beschleunigte noch mehr. Sie versuchte zu retten, was es zu retten gab. »Ich meine so sensibel. Wie eine Blume, die man sorgsam behandeln muss, damit sie nicht vorzeitig verwelkt.« Als Antonia sah, wie sich sein Gesicht ein wenig entspannte, ließ sie die Tischkante los, die sie vor Schreck fest umklammert hatte. Sie legte die Hände in den Schoß und rollte sich mit dem Stuhl ein paar Zentimeter zurück. Die Bewegung tat gut. Sie lebte noch. Aber wie lange? Seine Waffe war noch immer auf sie gerichtet. Oliver! Müsste er nicht längst hier sein, wenn er sie über das Handy gehört hatte? Sie musste weiterreden, den Mörder von seinem Vorhaben ablenken. Lisa! Sie hatte doch etwas gesagt. Es schien auf einmal wichtig. Sie hörte kaum, was Leo murmelte.

»Ja, meine Mutter war eine Blume.«

Eine Erinnerung blitze in Antonias Gedanken auf. »Lisa hat Herrn Kamp angerufen und ihn auf den Parkplatz gelockt. So war es doch?«

Leo starrte sie einen Moment verständnislos an. Automatisch senkte sich sein Arm mit der Pistole. »Ich sagte ihr, dass wir ein Haus besichtigen wollen, nannte ihr Uhrzeit und Ort. Dann bin ich allein dorthin.« Er zuckte mit den Schultern. »Mir blieb nichts anderes übrig. Lisa glaubte, dass ich noch arbeiten müsse.«

»Ihnen blieb nichts anderes übrig?« Antonias Herz klopfte bis zum Hals.

Leo wanderte plötzlich unruhig im Raum hin und her. »Er kam mir durch einen dummen Zufall auf die Spur. Ich war oft in Rosalies Haus. Es stand leer. Ich habe meine Picasso-Kopien dort zwischengelagert und die Adresse benutzt, wenn Kunstliebhaber Interesse zeigten.«

Dann haben Sie die Bilder gefälscht und nicht Rosalie?« In Antonias Stimme klang Überraschung.

Er blieb stehen und lachte belustigt auf. »Sie sollten sich sehen! Deshalb habe ich mein Hobby zum Beruf gemacht und bin Jäger geworden. So kam ich in Fechtners Haus und schlug zwei Fliegen mit einer Klappe! Niemand traut einem Jäger zu, dass er Gemälde fälscht. Aber ich habe Kunst studiert, lange vor meiner Halbschwester Rosalie. Niemand hier weiß das.« Er schaute zum Fenster. Sein Blick schweifte irgendwohin in die Ferne. »Ich bin gut, habe ein Vermögen mit den falschen Picassos verdient. Vor zwei Jahren habe ich Schluss damit gemacht. Wenn meine Rache vollendet ist, werde ich meine eigenen Ausstellungen haben.« Leo schaute wieder zu Antonia. »Herr Kamp wurde mir zur Gefahr. Er begann zu schnüffeln. Dummerweise hat er mich einmal zusammen mit dem Galeristen gesehen, mit dem ich zusammenarbeitete. Also musste ich ihn erschießen. Aber er hat nicht gelitten. Ich verstehe mein Handwerk. Sie werden auch nicht leiden. Es geht schnell.« Er entsicherte die Pistole, hob sie auf Antonias Kopfhöhe.

Antonia begriff mit einem Male, dass er die ganze Zeit nur mit ihr gespielt hatte. Er wollte erzählen, und er wollte ihr Angst einjagen. Aber jetzt wurde es ernst. *Himmel, hilf mir! Heiliger Erzengel Michael!* Ihr Blick flog zu der kleinen Engelsstatue auf dem Tisch. Ihre Gedanken rasten und die Worte stürzten von allein aus ihrem Mund. »Aber Edwin Glaser musste leiden.«

Leo Heckert gab einen unwilligen Ton von sich. Er starrte sie an, nickte. Zögernd senkte er erneut die Waffe und nahm seine Wanderung durch den Raum wieder auf. »Wegen ihm musste ich seinen Sohn erschießen. Ich mochte Holger. Hätte Edwin auf das Gemälde verzichtet, wäre das nicht notwendig gewesen. Ich brauchte nur *ein* Opfer für meine Mutter, und das sollte der Edwin sein.« Sein Körper bog sich wie in großer Qual nach vorne. Er lief mit kurzen Schritten auf und ab und seine freie Hand hob sich zur drohenden Faust. »Aber nein! Dem Edwin war das Gemälde wichtiger als das Leben seines Sohnes! Er ist schuld! Er wollte Holger zwingen, seine Liebe aufzugeben. Ja, Edwin war auch ein schlechter Vater. Das musste bestraft werden!«

Leos Worte und seine Gebärden jagten Antonia kalte Schauer über den Rücken. Ihr Mut brach zusammen. Es war hoffnungslos! Sie spürte, dass sie ihn nicht mehr hinhalten konnte. Leos Hass auf den Vater, der ihm damals die Geburt in das Leben verweigern wollte und der nie überwundene Schmerz des verlassenen Kindes um eine Mutter, die in ihrer unerfüllten Liebe keinen anderen Ausweg sah als den Tod, zerrissen seine Seele. Es überwältigte ihn. Er würde sein Vorhaben ausführen, sie töten. Nichts konnte ihn daran hindern.

Leo Heckert lief noch immer nervös hin und her. Plötzlich blieb er seitlich abgewandt etwa fünf Schritte vor Antonia stehen. Seine Haltung richtete sich auf. Er atmete tief durch und drehte sich langsam zu ihr um. Sein Gesicht wirkte wie eine versteinerte Maske. Er streckte den Arm aus und richtete die Waffe auf sie. »Tut mir leid. Ich mag Sie. Aber Sie werden meine Rache nicht verhindern.«

»Halt! Ich habe noch Fragen.« Antonia rollte sich mit ihrem Stuhl seitlich zurück und sprang auf. Ihr Herzschlag raste, stolperte.

Leos ausgestreckter Arm mit der Pistole in der Hand folgte ihr. Seine blauen Augen blickten kalt. »Keine Verzögerung mehr! Grüßen Sie meine Mutter.«

Antonia wollte sich unter den Tisch werfen, aber ihre Glieder versagten den Dienst. Sie starrte ihn an, reglos, wie gelähmt. Eine Diele knarrte. Auf der Straße bellte ein Hund. Aus den Augenwinkeln nahm sie eine Bewegung wahr. Schatten am Eingang zum Wohnzimmer. Die Tür wackelte. Ein Kopf tauchte auf, ausgestreckte Hände. Ein geduckter Körper. Zwei Köpfe.

»Waffe fallen lassen!«

»Sofort die Waffe runter!«

Leo Heckert erstarrte. Gleich darauf schaute er über seine Schulter, ungläubig. Sein ausgestreckter Arm glitt seitwärts und verlor sein Ziel. Antonia sah, wie er seinen rechten Fuß zur Seite setzte und wie sich seine linke Ferse hob, um Schwung für die Drehung zu holen. Sie hechtete zu ihrem Tisch, griff die Engelsfigur und warf sie mit aller Kraft nach seiner Hand mit dem Revolver. Im nächsten Moment griff sie nach der Tischkante und hob sie hoch. Ihre Lenormandkarten rutschten herunter und segelten auf den Boden. Zwei der hölzernen Tischbeine schabten über die Dielen. Antonia duckte sich hinter dem umfallenden Tisch, dessen Kante mit einem lautem Rums auf den Besucherstuhl davor krachte. In all dem Lärm peitschte ein lauter Knall durch den Raum. Sie zuckte zusammen. Die Männer schrien durcheinander. Antonia verstand die Worte nicht. Sie rutschte auf den Knien so weit es ging in die rechte Ecke neben der Birkenfeige. Zitternd beugte sie den Kopf auf den Boden und schaute unter der Tischkante hervor. Ihr hölzerner Engel lag vor dem Regal links an der Wand am Boden. Leo Heckert schrie, richtete die Waffe in Richtung Tisch. Oliver hechtete von hinten auf ihn zu, riss seine Hand mit der Pistole nach oben und drehte die andere auf seinen Rücken. Mit Gewalt zog er ihn nach hinten, schlug die Hand mit der Waffe gegen den Türrahmen. Einmal, zweimal, noch einmal. Leo brüllte. Vor Wut und vor Schmerz. Der Kommissar richtete währenddessen mit beiden Händen seine Waffe auf Leo, schrie ihn an, forderte ihn immer wieder auf, den Revolver endlich fallen zu lassen. Ein weiterer Schuss löste sich. Putz rieselte von der Decke. Die Männer atmeten heftig. Draußen auf der Straße fuhren Autos mit hohem Tempo heran. Autotüren knallten. Schritte hallten auf dem Straßenpflaster. Leo fluchte, wehrte sich, brüllte. Antonia kauerte sich auf dem Boden zusammen und hielt sich die Ohren zu. Dann sah sie, wie der Kommissar etwas Dunkles wegkickte. Der Revolver rutschte in Antonias Richtung. Sie hielt den Atem an. Das Geschrei verstummte. Antonia nahm die Hände von den Ohren, hörte das Klicken von Handschellen.

War es vorbei?

Antonia blieb hinter dem Tisch in Deckung. Sie legte die Hand auf den Busen, um ihren Herzschlag zu beruhigen. Vorsichtig beugte sie sich unter der Kante vor. Sie sah, wie der Kommissar eiligen Schrittes hinausging, hörte wie die Eingangstür geöffnet wurde. Polizeibeamte stürmten herein. Sie eskortierten Oliver, der den Mörder Leo Heckert fest im Griff hatte, aus dem Haus. Der Kommissar eilte derweil auf Antonia zu. Er beugte sich zu ihr und reichte ihr die Hand. »Sind Sie verletzt?«

Antonia ließ sich von ihm aufhelfen. Sie fühlte einen Kloß im Hals, schluckte ihn hinunter, räusperte sich. »Nein, ich glaube nicht.«

Er musterte sie von Kopf bis Fuß und atmete kurz, aber heftig aus. »Ein Glück, dass Sie das Telefon aktivieren konnten. Sonst hätte ich Sie jetzt als Leiche am Hals!«

Antonia wischte sich über Arme und Beine, obwohl kaum ein Staubkörnchen an ihr haftete. Die Bewegung beruhigte sie, und die Stimme des Kommissars holte sie in die vertraute Wirklichkeit. Sie sah ihn an. »Warum sind Sie so aufgebracht? Helfen Sie mir lieber, hier wieder Ordnung zu schaffen.«

Antonia griff an die Tischkante.

Kommissar Hannes Schmidt packte ihre Hand. »Finger weg! Das muss alles erst fotografiert werden. Trinken Sie lieber einen Schnaps. Sie sehen käsig aus.«

Antonia ließ sich in ihren Stuhl fallen. »Dort drüben im Schrank. Oben, rechts außen. Nehmen Sie sich auch einen, und bringen Sie gleich die Schokolade mit.«

Hannes schaute sie an und öffnete den Mund. Dann schloss er ihn wieder und ging zu der bezeichneten Stelle, um das Gewünschte zu holen. Er reichte ihr das gefüllte Gläschen. »Schokolade ist keine mehr da.«

»Das war ja klar.« Antonia verzog frustriert den Mund. »Sie sollten sich auch einschenken.«

»Ich bin im Dienst.«

Antonia starrte in ihr Glas. »Ich glaube, ein Kaffee wäre jetzt besser.«

»Den mache ich Ihnen nicht auch noch.«

Olivers Stimme klang draußen vom Flur und gleich darauf tauchte er im Türrahmen auf. Von der Straße her klangen schnelle Schritte. Eine Frau schrie auf. Jemand hastete durch den Hauseingang. »Tonia! Tonia!«

Oliver warf Antonia einen schnellen Blick zu und drehte sich dann um. Marlene lief ihm direkt in die Arme. Er beruhigte sie. Nach ein paar Minuten traten beide ins Wohnzimmer. Antonia stellte ihr Glas auf dem Computertisch ab und stand auf.

Sie hob die Hände, um Lenis wieder aufkeimende Aufregung zu dämpfen. »Alles in Ordnung! Der Mörder ist gefasst und mir geht's gut. Ich brauche jetzt nur einen Kaffee und falls du noch irgendwo Schokolade versteckt hast ...«

Marlene hob die Hände vor den Mund und nickte dann. »Ich mache welchen. Für alle.« Als sie hinausging, drehte sie sich noch einmal um. »Tu mir das nie wieder an!«

Als Marlene das Wohnzimmer verlassen hatte, eilte Oliver auf Antonia zu und nahm sie in den Arm. »Gott sei Dank!«

»Ich dachte schon, du hast mich nicht gehört.«

»Ich habe alles mitbekommen. Du hast großes Glück gehabt.«

»Ja.« Antonia löste sich aus seinem Arm, ging zum Bücherregal hinüber und warf einen Blick auf das Projektil, das im zersplitterten Holz steckte. Dann betrachtete sie die Engelsfigur, die vor dem Regal auf dem Boden lag. »Den darf ich auch noch nicht aufheben, nicht wahr?«

»Nein.« Der Kommissar war ihr mit Oliver gefolgt. »Sie sollten nicht mit Engeln werfen! Es hätte schief gehen können.« Er seufzte. »Na ja, vielleicht hat es auch einen Polizistenmord verhindert. Der Leo wollte uns auch erschießen. Er setzte schon dazu an.«

Oliver streichelte Antonias Schulter und sie ließ ihren Kopf gegen seine Brust fallen. Sie sah den Kommissar an. »Ich habe meinem Erzengel Michael nur Starthilfe gegeben. Brieftauben wirft man ja auch in die Luft, damit sie fliegen und das tun, was man ihnen aufträgt.«

Er sah an die Decke. »Ah, die Hexe spricht.« Er stemmte die Arme in die Seiten und starrte sie düster an. »In Zukunft verbitte ich mir aber jede Einmischung in meine Arbeit.«

Antonia trat einen Schritt auf ihn zu. Oliver wollte sie zurückhalten, aber sie schüttelte seine Hand ab. Antonia funkelte den Kommissar an. »*Ich* habe herausgefunden, wer der wahre Mörder ist und zwar mit meinen Karten. Ohne meine Hilfe würdet ihr noch immer auf der falschen Fährte tappen.«

»Das lässt sich leicht sagen, wenn man mit einem großen Mundwerk im Dorf herumläuft und so den Lockvogel für den Mörder spielt.«

Jetzt stemmte auch Antonia die Arme in die Seiten. »Ich kann es beweisen. Steht alles schwarz auf weiß in meinem Notizheft.« Sie deutete zum Tisch auf die noch immer ein Stückchen weit geöffnete Schublade. »Dort drüben ist es. Sie können es gern überprüfen.« Sie trat einen weiteren Schritt auf den Kommissar zu. Ihre grünen Augen blitzten. »Ich wollte Oliver anrufen, hatte gerade die Schublade geöffnet, um mein Handy herauszuholen, da taucht der Leo im meinem Zimmer auf und will mich erschießen!«

»Ruhig! Es ist vorbei.« Oliver zog sie an sich.

»Nix ruhig!« Sie hob den Kopf zu Oliver und fixierte gleich darauf wieder den Kommissar. »Was fällt Ihnen ein, mir zu unterstellen, dass ich meine Karten nicht lesen kann. Ihre Frau ist wohl schon wieder zu lange weg!«

Der Kommissar wich keinen Schritt zurück. »Wollen Sie mir unerwünschte Ratschläge für mein Liebesleben erteilen?«

Antonias angriffslustige Haltung fiel plötzlich in sich zusammen. Sie starrte auf ihre Finger. »Nicht, solange meine Hände noch so zittern.«

Von der Küche rief Marlene. »Kaffee ist fertig.«

»Komm!« Oliver umfasste ihre Schultern und zog sie mit sich.

Der Kommissar lief hinterher. »Gott sei Dank! Vielleicht bringt sie das wieder zur Vernunft.«

Es gab sogar noch Kuchen zum Kaffee. Es versöhnte Antonia mit der fehlenden Schokolade. Ihre Aufregung legte sich und sie berichtete der Reihenfolge nach, was sie herausgefunden hatte und was danach geschehen war. Marlene gab immer wieder entsetzte Laute von sich. Aber da Antonia heil und gesund am Tisch saß, nahm sie sich zusammen.

Als es an der Haustüre klingelte, stand der Kommissar auf und öffnete. Ein Mann mit einem Köfferchen und einer Fotokamera trat ein. Hannes wies ihm den Weg ins Wohnzimmer und setzte sich wieder zu den anderen an den Tisch.

»Ich will, dass die Kugel in meinem Regal bleibt!« Antonia reckte das Kinn vor.

Marlene entsetzte sich. »Du bist makaber.«

Der Kriminalkommissar seufzte und stand auf. »Mal sehen, was sich machen lässt. Der Tatverlauf ist klar und vielleicht dient es ja zur Lehre.«

Als der Kriminaltechniker im Wohnzimmer mit seiner Arbeit fertig war, verabschiedete sich Hannes.

Er warf einen bedeutsamen Blick zu Antonia und drückte Marlene die Hand. »Ich bedaure Sie aus ehrlichem Herzen.« Dann besprach er mit Oliver kurz den nächsten Arbeitstag und stellte sich danach vor Antonia. Er hob seine Mütze und setzte sie verkehrt herum auf. »Morgen noch einmal für den Papierkram auf dem Revier. Danach schnappen Sie ihren Besen, reiten nach Hause und halten sich zukünftig von kriminellen Elementen fern.«

Antonia grinste übertrieben. »Fliegen, Herr Kriminalkommissar. Wenn schon! Aber das lernen Sie wohl nie.«

Oliver blieb noch und half, das Wohnzimmer in Ordnung zu bringen. Morgen musste sie ja dort wieder Beratungen durchführen. Als er dann auch nach Hause gehen wollte, fiel ihm noch etwas ein: »Bevor Sie den Leo Heckert abtransportiert haben, hat er noch was zu mir gesagt. Du sollst Lisa Weber ausrichten, dass sie nicht auf ihn warten soll.«

»Verdammt!«

Mehr sagte Antonia nicht dazu.

In den folgenden Tagen kamen noch einige Details ans Licht. Leo Heckert hatte sich heimlich dieselbe Garderobe zugelegt, wie Hartmut Fechtner. Er trug sie, wenn er mordete. Mögliche Spuren sollten so auf den Alten weisen. In all den Jahren machte er sich bei Hartmut Fechtner unentbehrlich. Leo kostete seine Macht über ihn aus. Deshalb unternahm er damals nichts, als der Verdacht auf Holger fiel. Er wusste ja, dass der junge Mann tot war und er weidete sich an der Angst des Alten. Dieser tat alles, um seine Weste rein zu halten. Er spielte seinen Schwiegersohn Lutz und Georg Wolf gegeneinander aus. Lutz brachte er zu der Überzeugung, dass Georg zusammen mit Holger Glaser den Giftmord an dessen Vater Edwin geplant hatten, und Georg schob er immer wieder auf die Spur von Lutz Iffland. Als der Fechtner merkte, dass Georg seinen Verdacht gegen ihn trotzdem nicht fallen ließ, köderte er ihn mit Arbeit und Geld, um ihn im Auge zu behalten. Georg nahm sein Angebot aus demselben Grund an.

Die bevorstehende Jagd, die Hartmut Fechtner ausrichten wollte, erschien Leo Heckert als der richtige Zeitpunkt, um seine Rache zu vollenden. Er grub den toten Holger Glaser aus und deponierte ihn im Keller, damit er bei einem der Kontrollgänge von Maria Wolf gefunden wurde. Den kläfffreudigen Hund von Birgit Anderer kalkulierte er mit ein. Selbst wenn sie und ihr Mann in der Nacht rechtzeitig ans Fenster gegangen wären, hätten sie nur das Auto der Fechtners erkennen können, aber nicht seine vermummte Gestalt.

Leo packte die Leiche auch ganz bewusst in einen von Georgs Müllsäcken. Er sollte ins Visier der Polizei geraten. Leo Heckert nannte ihn einen Zeitfaktor. Er rief mit verstellter Stimme bei Georg an und drohte ihm mit dem Tod seiner Mutter. Später nahm er das Motorrad von Lutz und verübte damit den Anschlag auf Maria. Leo behauptete, er wollte sie nicht töten. Sie war seiner Meinung nach eine gute Mutter. Er wollte nur, dass Georg genau an dem Tag sein Wissen ausplauderte und die Vollendung seiner Rache in Gang setzte.

Über die gefälschten Gemälde, wegen denen Herr Kamp sterben musste, meinte Leo Heckert, dass sie ihr Geld wert gewesen waren. Der Ermordete hätte es dabei bewenden lassen sollen, anstatt zu schnüffeln. Die kopierten Picassos sollten Leo in der Zeit nach Hartmut Fechtners Verurteilung finanziell absichern. Er hatte vorgehabt, sich danach in die Anonymität zurückzuziehen und im Ausland ein neues Leben aufzubauen. Erst in ein paar Jahren wollte er mit seinen eigenen Bildern in die Öffentlichkeit zurückkehren. Leo betonte, dass er sich mit den gefälschten Bildern nur soviel Geld verdient hatte, wie er für ein gutes Leben brauchte.

Über seine Halbschwester Rosalie sagte er nur soviel: Durch Hartmut Fechtners Schuld erlitt sie kurz nach ihrer Eheschließung eine Fehlgeburt. Vater und Tochter hatten sich gestritten, weil Rosalie mit ihrem Mann wegziehen wollte. Der Alte hatte sie aus Wut geschubst, und sie fiel die Treppe herunter. Es war Holger Kind, das sie verlor.

Auch über Antonia ließ Leo Heckert sich aus. Er betrachtete sie von Anfang an als Risiko, aber er war auch neugierig, was sie herausfinden würde. Er wollte sie auf Hartmut Fechtners Spur bringen und schickte deshalb die anonymen Fotos. Er gab auch zu, sie an jenem Abend verfolgt zu haben, aus Spaß. Er sah sie auf der Straße, nachdem er in das versiegelte

Glaserhaus eingebrochen war, um dort sicherheitshalber ein weiteres Beweisfoto zu deponieren. Nach seinen Angaben wurde es von der Polizei gefunden.

An dem Tag, als Antonia vor dem Süßwarenladen mit ihm zusammenstieß und er das ausplauderte, was sie hören sollte, bekam er den Eindruck, dass sie bereits mehr wusste, als ihm lieb war. Er wartete noch eine Woche und verschaffte sich danach Zutritt ins Haus, als die beiden Schwestern abwesend waren. Er durchsuchte alle Räume und fand im Wohnzimmer ihre Notizen. Trotzdem fasste er nicht sofort den Entschluss, sie zu töten. Erst als ihm seine neue Freundin Lisa von dem Beratungstermin bei Antonia erzählte, betrachtete er den Mord an ihr als unumgänglich. Er befürchtete, das Kartenbild würde ihn verraten. Lisa schien in dem ganzen mörderischen Sumpf die einzige zu sein, um die es ihm leid tat. Obwohl er sich zu Anfang nur an sie herangemacht hatte, um mehr über Antonia zu erfahren, schien er sie liebgewonnen zu haben.

Antonia lud zum Wochenende Oliver ein, damit sie gemeinsam den Abschluss des Falles feierten. Sie grillten im Garten. Während sie die Steaks und die von Marlene liebevoll vorbereiteten Salate verspeisten, ließen sie die Zeitungsartikel herumgehen, die in großen Schlagzeilen von der überraschenden Wende in den Mordfällen berichteten.

Antonia deutete auf einen Artikel, in dem sie namentlich hervorgehoben wurde. »Was habe ich dir gesagt, Leni! Mord belebt das Geschäft. Du wirst dich wundern, wie viele neue Kunden das bringt.«

Marlene schüttelte den Kopf. »Es reicht doch auch so zum Leben und mehr als drei Klienten pro Tag willst du doch gar nicht. Du sagst selbst, dass es sonst zu anstrengend wird.«

Antonia häufte sich Salat auf ihren Teller. »Am Haus werden bald ein paar Reparaturen fällig, die Fassade, das Dach ... ganz davon abgesehen muss das Wohnzimmer renoviert werden. Erinnere dich, Leo Heckert hat uns ein Loch in die Decke geschossen. Mit ein bisschen Anstrengung können wir uns die Renovierungen nun viel eher leisten.«

Marlene hieb ihr Messer in das Steak. »Wie ich dich kenne, willst du das Loch behalten und außerdem weiß ich, dass du auf Klienten mit ungelösten Mordfällen spekulierst.«

Oliver begann zu lachen und schaute dann zu Antonia. »Ist das wahr? Suchst du wirklich schon nach der nächsten Herausforderung?«

»Oh ja, das tut sie!« Marlene richtete ihre Gabel mit dem aufgespießten Stück Fleisch auf Oliver. »Wehe, du lässt sie an eine neue Leiche ran! Ich halt das nicht noch mal aus.«

Antonia winkte ab. »Gibt es denn noch irgendwas Neues?«

Oliver stand auf, um die Bratwürste auf dem Grill zu wenden. »Lutz Iffland ist aus der Untersuchungshaft entlassen worden, und von Georg habe ich gehört, dass es seiner Mutter viel besser geht. Mit ein bisschen Glück übersteht sie das Ganze ohne bleibende Schäden.«

Antonia nickte. »Wir wollen sie nächste Woche besuchen, sobald sie von der Intensivstation in die neurologische Station verlegt worden ist.«

Marlene sah auf. »Was wohl aus Rosalie und Lutz wird? Die beiden können einem ja auch leid tun.«

Antonia reichte Oliver ihren Teller, damit er eine Bratwurst darauf legte. »Sie wissen jetzt auch, was wirklich passiert ist. Könnte eine Chance für die beiden sein.«

Oliver gab Antonia den Teller zurück. »Du auch, Marlene?« Er gab auch ihr eine Wurst und nahm sich dann selbst eine. »Ich habe mit den beiden gesprochen. Rosalie hat ihren Mann vor dem Gefängnis abgeholt. Sie wollen einen Neuanfang wagen und wenn das Haus von Rosalies Mutter verkauft ist, ziehen sie von hier weg. Es gibt schon Interessenten.« Er schnitt ein Stück von seiner Wurst ab, schob es in den Mund, kaute und schluckte. »Ganz überrascht war ich, als Rosalie erzählte, dass sie solange bei Georg wohnen würden. Sie haben sich wohl ausgesprochen und die alte Freundschaft scheint wieder aufzuleben. Über den Fechtner und sein Verhalten in der Sache verloren sie kein Wort.«

Antonia nickte und schaute dann grüblerisch auf ihren Teller. »So furchtbar alles auch ist. Drei Tote, unschuldige Menschen. Aber der Leo Heckert hat sein Ziel im Grunde erreicht. Der Fechtner ist erledigt.« Sie deutete auf die Zeitungen, die am Rand des Tisches lagen. »Die Presse lässt an ihm kein gutes Haar. Alles wird ausgegraben, was er je von sich gegeben und getan hat.«

Oliver hörte auf zu essen, faltete seine Hände über dem Teller und stütze das Kinn darauf. »Das ist wahr — und die Millionen aus dem Verkauf des van Gogh Gemäldes muss er auch zurückgeben. Es ruiniert ihn. Die Gemeinde ist schon dabei, seinen Wald zu verhandeln. Er muss alles verkaufen, was er hat.« Er nahm sein Besteck wieder in die Hand. »Er schäumt deswegen und tobt, will es einfach nicht begreifen.«

Marlene legte ihr Besteck beiseite. »Ich brauche eine Pause.« Sie rieb sich den Bauch. »Ich verstehe immer noch nicht, wie der Leo Heckert so kaltblütig morden konnte. Zu jedem im Dorf war er freundlich und sein Engagement für die verwaisten Wildtiere ... wie oft hat er vor Schulklassen gesprochen.«

Antonia seufzte. Mit ihrer Gabel kullerte sie eine Cocktailtomate auf dem Teller herum, dann hob sie den Blick. »Die Tierbabys waren wohl ein Symbol für ihn selbst. Das Kind, dessen Seele verkümmerte, weil es im Stich gelassen worden war. Er hat diese Tiere gehegt und gepflegt, sodass wenigstens sie überleben konnten.«

»Er hätte weitergemordet«, sagte Oliver, »auch dann, wenn der Fechtner für ihn gebüßt hätte. Keiner, der ihm aufgrund seiner Taten irgendwann hätte gefährlich werden können, wäre vor ihm sicher gewesen.«

Als sie gegessen hatten, räumten sie die Reste in den Kühlschrank. Marlene konnte es nicht lassen, das Geschirr gleich zu spülen. Oliver und Antonia drückte sie je eine Flasche kühles Bier in die Hand und scheuchte sie wieder in den Garten.

Oliver stieß mit Antonia an. »Gut gemacht! Hannes würde es dir nie sagen, aber er ist beeindruckt, wie souverän du die Situation mit Leo Heckert gemeistert hast.« Er grinste. »Aber nächstens lässt du die Gartentüre besser zu.«

»Jetzt kann ich sie ja erst einmal wieder bedenkenlos offen lassen.« Antonia drückte schnell den Daumen auf die Öffnung der Flasche, weil Schaum herausquoll. Sie sah Oliver nicht an. »Ich hatte Todesangst.«

»Ich weiß. Es wird dich noch lange verfolgen. Was willst du tun? Dich zurückhalten? So, wie Hannes es dir empfohlen hat?« Er lächelte.

Antonia sah auf. »Sicher! Ich tue ihm den Gefallen.« Sie beugte sich vor, reckte das Kinn und grinste ihn an. »Aber nur, solange es keinen neuen Mordfall aufzuklären gibt.«

Über die Autorin

Die Autorin Angela Mackert, geboren im Jahr 1952 in Karlsruhe, lebt und arbeitet in Ettlingen. Nach einer Karriere als Geschäftsführerin erfüllte sie sich einen ihrer Lebensträume und gründete eine eigene Schule für Astrologie und Tarot. Als Expertin für Esoterik veröffentlicht Angela Mackert gefragte Fachbücher. Daneben schreibt sie Geschichten und Romane, die oft von einem mystischen und geheimnisvollen Flair durchzogen sind. Mehr über die Autorin unter: www.angela-mackert.de

Antonia Hain deckt auf... EIN TÖDLICHES GEHEIMNIS

Angela Mackert
Die Farbe der Dunkelheit
Antiquerra-Saga 1

264 Seiten, Paperback
ISBN 978-3-7392-1992-9
auch als eBook erhältlich

Die ewigen Königinnen Alyssa und Tahereh regieren über Leben und Tod, das Licht und den Schatten. Aus Eifersucht will Tahereh alle lebenserhaltenden Kräfte zerstören. Nur die sechzehnjährige Lena kann sie aufhalten. Sie öffnet das Tor zwischen den Welten und begibt sich auf den gefährlichen Weg ins Schattenreich. Begleitet wird sie von einer bunt gemischten Gruppe aus Feenkriegern, Lichtmagiern und Alraunen. Als völlig unerwartet Vampire auftauchen, wird es kritisch, und zu allem Überfluss scheint Lenas Führer Niven ein dunkles Geheimnis zu hüten.

Leseprobe **Prolog**

Barfuß ging Königin Tahereh durch den Wald. Dämmrige Schatten zogen hinter ihr her, hüllten die Bäume ein, und ließen ihre Gestalt wie ein Schemen erscheinen. Sie folgte einem geheimen Pfad, weitab des ebenen Wegs. Überall wucherten Hecken, deren Dornen ihre nackten Füße zerkratzten. Königin Tahereh nahm es kaum wahr. Ein paar Stiche. Ein paar Tropfen Blut. Was war das schon im Vergleich zu dem wütenden Schmerz in ihrem Inneren. Aber bald war alles vorbei. Ein Lächeln spielte um den Mund der Königin, während sie in gleichmäßigem Tempo vorwärtsging. Ihr langes, schwarzes Haar wippte im Takt ihrer Schritte. Fast heiter. Sollten die Dornen sie doch verletzen. Es war nur ein hilfloser Versuch, sie auf ihrem Weg aufzuhalten. Füße und Hände, mehr von ihrem Körper erwischten die Stacheln nicht. Ihr nachtblaues Kleid mit der endlosen Schleppe schützte sie. Die Hecken durften es nicht berühren, zogen sich davor zurück. Die an der Schulter des Gewands angenähte Schleppe, mit der Tahereh des Nachts das Firmament verdunkelte, schwebte hinter ihr her, ohne von einem Baum oder einem Zweig berührt zu werden.

Als unerwartet ein Laut ertönte, blieb Tahereh stehen. Ein Kauz lockte mit seinem Ruf. »Ku-Witt. Ku-Witt. Komm mit. Komm mit!«

»Sei still! Ich kenne meinen Weg.« Taherehs Gesicht nahm einen misstrauischen Ausdruck an. Sie schaute auf die Strecke zurück, die sie gegangen war. Nirgends regte sich etwas. Nicht einmal ein Windhauch. Tahereh lachte leise auf und ging weiter. Wer sollte hierher kommen? Sie hatte Vorkehrung getroffen. Niemand außer ihr würde je diesem Pfad folgen.

Wieder und fordernd tönte der Ruf der Waldeule. Taherehs Schritt stockte erneut. Die Hecken streckten ihre dornigen Finger aus und stachen heftig auf ihre blutenden Füße ein. Der Angriff entlockte ihr ein müdes Lächeln. Es erstarb, als ihr Blick die Eule streifte. Mit großen Augen schaute das Tier aus den Ästen eines Baumes zu ihr herunter. Beim Anblick dieser Augen stieg so jäh der Zorn Zorn in Tahereh hoch, dass ihr Haar zu wehen begann. Die Augen der Eule sahen zu viel!

Tahereh reckte die Faust gegen den Kauz. »Wen willst du herlocken? Sei still, hab ich gesagt! Meine Entscheidung steht fest. Niemand wird mich aufhalten.«

Die Eule flatterte auf und ließ sich weiter vorne auf einem anderen Baum nieder. »Ku-Witt. Ku-Witt. Komm mit. Komm mit!«

Wütend starrte Tahereh dorthin. Was fiel dieser Kreatur ein? Gab sie diesem Wesen nicht Zuflucht, eine Heimat? Sie sorgte für dieses Tier wie für jeden, der zu ihr kam. Zum Dank wollte es ihren Plan vereiteln. Oh ja, diese Waldeule sehnte sich von hier weg, wie alle. Ein jeder in ihrem Reich wollte zurück zu den Farben des Lichts. Wenn sie sich lange genug bei ihr ausgeruht hatten, lagen sie ihr damit in den Ohren. Jammerten. Bettelten. Keiner wollte bleiben. Das tat weh. Aber wenn das Licht ihrer Schwester erlosch, war alles vorbei und es würde erlöschen. Tahereh's Gesichtszüge verzerrten sich voller Hass. Ihr Haar wehte so heftig wie im Sturm. Diese Eule würde ihr Vorhaben nicht verhindern! Die Schleppe von Tahereh's Kleid peitschte bedrohlich durch die Luft und hüllte den Wald in tiefe Finsternis. Die Königin streckte den Arm aus. Ein feuriger Ball zischte aus der Spitze ihres Zeigefingers und schoss auf den Waldkauz zu.

Tahereh schrie. »Stirb!« Ihr Fluch durchbohrte den Körper des Vogels und prallte auf den Baum dahinter. Funken sprühten. Die Eule schüttelte sich und flog davon. Tahereh sah ihr nach. Der Zorn in ihrem Blick erlosch. Ihr Haar und die Schleppe ihres Kleides beruhigten sich und im Wald wurde es heller. Tahereh's Lippen fingen an zu zittern. »Ich vergaß! Du bist ja tot. Tot, wie alles hier. Verblassende Erinnerung, selbst deine Farben.« Sie sank vornüber und flüsterte. »Nie sah ich die Farben so leuchtend, wie meine Schwester sie sah. Sie trägt das Licht. Ich muss Schatten tragen.« Tränen quollen aus Tahereh's Augen. Sie rannen an ihren Wangen herab und fielen als schimmernde Perlen zu Boden. Tahereh schluchzte auf, so sehr, dass ihr ganzer Körper bebte. Plötzlich wurde sie still. Ihre Hand streifte über den Boden und hob ein paar Perlen auf. Vermischt mit Erde lagen sie in ihrer Hand. »Ja, meine Tränenperlen wollt ihr haben«, flüsterte sie. »Aber von dem

Leid und der Einsamkeit, die mich weinen machen, wollt ihr nichts wissen.« Sie straffte die Schultern. »Bald ist es vorbei! Endgültig!« Sie ging weiter. Ihre Schritte wurden schneller. Ihr Blick fiel auf die goldene Scheibe, die am Horizont aufstieg und zwischen den Bäumen ein mattes Licht verbreitete. Tahereh presste die Lippen zusammen. Ihr Haar geriet wieder in Aufruhr und die Schleppe wogte herausfordernd durch die Luft. »Ja, wehre dich! Es hilft dir nichts.«

Nach einer Weile tauchten die Umrisse eines Tores vor ihr auf. Ein großer, massiger Dämon schob davor Wache. Er saß auf einem Felsblock. Sein Gesicht glich einer Warzenmelone, die Haare hingen ihm zottelig über die Augen. Tahereh atmete tief durch. Wenigstens auf die Dämonen konnte sie sich verlassen. Sie schätzten die Schatten und fürchteten ihren Zorn. Dienten ihr als Krieger und Wächter.

Als der Dämon seine Königin kommen sah, stand er auf und verbeugte sich. Tahereh ging jetzt gemessenen Schrittes, würdevoll. Ihr schwarzes Haar beruhigte sich. Anmutig fiel es über ihre Schultern. Die Schleppe ihres Kleides schaukelte elegant hinter ihr her.

»Hast du meinen Auftrag erfüllt?«, fragte sie.

Antiquerra-Saga 1: DIE FARBE DER DUNKELHEIT
264 Seiten Paperback, ISBN 978-3-7392-1992-9